문학아
밖에
나가서
다시 얼어
오렴아

문학아 밖에 나가서 다시 얼어 오렴아

2018년 5월 10일 초판 1쇄 펴냄
2019년 3월 20일 초판 2쇄 펴냄

펴낸곳 도서출판 **삼인**

지은이 정철훈
펴낸이 신길순

등록 1996.9.16 제25100-2012-000046호
주소 03716 서울시 서대문구 연희로 5길 82(연희동 2층)

전화 (02) 322-1845
팩스 (02) 322-1846
전자우편 saminbooks@naver.com

디자인 디자인 지폴리
인쇄 수이북스
제책 은정제책

©2018, 정철훈
ISBN 978-89-6436-140-5 03810

값 14,000원

문학아
밖에
나가서
다시 얼어
오렴아

정철훈

삼인

소문자로 보는 한국문학 백년의 풍경

언제부턴가 선대先代 문인들의 생몰연대를 따져 보는 습관 비슷한 게 생겼다. 생몰연대는 괄호 안에 묶여 있었다. 괄호가 관처럼 답답하게 느껴졌다. 죽은 것도 서러운데 괄호 안에 갇혀 있다니. 괄호에 묶인 연대를 풀어내고 싶었다. 그러자 그 연대들은 마법에 걸린 듯 개별자의 무덤에서 되살아나 이합집산을 계속했다. 그들은 살아 있는 듯 종로 어디쯤, 충무로 어디쯤에서 만나고 헤어지고 다시 만나 잔을 기울였다.

그 시절의 문단에서는 문인들끼리 나이 차에 대한 감성이 지금보다 후했다. 10년 안짝에는 너 나 할 것 없이 호형하는 동지였고 친구였다. 호형호제하는 그들의 모습이 보기 좋았다. 소월은 한국 현대시의 터주 시인이라는 인식으로 인해 영랑보다 십 년은 위인 것으로 착각하기 십상이지만 두 시인은 한 살 차이다. 완곡하게 말하면 차이가 없는 것이다. 소월은 북에서, 영랑은 남에서 한 시대를 살아 낸 해와 달이었다.

당나라 시인 이백과 두보도 744년 낙양에서 운명적으로 만났다. 이백은 44세, 두보는 33세였다. 두보는 과거에 낙방했고 이백은 궁중을 떠나왔다. 두보는 세간을 실은 수레를 끌고 다녔다. 열한 살 차이로 시풍도 달랐지만 두보는 이백을 생각하며 적지 않은 시를 지었다. 이백과 두보를 문학사의 라이벌로 호명하는 호사가들의 입방아는 경박스럽다. 두 시인은 라이벌이 아니라 시로 맺어진 형제였고 문학적 친구였다.

김우진과 조명희, 김수영과 박인환, 이용악과 오장환, 파블로 네루다와 이태준, 정지용과 길진섭, 김동리와 서정주, 윤동주와 정병욱, 최서해와 김사량, 조벽암과 최석두, 전혜린과 이덕희 등도 마찬가지다. 이들의 교유와 애환은 문학사 백년 풍경이자 문단 이면사라고 할 수 있다.

글을 쓰는 동안 20세기와 21세기를 동시에 살고 있다는 느낌이 들었다. 그건 나의 시작이 탄생 이전의 어떤 시공과 연동되어 있다는 기시감 때문일 터이다. 20세기가 '밤'이었다면 21세기는 '낮'일 테고, 그 '낮'은 '밤'에서 태어났다. 사가들은 훗날 그 '밤'과 '낮'을 일컬어 '하루'라고 기록할지 모른다.

나는 그 '하루'를 정지용의 산문 「의주2」에서 꿈처럼 만났다. "오호 끔찍이 춥수다이!" 하며 들어서는 아이의 이름이 추월秋月

이라는 것을 알았다. 귀가 유난히 얼어 붉었는데 귓불이 흥창 익은 앵두처럼 흐물어져 안에서부터 터질까 싶다."

그 '하루'는 지용이 평양, 선천, 의주를 거쳐 내친김에 친척이 사는 단동까지 갔다가 만주의 온천 지대인 오룡배五龍背까지 둘러본 하루하루의 연장이었다. 남과 북을 관통해 단박에 만주의 관문인 단동에 당도한 그 여정을 읽으면서 역시 문학은 영토의 개념이라는 생각이 들었다. 분단 이후 남한 문학은 영토의 협소로 인해 '남방' 문학으로 전락한 측면이 있는 데 비해 분단 이전, 지용의 산문은 웅장하고 막힘이 없는 '북방' 문학을 환기시킨다.

눈길을 걸어온 손녀뻘 화동花童 추월이가 방이 더워 귓불이 녹은 게 눈길을 걸어온 그대로 고운 것이 가시고 말았기에 지용은 농담 반 진담 반으로 "추월아 너 밖에 나가서 다시 얼어 오렴아"라고 툭 던진 한마디에 문학적 영토의 회복 가능성이 있다고 생각한다. 그건 귓불이 떨어져 나갈 것 같은 영하 30도쯤의 북방으로 우리 문학이 회귀해야 한다는 일종의 각성이다. 그렇지 않고서는 점점 잔망해지는 우리 문학의 영토적 협소를 타개할 전망은 요원하다. 나는 언젠가 복원될 경의선을 타고 신의주와 단동을 거쳐 만주로, 시베리아로, 유럽으로 뻗어 나가는 여정을 꿈꾼다.

문학의 규모와 깊이는 확실히 영토적 문제이다. 문학사 백년 풍경이라고 해 봤자 대부분 남방 문학 백년으로 귀착될 뿐, 북방이 그립다. 북방은 회복되어야 할 우리의, 우리 문학의 영토이다. 문학사 백년 풍경의 완성을 위해, 나아가 새로운 백년의 초석을 놓기 위해 압록 건너 두만 건너 북방 대륙을 바람처럼 떠돌 날이 하루빨리 오길 기대해 본다.

현실은 모래처럼 부서져 내리지만 과거는 더 이상의 진행을 멈춘 하나의 완전체이다. 그 완전체를 이리저리 궁굴리며 만져 보는 과분한 호사는 이제 독자의 몫이다.

나는 책에 인용된 소문자의 세계를 사랑한다. 인용문 안의 일인칭은 여러 번 태어난 것만 같은 나 자신일 수 있다는 착각을 들게 한다. 소문자의 세계는 살아 있는 언어의 직접성을 맛보게 한다. 소문자의 세계에 공적 영역은 없다. 모든 게 사적 기억이다. 그래서 귀하고 새콤하고 달콤하다. 이제 시시비비를 가릴 주체가 사라지고 없는 게 애석하기만 하다. 바로 그렇기에 문학사의 이면엔 여전히 논쟁적인 파도가 일렁이고 있다. 그 파도를 타고 귀하고 새콤달콤한 한국문학사 백년의 풍경 속으로 들어가 본다.

2018년 봄, 우이동 집필실에서

저자

문학아
밖에 나가서
다시 얼어 오렴아

차례

머리말　5

1
부

소월의 사인을 둘러싼 이설

三水甲山 내 왜 왔노

한국 현대시의 터주 시인 소월素月 김정식金廷湜(1902~1934)의 사
인은 연구자들 사이에서 자살과 병사로 갈려 있다. 소월은 평북 구
성군 서산면 평지동 자택에서 1934년 12월 24일 오전 숨을 거뒀
다. 당시 언론이 전한 부고 가운데 하나를 소개하면 다음과 같다.

> 방현方峴 일찍이 『진달래꽃』이라는 시집을 발행하여 우리 시단에 이
> 채를 나타내든 재질이 비상튼 청년 시인 소월 김정식 씨는 그동안 침묵
> 으로 일관하던바 지난 24일 아침에 뇌일혈로 급작히 별세하여 유족들
> 의 애통하는 모양은 보는 사람들로 하여금 눈물을 금치 못하게 하였다.
>
> '청년 민요 시인 소월 김정식 별세', 〈조선일보〉, 1934.12.27

'방현'은 소월의 고향인 평북 구성군 방현면을 지칭한다. 평북

소월 김정식　　안서 김억

주재 기자가 방현에서 기사를 타전했으니 요즘으로 말하면 '방현 발發'이다.

　이 기사가 나간 지 사흘이 지난 1934년 12월 30일 자 〈조선중앙일보〉엔 '민요 시인 소월 김정식 돌연 별세', 같은 일자 〈동아일보〉엔 '민요 시인 김소월 별세 33세를 일기一期로'라는 제목의 부고가 전해진다.

　소월은 1927년 동아일보사 평북 구성지국 경영에 실패하고 술독에 빠져 지냈다. 연고를 따져볼 때 〈동아일보〉가 그의 부음을 〈조선일보〉보다 먼저 보도하지 못한 이유가 궁금해지기도 하지만 더욱 아리송한 건 그의 사인을 둘러싼 이설이다. 그 가운데 하나가 소월의 오산학교 은사인 안서岸曙 김억金億(1895~1950?)이 1935년 〈조선중앙일보〉에 기고한 글이다.

　　언제든지 素月(소월)이의 생사에 對(대)하야 이야기하든 것을 생각하면 그의 夭折(요절)은 楮多病(저다병)의 그것이라기보다도 夭折(요절)을

意味(의미)하는 무슨 전조가 아니엇든가 하는 생각도 업지 아니하외다.

'요절한 박행薄倖 시인 김소월에 대한 추억', 〈조선중앙일보〉, 1935.1.23

이에 근거해 문학평론가 김윤식은 1987년 발표한 한 논문에서 '저다병'을 각기병脚氣病이라고 해석했다. '저다楮多'는 수족병手足病을 일컫는 우리말 '저다'에서 왔으며 수족병이란 요샛말로 팔다리가 퉁퉁 붓는 일종의 각기병 증세다. 김억이 소월의 사인으로 저다병을 거론한 게 풍문에 근거한 것인지 확실히 알 수 없다. 하지만 김억은 4년 후 다시 이렇게 썼다.

소월의 가냘핀 몸집이 水土(수토)쎄인 龜城(구성) 땅에 와서는 제법 몸이 나서 만년에는 뚱뚱하다는 소리를 들었는데 소월이 가늘고 야위어야 할 사람이 뚱뚱해진 것은 뇌일혈을 부르려고 한 때문인 듯싶습니다. (중략) 소월의 묘는 구성 남시에 있는데 가까운 곽산 본 고향으로 옮겨온 뒤에 돌비라도 해 세운다고 미망인은 언젠가 서울 와서 쓸쓸히 이야기하고 갔읍니다.

김억, 《여성》 39호, 1939.6

이로써 김억은 소월의 사인을 두고 저다병과 뇌일혈이라는 복합적인 소견을 내놓았다. 소월의 사인에 대한 또 하나의 이설은 소월의 3남 정호(1932~2004) 씨에 의해 제기되었다.

한국전쟁 당시 인민군으로 참전했다가 붙잡혀 거제포로수용소에 수용되었다가 반공 포로로 석방된 뒤 국군으로 복무했던 정호 씨의 존재는 1981년 정부가 소월에게 금관문화훈장을 추서하는 과정에서 일반에 노출됐다. 그는 이후 진행된 여러 강연회와 인터뷰를 통해 이렇게 털어놓는다.

"아버님 소월의 최후는 1934년 12월 23일 저녁때의 일이었는데 그날 저녁에도 집에 돌아오시어 주무시려 하다가 고단하게 잠에 취한 어머님의 입에 은단 같은 것을 넣어 주는 것을 잠결에 귀찮은 듯 내뱉었다고 한다. 한참 주무시던 어머님이 잠결에 아버님의 몹시 괴로워하시는 신음 소리를 들으시고 잠이 깨어 아버님을 흔들어 보고 불러 보았으나 숨소리가 이상해서 곧 불을 켜고 자세히 아버님의 주위를 살펴보니 무엇인가 밤톨만큼의 무슨 덩어리 하나가 아버님의 머리맡에 떨어져 있어 주워 보니 항상 잡수시던 은단이 아니고 한 덩어리의 아편인 것을 알 수 있었다."

소월 사망 당시 정호 씨는 겨우 두 살이었으니 이 증언은 어머니로부터 전해 들은 내용으로 추측된다. 소월 사망 당시 부인은 4남(정호 씨의 동생)을 임신하고 있던 만삭이었다. 정호 씨의 증언은 소월의 아편 음독설이 유포된 계기가 되었다.

또 다른 이설은 북한의 주간 〈문학신문〉 1966년 5월 10일~7월 1일에 걸쳐 12회 연재된 '소월의 고향을 찾아서'가 재야 서지학자 김종욱 씨에 의해 발굴돼 2004년 《문학사상》에 전재되면서 불거졌다. 〈문학신문〉 김영희 기자가 소월의 고향인 평북 정주군 곽산면 남단동과 그가 숨을 거둔 구성군 서산면 평지동 일대를 현지 취재한 내용은 다음과 같다.

"시인은 1934년 구성군 경찰서의 호출을 받았다. 경찰서에서 돌아온 시인은 이런 말을 아내에게 남겼다. '참, 이런 수모를 다 겪으면서 살아 무엇해. 차라리 죽는 게 낫지. 그렇지 않으면 만주로 가야 하겠는데……. 여보, 당신은 아이들을 데리고 살겠소? 다음 날 아침이었다. 부인 홍단실은 의외의 변에 억이 막혔다. 시인은 고개를 뒤로 젖히고 이미 숨을 거두었다. 부인은 시인의 베개 밑에서 흰 종이를 발견하였다. 그날 밤 시인은 약을 마시고 스스로 목숨을 끊은 것이다."

소월 서거 32주기를 맞아 기획된 이 탐방기가 게재될 무렵 소월은 북한에서 "패배적 감상주의에 젖어 현실을 극복할 실천적 방법론을 제시하지 못한 사상적인 제약성을 가진 시인"으로 평가 절하되던 시기이다. 때는 1967년 주체사상 강화기에 접어들 무렵이다. 이와 관련, 1995년 귀순한 북한 작가 장 모(당시 54세) 씨의 소월에 대한 얘기는 눈길을 끈다. "1967년 당중앙위원회 4기 15차 전원회의 이후 김소월은 다산 정약용이나 연암 박지원 등의 사상·저서와 함께 봉건 유교 사상으로 낙인찍혀 연구 대상에서 아예 배제됐습니다. 그때 당 선전 분야에서는 수정주의와 부르주아 사상과 함께 봉건 유교 사상에 물든 작가와 작품들에 대한 대규모 색출 작업이 벌어졌습니다."

장 씨는 이어 "내가 북한 중앙방송 재직 시절 김소월의 조카와 한 사무실에서 근무한 적이 있다"며 "이름은 김정품(당시 53세쯤으로 추정)"이라고 밝혔다. 조카의 이름이 김소월과 같은 '廷(정)'자 항렬이어서 조카라기보다 사촌형제뻘로 추정되지만 그의 증언은 비교적 구체적이었다. "그 친구 고향이 정주 곽산이었습니다. 그에 따르면 1967년 소월이 숙청당했을 때 그의 묘소 앞 시비는 '초당파'들에 의해 깨진 뒤 뽑혀 나갔다고 들었습니다. 그는 소월의 사인에 대해서도 자살이라고 못 박았는데, 그의 증언에 따르면 소월은 '복어알 안주'를 먹고 자살했습니다."

이로써 저다병, 뇌일혈, 아편 음독설에 이어 복어알 음독설이 추가되었다. 그런데 소월이 죽음을 결심한 흔적은 편지에서도 발견된다. 소월은 1934년 가을, 김억에게 편지 한 통을 띄운다.

"저는 술이나 한 35배 마신 후이면 말을 아니하면 말지 어쨋든 맘나는 양樣으로 하겟다 생각이옵니다. 자고이래로 중추명월을 일컬어왓사옵니다. 오늘밤 창밧게 달빗, 월색月色, 옛날 소설 여자 다리난간에 기대여서서 흐득흐득 울며 사의 유혹에 박덕한 신세를 구슬프게도 울든 그 달빛 그 월색이 백서白書와 지지안케 밝사옵니다. 오늘이 열사훗날 저는 한 십 년 만에 선조의 무덤을 차저 명일 고향 곽산으로 뵈오려 가려 하옵니다."

편지는 일종의 유서였다. 훗날 남한에 살고 있던 소월의 숙모 계희영은 당시 상황을 『소월 선집』(장문각, 1970)에서 이렇게 증언한다. "해마다 추석이 되어도 십 년간 한 번도 오지 않았던 소월이었는데, 이번에는 곽산을 찾아와서 일일이 뒷산에 다니며 무덤의 떼가 잘 자라는지 돌보았고 허술한 무덤은 잘 다듬어 떼를 입혔다.

이러한 소월을 보고 동네 사람들은 '왜 저러고 다니지?' 했을 뿐이었다. 소월은 마지막이라는 것을 알고 있었으므로 고향에 와서 하직인사를 했던 것이었으나 아무도 알지 못하였다."

소월은 죽음에 앞서 선산을 돌보는 등 주변 정리를 했던 것이다. 이 무렵 소월은 최후의 시「삼수갑산三水甲山」을《신인문학》(1934. 11)에 발표한다. 이 시는 그가 죽기 약 석 달 전에 쓴 작품이지만 이보다 앞서 소월은 김억에게 보낸 서신 속에 시「차안서선생삼수갑산운次岸署先生三水甲山韻」을 써넣었고 김억은 소월 사후《신동아》(40호, 1935.2)에 소월 자필의 이 시를 원본 그대로 영인해 실었다. 이 시는 원래 김억이《삼천리》(1934.8)에 발표한「삼수갑산」이란 시를 차운次韻한 소월의 화답시였다.

> 三水甲山 내 왜 왔노 三水甲山 이 어듸뇨
> 오고 나니 奇險타 아아 물도 만코 山 첩첩이라 아하하
>
> 내故鄕을 돌우가자 내고향을 내 못가네
> 三水甲山 멀드라 아아 蜀道之難이 예로구나 아하하
>
> 三水甲山 이 어듸뇨 내가 오고 내 못가네
> 不歸로다 내故鄕아 새가되면 떠가리라 아하하
>
> 님 게신곳 내고향을 내못가네 왜못가네

오다 가다 야속타 아아 三水甲山이 날 가둡엇네 아하하

내고향을 가고지고 오호 三水甲山 날 가둡엇네

不歸로다 내 몸이야 아아 三水甲山 못 버서난다 아하하

김소월, 「차안서선생삼수갑산운」

   함경도의 삼수와 갑산을 지칭하는 '삼수갑산'은 하늘 나는 새조차 찾지 않는 깜깜한 오지로 한번 들어가면 다시 나오기 어려운 곳으로 통한다. 삼수갑산은 완전 고립의 공간이다. 소월은 자신의 신세를 현실적 제약으로 인해 삼수갑산에 갇혀 있는 것에 비유하며 꿈에 그리던 고향에 가닿지 못하는 자신의 처지를 비탄하고 있다. '아하하'라는 반어적이고 냉소적 어조의 반복은 호방하면서도 애절한 정서를 더욱 심화시킨다. 소월의 이러한 상실감과 비애는 그가 두 살 때(1903) 부친이 정주와 곽산 사이의 철도를 부설하던 일본인 목도꾼들에게 폭행을 당하여 정신병을 앓게 되고, 그로 인해 일찍이 아버지를 잃은 뒤 시작되었다고 볼 수 있다. 소월은 가세가 몰락하면서 점차 사회에 적응하지 못하고, '고향'마저 상실해 버렸

소월 자필 시 「차안서선생삼수갑산운」

다는 자각 속에서 자신의 처량한 신세를 「삼수갑산」에 담아냈다.

소월 슬하의 자식은 북한에 남은 3남 1녀 외에 월남한 1남 1녀가 더 있었으니 큰딸 구생은 한국전쟁 피란 중에 병사했고, 3남 정호 씨도 작고함으로써 이제 그의 최후를 증언할 이는 더 남아 있지 않다.

북한의 〈문학신문〉 탐방기에 따르면 장남 준호는 고향 정주 곽산에서 목수로 일했고 둘째 은호는 평북 경공업총국의 상급지도원이었다. 유복자였던 넷째아들 낙호는 평양의 설계연구기관의 연구사이고 손자들은 고향 인근 문장리에 산다고 했다. 3남 정호는 18세 때 한국전쟁이 터지자 어머니 홍단실로부터 "너만이라도 남으로 가라"는 말을 듣고 인민군으로 남하하던 중 포로로 붙잡혔다가 인천형무소, 부산과 거제포로수용소를 거쳐 반공 포로로 풀려났다.

이후 국군에 자진 입대해 1955년 제대한 그는 친척의 주선으로 교통부 임시직에 취직하다가 반려자를 만나 결혼했지만, 여전히 곤궁했던 그는 1958년 〈동아일보〉에 자신이 소월의 친자임을 알리기에 이른다. 그의 딱한 사정은 서정주, 박종화, 구상 등에게 전해졌고 당시 국회의장이던 이효상에게 추천서를 써 준 덕분에 국회에 어렵사리 취직을 했다. 하지만 신부전증이 악화된 아내를 돌보기 위해 이내 퇴직하고 만다. 현재 남한에 있는 소월의 혈육은 정호 씨의 딸 김은숙(충남 아산 거주)과 아들 김영돈(인천 부평 거주)뿐인 것으로 알려져 있다.

미당과 『화사집』

　『화사집花蛇集』은 1941년 '남만서고南蠻書庫'에서 100부 한정판으로 간행된 미당未堂 서정주徐廷柱(1915~2000)의 첫 시집이다. 미당의 첫 시집이라는 이름값으로도, 100부 한정판이라는 희소성으로도 시집은 충분히 귀할 뿐만 아니라 미당 문학의 기원을 보여 준다는 점에서 의미가 각별하다. 흔히 프랑스 시인 보들레르의 영향을 받은 것으로 알려진 『화사집』의 구성과 편제에 대해 주의를 환기시킨 건 다름 아닌 미당 자신이다.

　이런 신화神話 헬레니즘을 나는 기독교의 구약성서의 솔로몬 왕의

'아가雅歌' 등에 보이는 고대 이스라엘적 양명성陽明性과 이때는 거의 혼동하고 있었던 일이다. 내 『화사집』을 주의해서 보아 준 이라면 이 혼동을 여러 곳에서 쉬이 발견할 수 있을 것이다. 내 공부와 성찰은 (중략) 자세히 음미해야 할 동양 정신의 일환임을 주의할 만한 데 이르지 못했고, 다만 그 생태에 있어서 솔로몬의 '아가'적인 것과 그리스 신화적인 것의 근사치에만 착안하여 양자의 그 숭고하고 양陽한 육체성에만 매혹되어 있었던 것이다.

서정주, 『내 시에 대한 나의 해설』, 동국대 한국문학연구소, 1980

구약성경의 아가, 잠언箴言, 전도傳道는 솔로몬의 작품으로 전해지고 있다. 이 가운데 미당이 직접 언급한 것은 '아가'이다. 히브리어로 '노래 중의 노래'라는 뜻의 '아가'는 남자와 여자가 번갈아 가며 말하는 연애시 모음으로 유명하다. 미당의 말대로 우리가 "주의해서 보아" 줄 경우 발견하게 되는 『화사집』의 구성 원리란 무엇일까. 먼저 시집 표지를 열면 사과를 물고 있는 뱀 그림이 나타난다. 이 삽화가 권두를 장식한 까닭은 『창세기』에 나오는 선악과와 뱀 신화를 반영한 결과인 동시에 구약 신화가 이 시집의 가장 강력한 수원水源임을 시사한다.

창세기 신화는 인류 조상 이브가 뱀의 유혹에 못 이겨 선악과를 따 먹음으로써 신의 노여움을 산 이야기인데, 그 후 인간의 역사에는 저주와 유랑과 원죄가 들어온다. 이러한 성서적 서사(드라마)가 『화사집』

의 골격이 되고 있는 것이다. 시집엔 '자화상自畵像' '화사花蛇' '노래' '지귀도시地歸島詩' '문門' 등 다섯 개의 중간 제목으로 나뉘어 모두 24편의 시가 수록돼 있다.

서정주, 『내 시에 대한 나의 해설』, 동국대 한국문학연구소, 1980

미당의 초기 시가 그리스적 육체성과 보들레르적 감각을 바탕으로 한 것이라는 평가에 못지않게 그의 의식 체계를 지배하고 있었던 것은 성서로 대표되는 기독교적 사유 체계라고 할 수 있다. 유성호는 "미당에게 그것은 외적 표지標識가 아니라 무의식적 원형으로 내면화된 것임이 틀림없다. 그러한 무의식적 경도를 그는 '혼동'이라고 표현한 것"이라고 지적하면서 "이 표현에 유의할 때 『화사집』의 구성은 희랍적 헬레니즘이나 동양 정신과는 전혀 다른 ('혼동'된) 성서의 원리를 닮았다는 데 착안하게 된다"고 지적한다. 우선 "애비는 종이었다"로 시작되는 시 「자화상」은 그러한 착안의 첫 열쇠가 된다.

　　(상략)
　　스물세 햇동안 나를 키운 건 팔할八割이 바람이다.
　　세상은 가도 가도 부끄럽기만 하드라
　　어떤 이는 내 눈에서 죄인罪人을 읽고 가고
　　어떤 이는 내 입에서 천치天痴를 읽고 가나
　　나는 아무것도 뉘우치진 않을란다.

—27—

찰란히 티워 오는 어느 아침에도

이마 우에 언친 시詩의 이슬에는

몇방울의 피가 언제나 서껴 있어

볓이거나 그늘이거나 혓바닥 느러트린

병든 숫개만양 헐덕어리며 나는 왔다.

서정주, 「자화상」 일부

시의 화자는 타인이 자신을 죄인이나 천치로 보는 냉대에 대해서는 "아무것도 뉘우치진" 않지만 그 스스로의 원죄 의식만은 충실하게 받아들인다. 그 뉘우침의 동력은 철저하게 자기 내부에서 오는데, 이처럼 타자와의 소통 단절 혹은 자기 안으로의 응결은 청년 미당의 정신 편력을 이해하는 데 소중한 단서가 된다. 그는 '죄인'이나 '천치'로 대변되는 불구의 형상을 노래하고는 있지만 그것은 일시적인 현상일 뿐 오히려 '찰란히 티워 오는 어느 아침'을 맞아 자기 정체성을 형성해 갈 것을 스스로 다짐하고 있다. 카오스적 역사와 편력을 통해 주체를 정립해 가는 '창조'의 원리가 상징적으로 암시된 시편이라고 할 수 있다.

소제목 '지귀도시'로 분류된 시편들은 미당이 심신의 상훈을 달래기 위해 제주 남단 지귀도라는 섬에 머물면서 쓴 「정오正午의 언덕에서」「고을나高乙那의 딸」「웅계 상雄鷄 上」「웅계 하雄鷄 下」등 네 편의 시인데 상당 부분 그리스도의 이미지와 겹쳐 읽을 수 있다.

(상략)

시약시야 나는 아름답구나

내 살결은 수피樹皮의 검은빛,
황금黃金 태양太陽을 머리에 달고

몰약沒藥 사향麝香의 훈훈薰薰한 이꽃자리
내 숫사슴의 춤추며 뛰여 가자.

우슴 웃는 짐생, 짐생 속으로.

서정주, 「정오의 언덕에서」 일부

이 작품의 시간 배경은 한낮正午이고, 공간 배경은 섬이지만 정작 강조되는 건 '바다'가 아니고 '언덕'이다. 이 시공간적 메타포는 그리스도 십자가 사건의 시공간과 고스란히 겹친다. 또 지귀도에는 신인神人 고을나의 자손이 산다는데 그 '신인' 역시 그리스도 이미지와 일치한다. 미당은 이 시에서 구약 '아가'에 나오는 "향기로운 산우에 노루와 적은 사슴같이 있을지어다"라는 구절을 앞머리에 인용해 놓고 있다. 나머지 세 편에서도 십자가상 그리스도의 원형적 이미지로 보이는 표현이 많이 나온다.

닭의 벼슬은 심장心臟우에 피인꽃이라

구름이 왼통 젖어 흐르나

막다아레에나의 장미薔薇 꽃다발.

(중략)

임우 다다른 이 절정絶頂에서

사랑이 어떻게 양립兩立하느냐

해바래기 줄거리로 십자가十字架를 엮어

죽이리로다, 고요히 침묵하는 내 닭을 죽여……

서정주, 「웅계 하」 일부

「웅계 하」는 그리스도 수난의 대표적 표상인 '어린 양' 이미지의 변용이다. 그리스도의 속죄양 의식이 녹아 있는 것이다. 또 막달라 마리아는 그리스도의 부활 사건을 목격한 성서적 인물이기도 하다.

소제목 '문' 아래 실린 「바다」「문」「서풍부」「부활」 등 네 편의 시는 새로운 세계로의 열림이 이루어지는 이 시집의 대미라고 할 수 있다.

"애비를 잊어버려/ 에미를 잊어버려/ 형제兄弟와 친척親戚과 동모를 잊어버려,/ 마지막 네 계집을 잊어버려"(「바다」 일부)는 그리스도가 부정하려 했던 세속적 관계와 이미지가 겹친다. 이어 "눈뜨라. 사랑하는 눈을 뜨라…… 청년아,/ 산 바다의 어느 동서남북東西南北으로도/ 밤과 피에 젖은 국토國土가 있다"라는 연에 이어 마지막 연에서 "아라스카로 가라!/ 아라비아로 가라!/ 아메리카로 가라!/ 아

문학아
밖에 나가서
다시 얼어 오렴아

푸리카로 가라!"라고 '가라'는 명령어가 네 번이나 반복된다. 이 명령은 화자의 자기 다짐으로, 그것을 통해 화자는 비로소 새로운 세계로 열리는 '문'에 다다른다. 그 '문'을 여는 상상력은 시집의 마지막 시편인 「부활復活」에서 절정을 이룬다. "내 너를 찾어왔다……유나臾娜, 너 참 내 앞에 많이있구나 내가 혼자서 종로鍾路를 거러가면 사방에서 네가 웃고오는구나. 새벽닭이 울때마다 보고 싶었다…… (중략) 한번가선 소식없든 그 어려운 주소住所에서 너무슨무지개로 네려왔느냐"(「부활」일부)

시적 화자의 눈앞에 어른거리는 죽은 애인 '유나'의 현재적 재생이야말로 부활이 아니고 무엇이랴. 유나는 "그 어려운 주소에서 너무슨 무지개로 네려"와 "모두다 내 앞에 오는" 존재로 변주된다. 『화사집』의 마지막 수록 작품 「부활」은 "순이야, 영이야, 또 돌아간 님아"라고 노래 부르는 두 번째 시집 『귀촉도』의 첫 작품 「밀어密語」와 의미심장하게 연결된다. 이처럼 『화사집』은 일관되게 성서에 바탕을 둔 서사 구조로 짜여 있다.

오장환과 남만서점

　오장환吳章煥(1918~1951)은 스무 살 때인 1938년 서울 종로
구 관훈동에 고서점을 열었다. 간판이 '남만서점南蠻書店'이다. 당
시 고서점 이름으로 유행하던 ○○당堂도 아니고, 서점 이름에 많
이 들어가던 '문文'이란 글자도 없이 문자 그대로 '남쪽 오랑캐 서
점'이다. 이름이 이상했던지 문우 이봉구李鳳九(1916~1983)는 이런
글을 남겼다.

　　장환이 경영하고 있는 책점은 남만서점이라는 괴상한 이름으로, 서
　　점 진열장에 놓인 흰 토끼털 위엔 보들레르의 시집 원서가 놓여 있었

고 그 옆으로 울긋불긋한 무당의 큰 부채가 놓여 있고 정면 벽에는 포
오의 사진과 연필로 그린 이상의 자화상이 걸려 있어 이채를 띄었다.

이봉구, 『도정道程』

　오장환은 왜 서점 이름을 남만서점으로 지었던 것일까. 그 이유
는 두 가지로 압축된다. 하나는 오장환이 1936년 일본 메이지대학
에서 공부할 당시 도쿄에 '남만서점'이 있었다는 사실이다. 그 서
점은 『러시아 대혁명사』 『코민테른의 성립과 발전』 등 좌익 서적
을 펴내 발매 금지를 당한 적이 있던 만큼 귀국 후 서점을 열면서
의식적으로 그런 이름을 붙였을 가능성을 배제할 수 없다. 다른 하
나는 "북쪽은 고향/ 그 북쪽은 여인이 팔려간 나라"로 시작되는 이
용악李庸岳(1914~1971)의 유명한 시 「북쪽」을 염두에 두고 이용악
의 북방 지향과 대비되는 상징으로 '남만'이란 이름을 붙였을 수
도 있다. 이용악이 북쪽이라면, 오장환은 남쪽을 관장하겠다는 문
학적 영토의 분할 의식에서 남만서점이란 이름을 붙였을 가능성이
그것이다.

　오장환과 이용악의 문학적 길항 관계는 두 사람의 첫 시집 제목
에서도 드러난다. 1937년 5월 도쿄의 '삼문사三文社'에서 출간된
용악의 첫 시집 『분수령分水嶺』과 역시 1937년 7월 도쿄의 '풍림사
風林社'에서 출간된 장환의 첫 시집 『성벽城壁』은 각각 고개嶺와 벽
壁을 표제로 삼고 있다. '분수령'이란 고개에서 물길이 갈라지는 산
마루를 가리키는 말이거니와 어떤 사태가 발전·전환하는 지점이

라는 의미를 내포한다. '성벽' 역시 안과 밖 혹은 어떤 지역이나 여느 세상과 구분 짓는 장치를 가리킨다.

두 사람은 모두 전통문화와 서구 근대문명이 뒤섞이는 시대적 조류 속에서 '분수령'과 '성벽'이라는 장소적 거점을 표제로 내세워 문학적 출발을 천명했다. 이런 장소적 거점 의식이 '북에 이용악, 남에 오장환'이라는 분할 의식으로 전환돼 남만서점으로 귀착됐을 공산이 높다.

오장환은 유학을 중단하고 1937년 가을 귀국한다. 바로 그해 아버지 오학근이 사망하고 물려받은 유산으로 남만서점을 열었다. 남만서점은 문학 전문 서점이었다. 보들레르의 시집 원서는 물론 절판본·한정판·호화판·진귀본이 꽉 들어차 있었다. 게다가 선배 시인 이상李箱(1910~1937)이 1936년 말, 일본으로 가면서 오장환에게 건넨 연필로 그린 자화상까지 걸어 놓고 문학 전문 서점 분위기를 한껏 자아냈다. 휘문고 재학 중 스승인 정지용에게 사사하며 교지에 시를 발표한 오장환은 1933년《조선문학》에 시「목욕간」으로 등단했고, 바로 그해 이상이 종로통에 문을 연 다방 '제비'에 드나들면서 이상과 친교한다. 만 15세의 오장환은 너무 성숙했다. 딴은 이상이 1937년 4월 도쿄에서 쓸쓸하게 숨을 거두고 말았으니, 오장환이 이상의 초상화를 서점에 걸었던 것은 그를 추모하는 의미였을 것이다.

남만서점을 가득 채운 책들은 당시 경성제대 교수 미야케三宅의 부인이 하던 고서점과 연관된 것으로 보인다. 미야케가 사상 문제로 투옥됐을 때 부인은 남편의 개인 장서를 가지고 서점을 열었는데 미야케 부인과 알고 지내던 이봉구를 따라 오장환 역시 그 서점에 자주 출입했다. 남만서점 경영엔 미야케 부인의 자문도 한몫했을 수 있다. 남만서점은 장안에 널리 알려지기 시작했고 고객은 줄을 이었다. 수입도 많아서 오장환은 멋진 양복과 넥타이를 사흘 건너 바꿀 정도였다. 이봉구는 이렇게 회고했다.

> 학교고 무엇이고 문학으로 인하여 모두 팽개치고 동경으로 드나들며 색깔 진 양복과 넥타이에 그 좋아하는 시집 중에 진본, 호화판, 초판 등을 사들이었고 운니동 집에서 눈만 뜨면 아침밥을 먹기가 무섭게 우리들이 모이는 '미모사', '낙랑', '에리사'로 뛰어나왔고 이곳에서 해가 저물어 거리에 밤이 오면 제가끔 주머니에서 돈을 털어 모아 '춘발원' 배갈집으로 향하여 밤 이슥해서 집으로 찾아들어 아무 방이고 닥치는 대로 들어가 코를 골았다. 문학을 위하여 사는 보람에서 도취되어 장환은 살아 나왔다.
>
> 이봉구, 『도정』

서점의 호황은 출판으로 연결됐다. 당시엔 서점이 출판을 겸업하는 예가 많았다. 오장환은 '남만서방南蠻書房'이라는 출판사를 등록한 뒤 자신의 두 번째 시집 『헌사』와 김광균金光均(1914~1993)의 첫 시집 『와사등』을 1939년 차례로 출간한다. 그러나 갓 스물을 넘긴 청년 오장환은 서점을 천직으로 삼기엔 너무 젊었다. 결국 남만서점은 1940년 문을 닫고 만다. 이봉구는 "1년도 못 가 남만서방은 들판에 나고 오장환은 도쿄로 떠나 버렸다"고 회고했다.

오장환이 1940년 7월에 쓴 산문 「팔등잡문」에 "오늘도 명치정엘 나와 당구를 하며 콩가루 섞인 커피를 마시며 어쩌면 지방 문청文靑이나 올라와서 어떻게 인사할 기회를 얻어 가지고 맥주나 마실까 맥주나 마실까……"라고 한 것을 보면, 서점 경영은 겨우 2년 남짓으로 끝내고 이내 전형적인 식민지의 룸펜으로 휘청거리는 한때를 보냈다. 그는 술이나 밥이 나올 데를 찾는 데 선수였다.

그는 미당 서정주와 이봉구 등 신진 문인들을 이끌고 문학청년을 외아들로 둔 토건업자를 찾아가 술을 청했는가 하면, 사설병원의 약장을 열어 알코올에 물을 타 술 대용으로 마시기도 한 술판의 좌장이었다. 그뿐 아니었다. 종로나 본정통 맥줏집 주인들과도 교분이 두터웠고 그곳의 웨이터들, 남자 접대부인 '오동갈보'들과도 형님 동생하고 지내는 사이여서 맥주 한 병값을 주고도 두세 병을 주인 몰래 마실 수 있었다. 오장환은 하는 일도 스마트해서 서정주, 이용악, 이봉구와 함께 바에 들어설 양이면 여급들이 떼거리로 달려와 팔과 가슴에 매달렸다고 한다.

술집 주인들도 그를 좋아해서 외상술을 즐겁게 내주었다. 자연스럽게 오장환 패거리로 불릴 만큼 한 무리 가난한 시인들이 그의 주위에 모여들었고, 오장환은 대장 노릇을 했다. 오장환은 당시 《시인부락》 동인인 서정주의 시에 홀딱 반해 갓 신인이어서 시가 몇 편 되지 않는데도 미당의 첫 시집을 남만서방에서 내자고 제안

문학아
밖에 나가서
다시 얼어 오렴아

했다. 시 원고는 1938년에 건네졌지만 이후 1940년 미당이 만주로 떠나고 남만서방도 문을 닫는 등 사정이 여의치 않아 시집 출간은 미뤄졌다. 그러던 차에《시인부락》동인이기도 한 '남대문약국' 주인 김상원이 500원을 내놓아 1941년 2월 10일 100부 한정판으로 미당의 첫 시집『화사집』이 이번엔 '남만서고'에서 출간되었다.

제1번에서 15번까지는 저자 기증본, 16번에서 50번까지는 특제본, 51번에서 90번까지는 병並제본, 91번에서 100번까지는 발행인 기증본이었다. 특제본 35권의 표지는 유화용 캔버스로, 등때기는 비단에 '花蛇集' 세 글자만 붉은 실로 수를 놓고, 본문은 전주 태지쑴紙를 여러 겹 붙여 다듬이질했으니 책의 호사를 있는 대로 부렸다. 특제본은 5원, 병제본은 3원이었다. 탁주 한 사발에 안주 하나 곁들여 5전이었다니 특제본 한 권 팔아 선술집 돌아다니며 100잔의 술을 마셨다고 한다.

서문이나 저자의 후기도 없었다. 다만 발행인 오장환이 "그여코 내 손으로『화사집』을 내게 되었다. 내가 붓을 든 이후로 지금에 이르도록 가장 두려워하고 끄-리든, 이 시편을 다시 내 손으로 모아 한 권 시집으로 세상에 전하려 한다. 아-사랑하는 사람의 재앙됨이여!"라고 쓴 게 전부였다. 제작비를 댄 김상원이 이 글을 받아서 "정주가《시인부락》을 통하야 세상에 그 찬란한 비늘을 번득인지 어느 듯 5~6년, 어찌 생각하면 이 책을 묶음이 늦은 것도 같으나 역亦, 끝없이 아름다운 그의 시를 위하야는 그대로 그 진한 풀밭에 그윽한 향취와 맑은 이슬과 함께 스러지게 하는 것이 오히려

고결하였을는지 모른다"고 짧은 발문을 썼을 뿐이다.『화사집』출
간을 끝으로 오장환은 다시 현해탄을 건너갔다.

박인환과 마리서사(상)

마리서사 앞에서 박인환

    강원도 인제 태생의 시인 박인환朴寅煥(1926~1956)이 평양의학
전문학교를 중퇴하고 경성에 와서 지금의 종로3가 낙원동 입구에
고서점 '마리서사茉莉書舍'를 연 것은 1945년 말이다. 시인 김광균
의 증언을 들어 보자.

    1945년인지 그 다음 해인지 낙원동 골목을 나서 동대문으로 가는
좌변에 말리서사(마리서사)라는 예쁜 이름의 서점이 문을 열었다. 20
평이 채 되지 않아 보이는 서점으로, 책이 꽉 차 있지는 않으나, 문
학 서적이 대부분이어서 나는 책을 몇 권 샀다. 자기가 서점 주인이라

는 20대 청년이 가까이 오더니 인사를 청하고, 이름이 박인환이라는 것이었다. 내 시의 애독자이며, 자기도 발표는 아직 없으나 시작을 하고 있다면서 매우 정다운 어조로 이야기를 붙여 왔다."

김광균 외, 『세월이 가면』, 1982

마리서사의 정확한 위치는 낙원동 골목을 나와서 동대문 쪽으로 세 번째 집이요, 탑골공원 정문에서 60미터쯤 되는 거리에 있었다. 고서점은 관훈동에 많았으나 종로 큰길가에 자리를 잡은 것은 박인환의 이모부가 바로 옆에서 포목점을 하고 있었기 때문이다. 박인환은 소년 시절부터 고서점을 들락거렸다.

1936년에 상경, 덕수공립보통학교를 졸업하고 경기고보에 다니던 소년 박인환은 북촌의 원서동 집에서 도보로 안국동과 관훈동을 거쳐 통학하면서 길가 고서점을 찾기 시작했다. 그 체험이 광복 후 생업을 찾아야 했던 그로 하여금 고서점에 눈뜨게 했다. 김규동 金奎東(1925~2011) 시인의 회고에 따르면 박인환은 학창 시절 종로에서 남만서점을 경영하던 시인 오장환과 알고 지냈다. 하지만 1940년 남만서점이 문을 닫았고 그로부터 5년 뒤 박인환은 그 바통을 이어받는다는 의미에서 고서점을 냈다는 것이다.

마리서사란 이름은 프랑스 화가이자 시인인 마리 로랑생에서 따왔다거나, 일본의 모더니즘 시인 안자이 후유에安西冬衛(1898~1965)가 1929년 펴낸 『군함 마리軍艦茉莉』라는 시집 제목에서 따왔다는 두 가지 설이 있다. 마리 로랑생은 19세기 프랑스 모더니즘 선구자인 시인 기욤 아폴리네르의 연인이었고, 몽마르트르의 젊은 예술가들에게 싱싱한 영감을 불러일으키던 화가로 당시 박인환은 아폴리네르와 로랑생에 경도돼 있었다. 또 "'말리'라 불리는 군함이 북지나의 달 밝은 정박장에 닻을 내리고 있다. 암염岩鹽 모양 조용히 또 희게"로 시작되는 「군함 마리」의 시인 안자이 후유에는 당대 한·일 지식인들에게 적지 않은 영향을 끼친 인물이다. 하지만 '마리'라고 했던 이유는 박인환이 로랑생을 좋아해서 차용했다는 설명(부인 이정숙의 생전 증언)이 더 설득력을 얻고 있다.

박인환은 마리서사를 연 1년 뒤인 1946년 12월 〈국제신보〉에 「거리」를 발표하고 시인으로 데뷔했으니 마리서사는 그에게 생활의 방편이기에 앞서 문학 수업의 과정이었다. 진열된 책 대부분은 그가 소장하고 있던 도서였다. 앙드레 브르통, 폴 엘뤼아르, 마리 로랑생, 장 콕토 같은 프랑스 현대 시인들의 시집과 일본의 시 잡지들이 진열돼 있었다. 그의 책 수집벽은 타의 추종을 불허할 정도였다.

장만영이나 김광균, 이봉구가 애서가라면, 인환은 책에 대한 유다른 수집벽 같은 것이 있었다. 그의 서가에는 일본 '제일서방第一書房'의 한정본이나 호화 장정본이 꽂혀 있었다. 콕토와 자콥 혹은 발레리, 예이츠와 호화판 시집과 고흐라든지 릴케의 미끈한 서간집 같은 구수한 책들이…… 이봉래와 마찬가지로 박인환은 책을 빌어 가면 영 소식이 없다. 아주 먹어 치우고 만다.

김규동, 「한 줄기 눈물도 없이」

마리서사엔 시인·소설가·화가들이 모여들었다. 이시우, 조우식, 김기림, 김광균, 이흡, 오장환, 배인철, 김병욱, 이한직, 임호권, 송지영, 이봉구, 박영준, 양병식, 송기태, 설정식 등 문인들은 물론 최재덕, 길영주, 박일영 등 화가들이 그들이다. 마리서사는 자연스럽게 한국 모더니즘 시운동의 구심점이자 문인들의 사랑방 구실을 했다.

당시 자주 마리서사에 들렀던 시인 김수영金洙暎(1921~1968)은 마리서사에 대해 이렇게 언급했다.

> 말리서사를 빌어서 우리 문단에도 해방 이후에 짧은 시간이기는 했지만 가장 자유로웠던, 좌·우의 구별 없던, 몽마르트르 같은 분위기가 있었다는 것을 자랑삼아 이야기해 보고 싶었다. 그 당시만 해도 글 쓰는 사람과 그 밖의 예술 하는 사람들과 저널리스트들과 그 밖의 레이맨들이 인간성을 중심으로 결합될 수 있는 여유 있는 시절이었다. 그 당시는 문명文名이 있는 소설가 아무개보다는 복쌍 같은 아웃사이더들이 더 무게를 가졌던 시절이고, 예술청년들은 되도록 작품을 발표하지 않는 것을 영광으로 생각하던 시절이었다. 지금 그 당시의 표준을 가지고 재어 볼 때 정도正道를 밟고 있는 사람이 몇 사람이나 될까.
>
> 김수영, 「말리서사茉莉書肆」, 1966

김수영은 박인환의 스승으로 화가 박일영을 꼽는 데 주저하지 않는다. 그는 박일영을 마리서사 주변 문인들의 사표師表 같은 존재였다고 회고했다.

寅煥의 최면술의 스승은 따로 있었다. 朴一英이라는 畵名을 가진 초현실주의 화가였다. 그때 우리들은 그를 '복쌍'이라는 일제시대의 호칭을 그대로 부르고 있었다. 복쌍은 싸인 보드니 포스터를 그려 주는 것이 본업이었는데 어떻게 해서 인환이하고 알게 되었는지는 몰라도, 쓰메에리를 입은 인환을 브로드웨이의 신사로 만들어 준 것도, 콕토와 자콥과 東鄕靑兒의 「가스빠돌의 입술」과 부르통의 「超現實主義宣言」과 트리스탄 짜라를 교수하면서 그를 전위 시인으로 꾸며낸 것도, 말리서사의 '말리'를 「군함 말리」에서 따준 것도 이 복쌍이었다. (중략) 지금 생각해 보면 오늘날의 문학청년들에게는 그때의 복쌍 같은 좋은 숨은 스승이 없다. 복쌍은 인환에게 모더니즘을 가르쳐 준 것이 아니라 예술가의 양심과 세상의 허위를 가르쳐 주었다. 그는 '말리서사'라는 무대를 꾸미고 연출을 하고 프롬프터까지 해 가면서 인환에게 대사를 가르쳐 주고 몸소 출연을 할 때에는 제일 낮은 어릿광대의 賤役을 맡아 가지고 나와서 관중과 배우들에게 동시에 시범을 했다. 인환은 그에게서 시를 얻지 않고 코스츔만 얻었다. 나는 그처럼 철저한 隱者가 되지 못한 점에서는 인환이나 마찬가지로 그의 부실한 제자에 불과하다.

김수영, 「말리서사」, 1966

이 글은 박인환과 마리서사에 대한 회고가 주를 이루고 있지만, 한편으로 박일영이라는 존재에 대한 김수영의 존경심을 보여 준다. 마리서사를 근거지로, 박인환에게 예술의 진면목을 가르쳐 준 박일영은 전위 예술을 깊이 이해하였지만 그것으로 세속적 명리를 구하지 않은 채 간판장이로 살다 간 사람이었다. 1946~1948년 박일영을 따라 간판을 그리러 다니던 김수영은 페인트가 묻은 작업복을 입은 채 낭만적이고 열정적으로 살아가던 박일영을 예술가의 전형으로 보았다. 김수영은 박일영의 탈속적이고 은자적인 태도에서 예술가로서의 윤리적 이상을 발견했던 것이다. 반면 박일영에게서 모더니즘의 세례를 받고 한껏 멋을 부리던 박인환에 대해서는 "시를 얻지 않고 코스튬만 얻었다"고 폄하했다.

박인환은 1955년 10월 시인 장만영張萬榮(1914~1975)이 운영하던 '산호장珊湖莊' 출판사에서 『박인환 선시집朴寅煥 選詩集』을 냈다. 하지만 서점에 배포되기 전, 인쇄소 화재로 대부분이 불탔다. 장만영은 1956년 1월 초간본 판본 그대로 시집을 재발간한다. 초간본 표지는 하드커버에 호부장糊付裝인 반면 재발간본은 소프트커버의 보급판 지장본이었다. 호부장은 제본할 때 옆을 매는 방식의 하나로, 속장을 철사로 매고 표지를 싼 다음 표지째 함께 마무리 재단을 하는 제본 방식이다.

1995년쯤 화가 황 모 씨로부터 『박인환 선시집』 초간본을 입수한 인사동의 고서점 '호산방' 대표 박대헌 씨에 따르면 판권지의 발행 일자는 '1955년 10월'이었다. 바로 화재 직전에 출판된 오리지널 판본인 것이다. 그는 "박인환이 시인 장호강에게 증정한 친필사인이 있고, 그 옆엔 '코주부'의 만화가 김용환이 직접 그린 박인환 캐리커처가 있었다"고 말했다.

필자가 확인한 박대헌 소장본의 면지와 속표지 그리고 뒤표지 면지 등에는 김광주, 이진섭, 송지영, 박거영, 차태진, 김광식, 조영암 등 당대 문인들의 친필 메모가 빼곡히 적혀 있었고 '1월 16일'에 썼다는 기록도 있었다. "寅煥이 인환이가 冊가게에서 처음 만난 그 寅煥이가 十年을 하로같이 詩 속에서 詩를 찾으며 읊으며 용하게도 오늘까지 뻗혀 왔다는 게 진정 반갑구나."(소설가 겸 언론인 송지영의 축하 메시지)

이로 미뤄 1956년 1월 16일 출판기념회가 있었고 이 자리에서 지인들이 이 책에 축하 메시지를 쓴 것으로 보인다. 박인환은 화재가 나기 전, 초간본 몇 권을 인쇄소로부터 직접 전해 받은 듯하다. 거의 유일본이라 할 『박인환 선시집』 초간본엔 인간 박인환의 정취가 물씬 배어 있다.

박 씨는 "황 모 씨가 이 오리지널 판본을 갖고 처음 찾아왔을 때 나는 안복眼福을 누린 것으로 만족해야만 했으나 2~3년 후, 그로부터 고서를 정리하겠다는 연락이 와 300~400권의 문학 서적을 함께 구입했는데 사실 『박인환 선시집』 한 권 때문에 300~400권의 책을 샀던 셈"이라고 말했다.

박인환과 마리서사(하)

　박인환이 김수영을 처음으로 만난 건 마리서사를 개업한 직후 인 1945년 말이지만 두 사람을 연결해 준 것은 문학이 아니라 연 극이었다.

　도쿄의 '미즈시나하루키水品春樹연극연구소'에서 연극을 배운 김수영은 1943년 학도병 징집을 피해 귀국, 당시 신파극과 결별하 고 국민연극운동을 벌이고 있던 미즈시나 출신의 연극인 안영일 을 찾아가 연출 일을 맡고 있었다. 그러다 시국이 뒤숭숭해진 이듬 해 봄, 먼저 만주로 건너간 가족과 합류하기 위해 길림성으로 떠나 간다. 길림에서 조선 청년들로 구성된 '길림극예술연구회'에 가입한 그는 안영일, 오해석, 심영 등과 어울리며 독일 희곡의 번안 작품인 〈춘수春水와 같이〉에서 로만칼라를 한 신부 역을 맡는 등 연극인의 길을 걷다가 해방을 맞아 다시 경성으로 돌아온다. 당시 경성은 도쿄, 오사카, 베이징 등지에서 귀국한 문화인들로 차고 넘쳤다. 이들은 당시 문화의 중심지인 명동으로 몰려들었다. 김수영 역시 예외는 아니었다. 안일영과 연극을 하면서 알게 된 박상진을 만나기 위해 명동 소재 극단 '청포도' 사무실을 찾았을 때, 박상진은 먼저 와 있던 멋쟁이 신사를 소개해 주었다. 얼마 전 종로통에 마리서사를 개업한 박인환이었다.

> 인환을 처음 본 것이 박상진이가 하던 극단 '청포도' 사무실의 2층에서였다. (중략) 해방과 함께 만주에서 연극운동을 하다 돌아온 나는 이미 연극에는 진절머리가 나던 때라 그의 말은 귀언저리로 밖에는 안 들렸고, 인환의 첫 인상도 그리 좋은 편은 아니었다.
>
> 김수영, 「말리서사」, 1966

김수영은 이듬해인 1946년 3월 문학평론가 조연현을 주축으로 한 《예술부락》 제2집에 「묘정廟庭의 노래」를 발표하며 등단한 직후 마리서사로 박인환을 찾아가 등단 잡지를 보여 주었다. 하지만 아직 등단 전인 인환의 반응은 싸늘했다. 인환은 「묘정의 노래」를 습작 수준의 작품으로 취급한 것은 물론 《예술부락》을 한번 훑어보더니 마리서사의 구석에 처박아 버렸다. 김수영 자신도 등단작이 마음에 들지 않았다.

그는 연극을 그만둔 뒤로 집에 들어앉아 쓴 시 가운데 20편을 조
연현에게 보냈는데 어떻게 된 셈인지 가장 모던하지 않으며 저수준인
「묘정의 노래」가 뽑혔다고 불평했다. 어쨌든 김수영은 「묘정의 노래」
때문에 박인환을 비롯한 마리서사의 모더니스트 시인들로부터 혹독
한 비판과 수모를 당했다.

최하림, 『김수영 평전』, 실천문학사, 2001

박인환에 대한 김수영의 콤플렉스는 이 지점에서 발생한다. 박
인환은 등단 자체에 연연하기보다 등단작의 수준에 초점을 맞추고
있었다. 김수영의 등단보다 9개월 늦은 1946년 12월 마리서사의
단골이던 송지영의 추천을 받아 〈국제신보〉에 「거리」를 발표하고
등단한 박인환은 겨우 스무 살의 나이에 장안의 문인들을 끌어안
는 넉넉한 품을 열어 보이며 어엿한 모더니스트로 자리를 굳혀 가
고 있었다. 실제로 박인환은 김경린 등과 함께 '신시론新詩論' 동인
을 만들 때 김수영을 참여시키며 그의 문단 활동에 영향을 끼친 인
물이었다.

그러던 차에 하루는 박인환이 내가 일하고 있던 남대문의 사무실
에 찾아왔어요. 1947년이었지요. 박인환의 나이가 스물두 살이었는
데, (중략) 그날 저녁에 만나 여러 이야기를 하고 그의 시 「장미의 온

도」라는 시를 보여 주고 한번 같이하자고 의기투합해서 동인이 되었지요. 둘 가지고는 안 되고 누가 더 없냐고 그랬더니, 김수영을 만나 보자 해서 충무로 쪽에 있던 집을 그날로 곧바로 찾아가 만났어요. 김수영의 집은 무슨 음식점 비슷한 것이었는데, 김수영은 너희들이 하자고 하니 나도 같이하겠다고 무조건 동조했어요.

김경린·한수영 대담, 『증언으로의 문학사』, 2003

등단 이후 발표 지면을 찾지 못하고 전전긍긍하던 김수영에게 발표 기회를 제공한 것도 박인환이었다. 그런 김수영은 1949년 4월 1일 자 〈자유신문〉에 시 「아침의 유혹」을 발표했는데 이것 역시 박인환의 배려에 의한 것일 가능성이 크다. 박인환은 1948년부터 〈자유신문〉 기자로 일했다.

이후 두 사람은 사화집 『새로운 도시와 시민들의 합창』(1949)과 '후반기' 동인에도 같이 참여하였으나 박인환이 1956년 작고하기 직전까지 모더니즘 운동을 주도해 나간 것과는 대조적으로 김수영은 이렇다 할 두각을 나타내지 못했다. 게다가 거제포로수용소에 갇혀 있던 시기(1951.1~1953.5)를 감안하면 김수영은 전쟁 직후의 상실감과 허무주의를 짙게 띤 「목마와 숙녀」 등의 시를 발표하며 당대 모더니스트의 기수로 떠오른 박인환과 비교 대상이 되지 못할 정도였다.

1956년 「세월이 가면」 「죽은 아포롱」 「예날의 사람들에게」 등을 발표하며 한창 주가를 올리던 인환은 그해 3월 20일 심장마비로 급작스레 사망한다. 그는 세상을 떠나기 3일 전인 17일 열린 '이상 추모의 밤'에서 죽음을 예감한 듯한 행동을 보였다고 한다.

그는 이진섭에게 "인간은 소모품. 그러나 끝까지 정신의 섭렵을 해야지"라는 글을 전하고는 "누가 알아 절필이 될는지"라고 한마디 던졌다고도 전해진다. 또 "관棺 뒤에 누가 따라오느냐. 죽어선 모르지만, 아 그래도 누가 올 것이다"라는 독백을 남겼는데 이것이 그의 마지막 유언으로 남아 있다. 당대의 대표적인 모더니스트의 일갈이 아닐 수 없다.

박인환의 장례식에 일부러 가지 않았던 김수영은 10년 뒤인 1966년 8월 박인환에 대한 증오를 쏟아 낸다.

> 나는 인환을 가장 경멸한 사람의 한 사람이었다. 그처럼 재주가 없고 그처럼 시인으로서의 소양이 없고 그처럼 경박하고 그처럼 값싼 유행의 숭배자가 없었기 때문이다. 그가 죽었을 때도 나는 장례식에를 일부러 가지 않았다. (중략) 어떤 사람들은 너의 「목마와 숙녀」를 너의 가장 근사한 작품이라고 생각하는 모양인데, 내 눈에는 '목마'도 '숙녀'도 낡은 말이다. 네가 이것을 쓰기 20년 전에 벌써 무수히 써먹은 낡은 말들이다. '원정園丁'이 다 뭐냐? '배코니아'가 다 뭣이며 '아뽀롱'이 다 뭐냐?
>
> 김수영, 「박인환」

'원정', '배코니아', '아뽀롱'은 모두 박인환이 즐겨 쓰던 단어들이다. '원정'은 시 「센티멘털 쟈니」에, '배코니아'는 시 「거리」에, '아 뽀롱'은 시 「죽은 아포롱」에 나오는 단어지만 김수영은 박인환의 현란한 현대 용어의 나열을 표가 나게 혐오했던 것이다. 김수영의 글은 이어진다.

> 내가 6·25 후에 포로수용소에 다녀나와서 너를 만나고, 네가 쓴 무슨 글인가에서 말이 되지 않는 무슨 낱말인가를 지적했을 때, 너는 선뜻 나에게 이런 말로 반격을 가했다. "이건 네가 포로수용소 안에 있을 동안에 새로 생긴 말이야." 그리고 너는 눈 하나 깜짝하지 않았고, 물론 내가 일러준 대로 고치지를 않고 그대로 신문사인가 어디엔가로 갖고 갔다. 그처럼 너는, 지금 내가 이런 글을 너에 대해서 쓴다고 해서 네가 무덤 속으로 안고 간 너의 '선시집'을 교정해 내보내지는 않을 것이다. 교정해 가지고 나올 수 있다 해도 교정하지 않을 것이다. 그런 생각도 해 본 일이 없다고 도리어 나를 핀잔을 줄 것이다. "야아 수영아, 훌륭한 시 많이 써서 부지런히 성공해라!" 하고 삥긋 웃으면서, 그 기다란 상아 파이프를 커크 다그라스처럼 피워 물 것이다.

김수영, 「박인환」

박인환 생전에는 거의 존재감이 없던 김수영이 박인환 타계와 함께 그 영향을 걷어 내기 위해 절치부심했다는 것은 숙명에 가깝다. 하지만 김수영 문학은 박인환 없이는 불가능했다. 죽은 박인환에 대한 김수영의 가열한 공격은 거꾸로 그의 박인환 콤플렉스가 절정에 달했음을 보여 준다.

인환은 수영의 재능을 알아주지 않았고 수영은 인환을 가짜 시인으로 치부했다. 시대의 밑바닥으로 내려가 진정한 '아웃사이더'가 되기를 원하던 수영은 다섯 살 연하인 인환의 시를 '지나가는 유행'으로 폄하하면서 자신의 문학적 생존을 모색했다. 박인환에게 수모당한 김수영의 이 같은 태도는 어떤 측면에서 박인환으로부터 전수된 것이라고 할 수 있다.

하지만 김수영도 오래 살지는 못했다. 산문 「박인환」과 「말리서사」에서 인환에 대한 애증을 가감 없이 쏟아 놓던 김수영은 이로부터 2년이 지나지 않은 1968년 6월 15일 밤 11시 10분경, 귀갓길에 서울 마포구 구수동 집 근처에서 버스에 치여 적십자병원으로 옮겨졌으나 이튿날 아침 숨을 거두고 만다. 역사에는 영원한 승자도, 영원한 패자도 없다. 김수영과 박인환. 두 사람은 치열한 모더니스트로 살다 간 문학적 샴쌍둥이였다.

2
부

김수영의 여인들

「나와 가극단 여배우와의 사랑」은 시인 김수영이 1950년대 중반에 쓴 로맨틱한 산문의 제목이다. 서두는 이렇다.

가극단 구경이 좋아서 저속한 노래와 춤과 값싼 경음악 같은 것을 들으러 따라다닌 시절이 나에게는 있었다. 그런 구경을 다닐 때는 반드시 P라는 화가와 같이 갔던 것이다. 벌써 지금부터 6, 7년 전 일이니까 나의 취미와 생활은 지금보다도 훨씬 더 낭만적이었고 열정적이었고 동시에 무질서하기 짝이 없는 것이었다.

김수영, 「나와 가극단 여배우와의 사랑」, 《청춘靑春》, 1954.2

6, 7년 전의 일이라고 했으니, 산문에서 재현된 시대는 1947년에서 1948년 사이의 어느 때이다. 1946년 어름이면 집안 살림살이가 너무 어려워져 김수영으로서는 일을 가리지 않던 시절인데, 등단은 했지만 문학에 본격적으로 뛰어들기 전이었다. 이 시기에 김수영은 주로 간판장이로 호구지책을 세웠다. 그가 본격적인 문필 생활에 접어든 '신시론' 동인 활동 직전의 일이요, 1950년 4월 여섯 살 연하인 이화여대 출신 김현경과 결혼하기 전의 일이다. 산문을 더 읽어 본다.

> P가 이성숙을 사랑하듯이 나도 어느 댄서를 하나 선택하여야 하겠다고 비장한 결심을 하고 화살을 겨눈 것이 장선방이라는 어깨와 허리가 고무풍선같이 탄력이 있어 보이며 검은 눈동자에 말할 수 없는 비애와 향수와 청춘이 교향악을 부르고 있는, 나이 불과 열일곱이나 열아홉밖에는 되어 보이지 않는 아름다운 여자. 편지를 주고 같이 차를 마시고 본견 양말을 프레전트하고······ 등등의 수속을 걸쳐서 나는 정식으로 이 여자와 결혼할 것을 결심하고 어머니에게 이야기하였다. 날을 받아서 나는 어머니한테 그 여자의 집을 찾아가서 장래의 나의 장모 될 사람 만나 보기를 탄원하였다.
>
> 김수영, 「나와 가극단 여배우와의 사랑」, 《청춘》, 1954.2

P는 본명이 박준경朴準敬인 화가 박일영朴一英이다. 김수영은 당시 자신보다 나이가 열두어 살 많은 박일영을 따라 간판 그림을 그

리느라 페이트 묻은 작업복을 입고 돌아다녔다. 가극단 구경도 반드시 박일영과 함께였는데, 그는 그때의 취미와 생활이 낭만적이었고 열정적이었고 무질서했다고 기억한다. 산문에서 박일영은 언뜻 가련하고 불행한 친구로 묘사되고 있지만, 사실은 김수영 문학과 삶의 거대한 타자였다고 할 수 있다. 그들은 취미도 같아지고 서로 둘도 없는 친구가 되어, 박일영은 그림을 그리고 김수영은 도안형 글씨를 썼다. 그러다가 김수영은 박일영의 취미인 가극단 구경에 동참하게 되는데, 사실 박일영의 가극단 관람은 이성숙이라는 여배우에 대한 사랑 때문이었다. 20대 중후반의 김수영은 가극단 배우 이성숙에 대한 박일영의 슬픈 종교적 색채까지 띤 사랑을 지켜보면서 자신도 그런 애인을 갖고 싶어 했음은 물론이다. 마침내 김수영은 이성숙과 같은 가극단에 속한 댄서 장선방을 소개받고 결혼을 생각하기에 이른다. 하지만 김수영의 어머니는 어느 날 장선방의 어머니를 찾아갔다가 어깨가 축 늘어져 집으로 돌아와 아들을 꾸짖는다.

그 여자의 어머니의 말을 들으니 장선방에게는 벌써 5년 전부터 약혼한 것이나 다름없는 사나이가 있다 하며 그 사람은 현재 ○○가극단에 있는 트럼본을 부는 악사이며, 그 사나이는 장선방을 친누이같이 제자같이 혹은 애인같이 손에 길이 들도록 한 가극단 안에서 한 솥의 밥을 먹고 자라났다고 한다. "공연히 고기 세 근만 손해가 났다! 애!" 하고 어머니는 일이 성사되지 않은 것도 그러하려니와 사 가지고 간 고기가 더 아까운 눈치였다. 나는 그 말을 듣고도 그리 슬픈 마음이 들지 않았다. 눈물 한 점 나오지 않았다. 그것도 그러할 것이 내가 장선방에 대한 애정이란 어찌할 수 없이 다소의 허영이 섞여 있었던 것이었기 때문이다. 내가 댄서 장선방에 대한 애정은 어디까지나 친구 P에 대한 애정의 토대 위에서만 성립될 수 있었던 것이었기 때문이다. P에 대한 나의 애정에 비하면 장선방에 대한 감정이란 일종의 사치 같은 것이었다. 장선방과의 교제도 결혼 이야기가 되돌아온 후에는 필연적으로 끊어지고 말았다.

김수영, 「나와 가극단 여배우와의 사랑」,《청춘》, 1954.2

김수영은 박일영을 예술가의 전형으로 보았고, 예술가에게 무엇보다 중요한 것이 양심임을 강렬하게 배웠다. 김수영은 박일영의 탈속적이고 은자적인 태도에서 예술가로서의 윤리적 이상을 발견한다. 그래서 김수영은 「말리서사」에 박일영에게서 "성인에 가까운 생활"을 보았고 "아주 새로운 것은 아주 낡은 것과 통하는" 것을 느꼈다고 썼다.

1960년대 중반 김수영의 문학적 테마가 '양심'이나 '윤리'에 기울고 있었음을 상기할 때 그 계기는 박일영과의 만남에 기인한다고 볼 수 있다. 코스튬만 보여 주다가 요절한 박인환의 '허위'와 반대편에 있는 박일영이라는 거대한 '양심'의 형상을 새삼 발견했던 것이다.

최하림의 『김수영 평전』에 따르면, 김수영은 조연현이 주간으로 있던 《문예》의 여기자와 어울려 다니기도 했고 특히 중국에서 살다 온 이국적 마스크의 C양과도 한동안 가까이 지냈다고 하는데, 혹시 그녀가 장선방일지도 모를 일이다.

김수영이 사랑한 여인은 장선방 말고도 여럿이다. 산문 「낙타과음駱駝過飮」에 등장하는 B양은 그의 글에 등장하는 첫 여인이다. "B양의 생각이 난다. B양이 어저께 무슨 까닭으로 참석하지 않았는가? 그러고 보니 나는 어제 억병이 된 취중에도 B양을 보러 갔던가? 그렇다면 이렇게 이 외떨어진 다방에 고독하게 앉아서 넋 없이 글을 쓰고 있는 것도 B양에 대한 그리움이 시키는 것일지도 모른다."

김수영은 어제의 과음을 두고 "뼈가 말신말신하도록 술을 마시지 않으면 아니 된 것도 B양이 오지 않은 외로움에 못 이겨 무의식중에 저지른 일종의 발악"이라고 쓰고 있다. 'B양'이 누구인지는 확실하지 않다. 그리고 김수영 생애에서 그리 중요한 여인이었다고 보기도 힘들다.

하지만 글 말미에 적은 '낙타산'(지금의 서울 대학로 뒤 낙산)은 김수영에게 있어 그 의미가 적지 않다. 김수영이 첫사랑이라 할 여인을 만난 곳이 낙타산이다.

낙타산은 나와는 인연이 두터운 곳이다. 낙타산 밑에서 사귄 소녀가 있었다. 나는 그 소녀를 따라서 지금으로부터 약 십오 년 전에 동경으로 갔었다. 내가 동경으로 가서 얼마 아니 되어 그 여자는 서울

문학아
밖에 나가서
다시 얼어 오렴아

로 다시 돌아왔고, 내가 오랜 방랑을 끝마치고 서울로 돌아왔을 때 그
는 미국으로 가버렸다. 지금 그 여자는 미국 태평양 연안의 어느 대도
시에서 결혼생활을 하고 있으며, 영원히 이곳에는 돌아오지 않겠다는
편지가 그의 오빠에게로 왔다 한다. 나와 그 여자의 오빠와는 죽마지
우이다.

김수영, 「낙타과음」, 1953.12

15년 전이라 했으니 일제강점기인 1938년이다. 김수영이 열일
곱 살 때의 일이다. 유성호(한양대 국문과 교수)는 "김수영이 낙타산
밑에서 사귀었고 청년 시절 동경까지 따라가게 했던 여인의 이름
은 고인숙"이라고 지적했다. 고인숙은 김수영의 친구이자 나중에
이화여대 교수가 되는 고광호의 누이동생이다. 고인숙은 경성여고
보(경기여고 전신)를 나와 오빠를 따라 동경으로 가서 동경여자전문
대학에 들어간다. 그녀를 따라 동경으로 간 김수영은 동경여전 기
숙사 앞에서 그녀의 냉정한 거절에 발길을 돌린다. 김수영은 생애
내내 여러 여성을 사귀었지만 고인숙을 유난히 잊지 못했다. 그녀
는 명실공히 김수영의 첫사랑이었다.

김수영의 생애에 등장한 또 다른 여인은 한국전쟁 당시 거제포
로수용소에서 만난 간호사 김은실이다. 김은실은 훗날 김수영과
'신시론' 동인을 함께 했던 양병식과 결혼했다.

포로수용소에서 만난 또 다른 간호사가 있다. 김수영은 그녀를
만나기 위해 잡지 《청춘》을 발행하던 '청춘사'에 들러 원고료를 받

아 가지고 갔다는 일화를 남기고 있다.

> 청춘사에서 울다시피 하여 겨우 7백 환을 받아 가지고 나와서 로
> 선생을 찾아갔다. 장사에 분주한 그 여자를 볼 때마다 나는 설워진다.
> 도대체 미도파백화점에 들어서자 그 휘황한 불빛부터가 나는 비위에
> 맞지 않는다. 침이라도 뱉고 싶은 것을 억지로 참고 나와서, 로 선생의
> 말대로 '상원'에 가서 기다렸으나 그는 오지 않았다.
>
> 김수영, 『일기초日記抄』, 1954년 11월 24일

김수영은 그녀에게 비록 따돌림을 당했지만 "애인을 만나고자
기다리는 순수한 시간을 맛보았다는 것만으로 나는 만족할 수 있
다"고 쓰고 있다. '로 선생'은 김수영이 다른 글에서 "나의 애인"(『일
기초』, 1955년 1월 11일)이라고 말한 그 여인이다. 그녀의 이름은 노
봉식(나중에 김수영은 여동생 수명에게 노봉실이 본명이라고 귀띔한다). 김
수영이 포로수용소에서 만난 간호사였다. 그녀는 간호사를 그만두
고 서울 미도파백화점에서 상점 일을 보고 있었다. 그때 김수영은
김현경과 결혼해 서울 충정로에서 살림을 시작했지만, 노봉식에게
미련이 남아 있었다. 그런데 김수영은 미인에 대한 자신의 심미안
을 시로 남기기도 했다.

> 미인美人을 보고 좋다고들 하지만
> 미인美人은 자기 얼굴이 싫을 거야

문학아
밖에 나기서
다시 열어 오렴아

그렇지 않고야 미인일까

미인美人이면 미인일수록 그럴 것이니
미인과 앉은 방에선 무심코
따놓은 방문이나 창문이
담배연기만 내보내려는 것은
아니렷다

김수영, 「미인-Y여사에게」

　비록 단시短詩지만 김수영은 시를 쓴 뒤 <u>스스</u>로 흡족했던 모양
이다. 그건 미인을 대하는 김수영 특유의 심미안을 표현한 데서 오
는 흡족일 것이다. 그는 이 시를 쓴 경위를 「반시론反詩論」에서 이
렇게 밝혔다.

　「미인」은 가장 최근에 쓴 작품인데 이것은 전부 7행밖에 안 되는
단시다. 낭독회의 청탁으로, 되도록 짧은 작품을 달라는 요청에 따라
서 쓴 것이다. 시는 청탁을 받고 쓰지 않기로 엄하게 규칙을 정하고
있는데 이것은 그 규칙을 깨뜨린 것이다. 터치도 매우 가볍다. 여편네
의 친구되는 미모의 레이디하고 같은 성길사한식成吉思汗式이라나 하
는 철판에 구워 먹는 불고기를 먹고 와서 쓴 것이다. (중략) 여편네의
친구들 중에는 상류 사회의 레이디나 마담들이 많다. 그중에서도 졸
작 '미인'의 주인공은 그중 세련된 교양 있는 미인이라고 해서 같이

회식을 하러 갔다. 과연 미인이다. 나는 미인을 경멸하는 좋지 못한 습성이 뿌리 깊이 박혀 있는데, 이 Y여사는 여간 인상이 좋지 않다. 여유 위에 여유를 넓히려고 활짝 열어 놓은 마음의 창문에 때아닌 훈기가 불어 들어온 셈이다. 우리들은 화식집 2층의 아늑한 방에 앉아 조용히 세상 얘기를 하고 있었는데, Y여사는 내가 피운 담배 연기가 자욱해지자 살며시 북창문을 열어 놓았다. 그때에는 물론 담배 연기가 미안해서 더 열어 놓았다. 집에 와서 그날 밤에 나는 그 들창문을 열던 생각이 문득 나고 그것이 실마리가 돼서 7행의 단시를 단숨에 썼다. 이 작품을 쓰고 나서, 나는 노상 그러하듯이 조용히 운산運算을 해 본다. 그리고 내가 창을 연 것은 담배 연기 때문이 아니라 그녀의 천사 같은 훈기를 내보내려고 연 것이라는 것을 알았다. 됐다! 이 작품은 합격이다. 창문-담배·연기-바람 그렇다, 바람. 내 머리에는 릴케의 유명한 「올페우스에 바치는 송가」의 제3장이 떠오른다.

김수영, 「반시론」, 1968

이렇듯 김수영의 여인들은 그의 산문과 시편 곳곳에 훈기처럼 편재해 있다. 김수영은 심지어 "시를 쓰는 나의 친구들 중에는 나의 시에 '여편네'만이 많이 나오고 진짜 여자가 나오지 않는다고 불평을 하는 친구도 있다"(「미인」)라고 썼다. 그의 글에 등장하는 여인들을 순서대로 나열하자면 고인숙, 장선방, 김은실, 노봉식, B양 등이겠으나 그 여인들은 아내 김현경에 비하면 잠깐 스쳐 간 존재였다.

김수영 가의 사람들

　김수영의 조카 김민 씨가 2001년 《세계의 문학》 가을호에 「자벌레」 등을 발표하며 등단했다. 뇌성마비 장애인인 그의 등단작은 "먼 하늘 길, 저 줄 중간쯤에 끼여 간다면 조금은 손이 덜 떨리리"(「재두루미 떼」) 등 일행시―行詩이지만 그의 초점 없는 눈동자에는 '김수영 가 사람들'이 현대사를 관통하면서 겪은 비극성이 얼핏 스쳐 가기도 한다.

　김수영은 1968년 6월 15일 불의의 교통사고로 숨졌다. 김민 씨가 바로 그해에 태어난 것도 아이러니지만 1주기가 막 지난 1969년 12월 발생한 KAL기 납북사건은 김수영 가의 불행이 되었다. 김수영은 8남매 가운데 맏이였다. 밑으로 수성, 수강, 수경, 수환 등 남동생 넷과 수명, 수연, 송자 등 여동생 셋이 있었다. 김민 씨는 수환 씨의 둘째 아들이다.

1969년 12월 북한 땅에 착륙한 비행기는 강릉발 서울행 KAL기 였다. 항공기엔 김수영 시인의 여동생인 수연 씨의 남편 채헌덕 씨 도 탑승하고 있었다. 채 씨는 해방 직후 함흥에서 월남, 서울대 의 대를 졸업하고 공군 군의관으로 복무한 뒤 강릉에서 병원을 개업 중이었다. 사건 당일 채 씨는 결혼식에 참석하기 위해 서울로 가는 KAL기에 올랐다. 병원일이 바빠 아내를 보낼 계획이었으나 마침 아내가 운전면허 시험을 보는 날이라 하는 수 없이 자신이 갈 수밖 에 없었던 것으로 알려졌다. 그러나 KAL기는 이륙 5분 만에 북한 상공을 날고 있었다. KAL기 납북사건은 당시 부기장과 한 스튜어 디스가 저지른 사랑의 도피 행각이었다.

그러나 당국은 사건 초기, KAL기 납북사건의 주모자로 채헌덕 씨를 지목했다. 그는 영문도 모른 채 주모자가 됐다. 문제는 여기 서 끝나지 않았다. 이후 수연 씨는 혼자서 우여곡절을 감내하며 4 남매를 키워야 했다. 큰아들이 아버지의 뒤를 이어 공군사관학교 에 입학하려 했으나 납북자 가족이라는 점 때문에 결국 포기해야 했다. 뿐만 아니라 김수영 가의 사람들은 연좌제에 묶여 20여 년 동안 외국에 나갈 수 없었다. 가족들의 해외 나들이가 가능해진 것 은 88올림픽을 전후해서다.

김수영의 누이 김수명 여사가 홀로 사는 아파트를 방문한 적이 있다. 그는 오빠의 사진이 걸린 작은방에서 꽃을 갈아 끼우고 있 었다.

가슴 아픈 장면이 아닐 수 없었다. 김수영 문학의 근대성이 분단

문학아
밖에 나가서
다시 얼어 오렴아

사와 연결될지언정 KAL기 납북사건 이후 김수영 가의 사람들은 세상의 뒤 페이지로 스스로를 은거시켜야 했다. 김수영의 사진들은 온갖 고뇌를 짊어진 지적 모더니스트를 선명하게 보여 준다.

① 누이 김수명

"자신 활활 태운…… 오빠는 불이었죠"

김수명과 김수영

1968년 6월 15일은 한국 현대문학사에 비극의 먹구름이 낀 날이다. 당대는 물론 오늘날에도 현대시의 전위로 평가받는 시인 김수영이 귀갓길에 서울 구수동 집 근처에서 버스에 치여 쓰러진 것이 이날 밤 11시 10분경이었다. 1921년생 동갑내기인 소설가 이병주와 광화문의 한 술집에서 언쟁을 벌이다 분을 삭이지 못하고 자리를 박차고 나온 길이었다. 김수영은 적십자병원으로 실려 가 응급치료를 받았으나 끝내 의식을 회복하지 못하고 다음 날 아침 8시

눈을 감았다.

김수영의 39주기를 한 달 앞둔 2001년 5월 16일 고인의 여동생 김수명 씨와 함께 서울 도봉산국립공원 내 '김수영 시비詩碑'를 찾았다. 비가 부슬부슬 뿌리고 있었다. 김수영 시인이 '움직이는 비애'라고 규정한 비였다. "비가 오고 있다/ 여보/ 움직이는 비애를 알고 있느냐"(「비」 일부)

그동안 언론에 등장하길 꺼리던 수명 씨가 거센 빗줄기에 우산을 받쳐 쓴 채 오빠의 시비를 둘러본 데는 그만의 '움직이는 비애'가 작용했을 터였다. "오빠는 불이었어요. 자신을 활활 태웠으니까요. 그냥 시를 쓴 게 아니라 자신의 모든 것을 시에게 제물로 바쳤지요."

김수영의 시는 러닝셔츠 차림으로 어딘가를 응시하고 있는 그의 사진처럼, 시란 아름다울 필요가 없다고 작정한 듯 '간단한 복장'만으로도 사람을 압도하는 힘이 있다. 지나칠 만큼 양심과 정직에 충실했던 그는 타계 두 달 전인 1968년 4월 13일, 부산에서 열린 문학 세미나에서 '시여, 침을 뱉어라'라는 발제 하에 이렇게 일갈했다.

"시작詩作은 머리로 하는 것도 아니고, 심장으로 하는 것도 아니고, 몸으로 하는 것이다. 온몸으로 밀고 나가는 것이다."

'시여, 침을 뱉어라'의 명령형 종결어미가 향하고 있는 곳은 자신의 얼굴이었다. "오빠가 가장 증오한 것은 우리 사회의 후진성과 허위의식이었지만 그것을 증오하고 비판하는 자신조차 거기에 연루돼 있다는 사실을 냉철하게 인식하고 있었지요. 자신의 치부까지 시에 낱낱이 공개한 것은 그런 인식에 대한 반증이지요."

김수영의 문학 정신은 자기 분열의 양상을 그대로 드러내면서 그 전달 과정을 통해 자신을 통렬하게 비판하는 치열성에 있다. 술에 취하면 "난 거지로 살고 싶다"며 가족에게 떼를 부리거나, "알맹이는 이북으로 튀어 버리고 이남엔 흑싸리 껍데기 개좆만 남았다"고 동료 문인들에게 호통을 치거나, "야, 너 딜레탕트지?"라며 이병주에게 시비를 걸었던 김수영. 그의 이름은 흔히 자유정신이란 말과 동의어로 사용되며 4·19혁명과 연결 짓기도 한다. 실제로 그는 작품을 통해 혁명을 소리 높여 찬양했고 감격에 찬 어조로 희망을, 역사의 승리를 노래했다.

> 우선 그놈의 사진을 떼어서 밑씻개로 하자
> 그 지긋지긋한 놈의 사진을 떼어서
> 조용히 개굴창에 넣고
> 썩어진 어제와 결별하자
> 그놈의 동상이 선 곳에는
> 민주주의 첫 기둥을 세우고
> 쓰러진 성스러운 학생의 웅장한
> 기념탑을 세우자
> 아아 어서어서 썩어빠진 어제와 결별하자
>
> 김수영, 「우선 그놈의 사진을 떼어서 밑씻개로 하자」 일부

하지만 4·19 묘역에 장식된 4·19 기념시 조형물에 김수영의 시가 없다는 것이야말로 시대의 모순이자 시대의 불온이 아닌가. 김수영에게 시가 천직이었다면 번역과 양계는 그의 생활이었다. 그는 속물이라고 욕을 먹어가면서도 도봉산 기슭 냇골 근처의 선산에서 닭을 키웠다.

"오빠는 마포 서강에 살 때도 틈만 나면 번역거리를 보자기에 싸 들고 어머니의 농장이 있는 도봉산 자락으로 왔어요. 오빠가 오면 내가 쓰던 서쪽 방을 비워 주곤 했는데…… 도봉산이 훤히 보이는 증조부 산소 아래에 서재를 꾸며 주려고 했는데……."

집필실 출입을 누구에게도 금하던 김수영이었지만 수명 씨만은 예외였다. 오빠는 동생을 누구보다 신뢰했다. 번역을 그만두어 용돈이 궁할 때면 언제나 누이를 찾아갔다. 술 외상값을 약속한 날에도 찾아갔고 통금 시간이 지나 여관에서 자고 숙비 때문에 전화를 걸었으며 통금 위반으로 즉결 재판소에서 전화를 하기도 했다.

시비를 둘러보고 내려오던 길에 지금은 남의 땅이 되어 버린 농장 터를 찾았다. 철공소로 변한 3,000평 부지가 비를 맞고 있었다. "40주기를 맞아 '민음사'에서 육필 시집을 낼 계획입니다. 이미 원고를 넘긴 상태지요. 200편이 채 안 되는 시편이지만 육필 원고가 없는 것도 있어 아쉽네요."

육필 시집은 수명 씨가 신문사나 출판사 캐비닛에 먼지를 둘러쓰고 들어 있던 원고들을 일일이 찾아내 보관하고 있었기에 빛을 볼 수 있었다. "이달 말에 일본에서 김수영 시 전집이 나올 예정이에요. 과거에 『달나라 장난』이라는 시집이 일어로 번역된 적은 있었으나 전집은 처음이지요. 김수영 같은 시인은 아마 나오지 않을 거예요. 유일한 시인이죠."

수명 씨와 헤어질 즈음, 빗줄기는 더욱 거세졌다. 우산을 펼 때 김수영의 시가 후드득 떨어지는 느낌이었다.

날이 흐리고 풀이 눕는다
발목까지
발밑까지 눕는다
바람보다 늦게 누워도
바람보다 먼저 일어나고
바람보다 늦게 울어도
바람보다 먼저 웃는다
날이 흐리고 풀뿌리가 눕는다

김수영, 「풀」 일부

김수영의 분신 김수명 씨

김수명 씨는 1955년 창간된 월간《현대문학》에 입사, 초대 편집장 오영수 씨에 이어 2대 편집장을 20년 가까이 지냈다. 문예지로서는 국내 최초 그리고 최장기 여성 편집장이었다.

필화사건으로 유명한 남정현의 「분지」도 그의 손을 거쳤다. 1969년 2월 그는 「분지」 원고를 받아 교정을 본 뒤《현대문학》3월호에 실었다. 김 씨는 주간인 조연현과 함께 중앙정보부에 소환되어 조사를 받았다.

"잊히지 않는 기억이지요. 남산 밑 명보극장 근처의 안가에서 며칠 동안 조사를 받았는데, 수사관이 그러더군요. 이까짓 잡지사 기자를 왜 하느냐고요. 그러면서 차라리 같이 일하면 어떻겠냐고 농담까지 하더군요. 아침에 소환되면 진을 다 빼놓고 한밤중에 내보냈는데 그게 다 전략이었지요. 몸이 녹초가 되었으니 다른 곳에 가서 조사받은 내용을 털어놓을 새가 없이 귀가할 수밖에 없도록 만들었어요."

그를 거론할 때 빼놓을 수 없는 것은 1960년대 문단에서 잉그리드 버그만으로 불릴 만큼 빼어난 미모와 지적 매력이다. 칠순을 넘긴 나이지만 화장기 없는 얼굴에서 젊었을 적 미모를 어림하기란 어렵지 않다. 내로라하는 문인들이 연정을 품었고 그 앞에서 얼굴을 붉혔다. 오빠의 전화를 받고 달려간 곳은 당시 숱한 문인의 사랑방이었던 광화문통 '아리스 다방'이었다. 박용래, 전봉건, 김종삼, 유정, 안동림, 이호철, 유종호, 최인훈, 박재삼, 이병주, 고은, 염무웅, 김치수…… 삼삼오오 진을 치고 앉았다가 기지개를 켜며 건너간 곳은 맞은편 골목의 단층 기와집이 처마에 처마를 맞대고 있는 허름한 대폿집이었다.

"내가 치기가 없어요. 오빠랑 함께 술좌석에 앉아 있다가도 밤 11시가 되면 어김없이 일어났지요. 오빠는 고지식하다고 지청구를 날렸지요. 그때는 도봉산 기슭에 집이 있었는데 돈암동까지 가야 시외버스를 탈 수 있었지요. 집에 도착하면 통행금지 사이렌이 울더군요. 그래도 힘든 줄 모르고 시외에서 시내로 꼬박꼬박 출퇴근을 했지요."

요즘엔 동년배 문인들의 부고가 자주 들려온다며 소설가 이호철 씨 등과 1년에 한두 차례 만날 뿐 문단 사람들과는 거의 접촉이 없다고 귀띔했다. "최근 결심한 게 하나 있는데 조카들에게 유언을 할까 봐요. 내가 죽거든 분골해 김수영 시비가 세워진 잔디밭에 뿌리라고 말이죠. 시비 뒤쪽 어디쯤. 그거면 충분하다는 생각이 들어요. 풀도 잘 자랄 거고요." 평생 독신으로 살아온 그에게 김수영은 혈육 이상의 절대적인 존재이다.

②미망인 김현경

얼굴 없이 살아온 40년…… "김수영과 사는 동안 가슴이 꽉 차 있었지"

결자해지結者解之라고 했다. 자기가 저지른 일은 자기가 해결해야 한다는 뜻이지만 요즘 그에게 이 사자성어만큼 뇌리에 쏙쏙 들어오는 단어는 없을 것이다. 김수영 시인의 미망인 김현경 여사. 그가 시인 사후 40여 년 만에 입을 열었다.

그가 사는 경기도 용인시 청덕동 물푸레 마을의 한 아파트를 찾아간 2009년 6월 16일은 공교롭게도 김 시인이 41년 전 귀갓길에 교통사고로 세상을 떠난 기일忌日이었다. 그는 문을 따주면서 "인근 오포읍에서 이사 온 지 일주일밖에 안 돼 어수선하다"고 말을 건넸지만 50여 평 집 안 구석구석엔 웬만한 갤러리를 능가할 만큼 수준 높은 그림과 조각상들이 자리를 잡고 있었다.

"이건 화가 윤석남의 초기작이고 이건 닥종이 작가 김영희의 작품이지. 난 사실주의 작품보다는 모던하고 초현실주의적인 게 끌려. 김 시인이 생전에 나와 주고받던 말이 있어. '에스프리 누보!' 새로워져야 한다는 말이지."

그는 알고 보니 화단 일각에서 이름이 알려진 안목 높은 수집가이자 실내 디자이너였다. 5척 단구短軀에 팔순을 훌쩍 넘긴 나이였지만 그의 언행은 거침이 없었다. 비상한 기억력이며 조리 있는 말투에서 지성과 열정이 느껴졌다. "얼마 전, 『김수영 육필시고 전집』이 나왔잖아. 내가 소장하던 육필 원고를 출판사 측에 다 내주었어. 연전에 시누이인 수명이가 육필시고 전집을 낼 계획이라는 소식을 접하고 기왕이면 내가 갖고 있던 것을 내놔야 할 때라고 생각했지. 사실 수명이가 갖고 있는 건 얼마 되지 않아."

관에 하이데거의 『릴케론』넣어 줘

말투에 어떤 도그마도 없는 자유분방함이 깃들어 있었다. "자유를 위해서/ 비상하여 본 일이 있는/ 사람이면 알지/ 노고지리가/ 무엇을 보고/ 노래하는가를/ 어째서 자유에는/ 피의 냄새가 섞여 있는가를"(「푸른 하늘을」 일부)이라고 노래했던 김수영 시인의 미망인다운 기질이 아닐 수 없다.

"이 집은 전세로 얻은 건데 사연이 좀 있어. 내가 충북 보은에서 좀 살았잖아. 그러니까 1981년에 내려가서 13년쯤 살았을 거야. 당시 에밀레박물관장 조자룡 씨가 보은 일대 한옥을 사들여 민화박물관을 만들면서 나를 스태프로 끌어들였지. 민화에 대한 내 안목을 알아본 것인데 암튼 그때 내가 보은에다 집 한 채를 사서 거주했더랬어. 근데 내가 서울로 올라오면서 김 시인 유품들을 따로 정리해 서재 비슷하게 만들어 놓고 자물쇠를 채워 놓았지. 처음엔 관리인을 두었는데 아주 빈집이 된 게 작년이야. 그때부터 도둑이 들어 책이며 유품이 없어지기 시작했어. 벌써 다섯 차례나 도둑을 맞았는걸."

기왕에 내려간 보은에 김수영문학관을 만들어 보자는 꿈은 그래서 접었다고 했다. 사실 보은과 김수영은 아무 연고도 없어 보은군에 자금 지원을 요청할 명분도 약했다. "얼마 전 내려가 보니 또 도둑이 들었어. 이번에는 큰 궤짝에 보관해 온 하이데거 전집과 런던에서 발행한 50년대 《파르티잔 리뷰》가 몽땅 사라지고 없더군."

그는 보은에서 수거해 온 자물쇠를 보여 주었다. 망치로 깬 듯 자물쇠 한쪽이 찌그러져 있었다. "김 시인은 하이데거를 참 좋아해 열심히 읽었지. 오죽했으면 내가 관에 하이데거의 『릴케론』을 넣어 주었을까. 지금도 어제 일처럼 생각나. 내가 바느질 솜씨가 좋아 옷을 만들어 생활비를 마련하곤 했는데 한번은 돈이 생겨 충무로로 산책을 나갔다가 일어 전문 책방에서 하이데거 전집을 샀

더랬어. 내가 열 권, 그 사람이 열 권, 그렇게 품에 안고 온 전집인데……. 이 글을 읽고 도둑님이 그 책만큼은 꼭 돌려주길 바라. 내가 이 물건들을 지금껏 버리지 않고 보관해 온 건 문학관을 만들어 보잔 것이고 그래서 보은에 그냥 놔둘 수 없어 일단 안전하게 보관이라도 하자며 큰 아파트를 전세 얻은 것이야.”

그는 김 시인과 함께 가장 행복했던 때로 마포 시절을 꼽았다. 서울 마포구 구수동 42번지 2호. 지금은 풍림아파트가 들어서 있지만 그땐 한강이 내다보이는 양지바른 언덕배기였다. 반대로 가장 가슴 아팠던 때는 부산 시절이다.

“한국전쟁 지나고 환도 후에 우리가 재결합했잖아. 그이가 거제 포로수용소에서 석방되어 부산에 자리를 잡았는데 하수구 옆 하꼬방을 빌려 사는 거야. 냄새가 말도 못해. 그곳에 8남매가 시어머니랑 살고 있었지. 김 시인을 맏이로 남동생 수성, 수광, 수경, 수환 그리고 여동생 수명, 수연, 송자 이렇게 8남매였지. 그래서 내가 취직이라도 해야겠기에 처녀 때부터 알고 지내던 이종구를 찾아갔지. 그이는 김수영과 선린상고 동창인데 도쿄 유학 시절에 함께 하숙을 하기도 할 만큼 절친했어. 이종구는 내 부친의 첩이 밖에서 낳은 아들인데 어렸을 때부터 아저씨라고 불렀지. 그런데 그이가 날 보더니 놔주지 않는 거야. 내가 아니면 안 된다는 거야. 할 수 없이 눌러살게 되었는데 어느 날 아침, 밥상을 차려 방에 들여놓을 때 김 시인이 딱 나타난 거야. 이종구와 나와 김 시인 셋이서 세 시간은 족히 아무 말 없이 앉아 있었어. 밥알이 말라서 굴러떨어지더군. 딴 사람 같으면 두들겨 팼을 텐데. 나중에 '같이 가자' 그 한마디뿐이었지. 내가 '먼저 가 계세요'라고 했더니 '알았어' 하고 일어섰는데, 난 이러지도 저러지도 못하고 2년을 더 살다가 김 시인과 재결합한 거야."

인생에서 가장 아픈 이야기일 텐데 현경 씨의 목소리는 의외로 차분했다. 마치 다른 사람 이야기를 하듯.

행복했던 마포 구수동 시절

이종구(1990년 작고)는 김현경에게 김 시인을 소개해 준 장본인이다. 1943년 당시 서울 진명고녀 2학년이던 김현경은 도쿄의 김수영과 편지를 주고받는다. 그게 이종구의 주선이었다. 이듬해 여름 김수영은 불쑥 김현경을 찾아왔고 둘은 여섯 살 나이 차도 아랑곳하지 않고 한강 백사장으로 데이트를 나갈 만큼 서로에게 빠져 있었다.

"내가 쌍가마야. 운명인 게지."

애틋하고도 뼈저린 시절을 뒤로하고 재결합한 두 사람은 서울 성북동을 거쳐 마포에 정착한다. "성북동 집은 원래 거부巨富 백낙승의 별장이었는데 내가 그곳에 세를 얻었어. 정원 한쪽에 비가 오면 물줄기가 폭포처럼 떨어지는 절벽이 있었지. 얼마나 시끄러웠겠어. 그 양반은 무조건 소음이 없어야 사는데. 암튼 「폭포」라는 시는 그 집에서 쓴 거야."

김수영은 작고 직전, 서울 동숭동 옛 서울대 문리대에서 강의를 했다고 한다. 마포에서 동숭동까지 버스로 출퇴근을 했는데 강의가 있는 날은 텅 빈 마포 집이 싫어 그는 퇴근 시간에 맞춰서 동숭동까지 마중을 갔다고 했다.

"서울대 마로니에 의자에 앉아 기다리고 있다가 달려가면 첫 마디는 '뭐하러 나왔어'라고 구박을 주었지만 속내는 싫은 눈치가 아니었지. 근데 그 양반이 주사가 심했어. 이종구 생각이 나면 날 때린 적도 있지. 그럴 땐 시퍼렇게 멍들만큼 얻어맞을 수밖에. 그래도 그때뿐이야. 마포에서 정말 행복한 나날을 보냈어. 그이가 번역을 하면서 문장이 떠오르지 않아 집 안을 서성거리면 내가 다 뿌듯해지곤 했지. 무조건 같이 있어야 했어. 공존해야 했지. 난 그 양반과 같이 사는 동안에 가슴이 꽉 차 있었어. 그게 소울(영혼)아니겠어? 두들겨 맞아도 소울인 게지."

그가 김수영 시인 사후 40년 동안 얼굴 없는 미망인으로 살아온 데는 이토록 아픈 추억이 가로놓여 있다. 김수영 전집이든 시집이든 유고 문집이 발간될 때마다 저작권은 시인의 여동생인 수명 씨 앞으로 명기되었다. 그는 수명 씨의 이름 뒤에 숨어 있는 존재였다. 그토록 얼굴을 내밀지 않았던 그가 어쩌면 무덤에까지 갖고 갈 이야기를 스스럼없이 털어놓은 건 생의 마지막 뒤안길에 김수영 시인의 영혼이 살아 숨 쉬는 문학관을 만들어야겠다는 너무도 자발적인 의지 때문은 아니었을까. "요즘은 여기저기 지자체에서 문학관을 유치한다고 난리들이잖아. 그렇게 판에 박힌 거 말고 정말로 영혼이 깃든 문학관을 만들고 싶어. 내 생각에 마포가 가장 적

문학아
밖에 나가서
다시 열어 오렴아

합한 것 같아. 그때가 언제일지 모르지만 살아 있는 동안 김 시인의 저작들을 수집하고 보존하는 일을 게을리할 수 없겠지."

김수영문학관 건립에 즈음하여

김수영 시인 45주기인 2013년 서울시 도봉구청은 4층 규모의 방학3동 문화센터를 리모델링해 김수영문학관을 건립하겠다고 발표했다.

도봉산에 김수영의 유골이 안장돼 있고 시비와 본가 터까지 있으니, 충분한 명분이 있었지만 재정 자립도에서 서울시 25개 구 가운데 최하위권에 속하는 도봉구가 총사업비 13억 원을 들여 문학관을 세운다는 것 자체가 하나의 문화적 사건이었다. 여동생 김수명 씨 역시 방학3동 주민이고 보면 장소적 측면에서 이론의 여지가 별로 없었다.

저간의 사정을 알아보려고 김수명 씨에게 전화를 걸었다. "문학관 운영위원에 제가 유족 추천 몫으로 민음사 장은수 대표, 문학평론가 이영준 씨, 시인 최승호 씨를 지명했고 도봉구 추천 3인을 합쳐 6인의 운영위원회가 구성되었어요. 유족은 모두 빠졌는걸요."

여기서 궁금해졌다. 경기도 용인에 살고 있는 김수영의 미망인 김현경 여사의 입장이 그것. 전화를 걸어 알아보았다. "작년 12월인가. 도봉구에서 내게 사람을 보냈더군요. 문학관 건립 계획에 대한 브리핑을 받았지만 이후 모든 의사 결정 과정에서 난 철저히 보이콧 당했어요."

그의 목소리엔 문학관 건립을 둘러싼 논의 과정에서 소외당한 섭섭함이 묻어 있었다. 사실 시댁과의 관계가 껄끄럽다는 건 짐작이 가고도 남는다. 때마침 출간된 김현경의 회고록『김수영의 연인』을 읽어 보았다. 거기엔 한 시대를 풍미한 폭넓은 사교의 대상이 비교적 솔직하게 진술되어 있었다. 그는 이화여대 영문과 재학 중 스승인 정지용 시인의 기대를 한 몸에 받았으며 1947년 시인 배인철과 사귄 것은 물론 시인 박인환과도 데이트를 한 적이 있다고 썼다.

이런저런 전사前史로 인해 김수영 가에서는 그에 대해 곱지 않은 시선을 보내고 있지만 엄연히 김수영의 미망인인 현경 씨의 내면은 좀 더 복잡하다. "솔직히 도봉구에 문학관이 들어서는 게 마음에 안 들어요. 내 스케일, 내 양에 차지 않아요. 생각해 보세요. 문학관이라고 하면 김수영 시인의 정신이 박힌 곳이라야 하지 않겠어요? 서울 시내 한복판에 지어도 시원치 않은데 도봉구라니요. 덕수궁 석조전 같은 곳이면 몰라도……."

덕수궁 석조전은 2012년 6월 당시 도종환 민주통합당 의원 사무실에서 이시영 한국작가회의 이사장, 김현경 여사 등이 참석한 가운데 열린 '김수영문학관 건립을 위한 간담회'에서 나온 아이디어이다. 석조전을 가칭 '서울문학관'으로 용도 변경해 이상, 박태원, 임화, 염상섭, 김수영 같은 서울 출신 문인들을 함께 기렸으면 좋겠다는 의견이었다. 하지만 석조전은 문화재청 관할의 등록문화재여서 논의에 그치고 말았다. 좀 더 큰 스케일의 문학관을 구상하던 현경 씨가 차일피일하는 동안 도봉구에서 선수를 친 격인데, 문제는 현경 씨가 소장한 김수영 육필 원고와 유품 등을 도봉구에 기증할 뜻이 전혀 없다고 밝힌 점이다.

여기서 따져 볼 일이 있었다. 김수영의 문학적 유산은 시누이와 올케 사이의 사적인 유품 이상의 공적인 한국문학사의 자산이지 않은가. 그럼에도 김수영의 문학적 유산이 사적인 시시비비로 인해 두 동강 날 처지에 놓였지만, 문학관이 둘일 수는 없다. 현경 씨의 입장이 헤아려지지 않는 것은 아니지만 아기를 절반으로 가르라는 솔로몬의 판결에 그만 손을 놓아 버린 생모의 심정으로 이 일을 다시 헤아려 보길 권하고 싶었다.

난 아직 당신과 동거 중입니다…… 김현경 에세이집 『김수영의 연인』

"더는 내 기억 속에 늙지 않은 당신. 기억 속에서 당신은 48세의 모습으로 정지해 있는데 저는 서재의 유품을 피붙이처럼 안고 15번의 이사를 거듭하면서 이렇게 지독한 사랑의 화살을 꽂고 살고 있습니다. 당신이 쓰던 테이블, 하이데거 전집, 손때 묻은 사전과 손거울까지……. 나는 아직 당신과 동거 중입니다."

『김수영의 연인』의 한 대목이다. 이 책엔 현경 씨가 간직해 온 김수영의 미공개 사진들은 물론 김수영 시의 첫 독자이자 대필자로서 고인이 남긴 2,000장 분량의 유고에 일일이 번호를 매기던 문학적 동반자로서의 심정이 애절하게 묻어난다.

수영을 처음 만난 게 진명여고 2학년 어느 여름이었나 보다. 멀리서 두 남자가 나를 향해 손을 흔들며 걸어왔다. 이종구와 김수영이었다. 유년 시절부터 알고 지내던 이종구는 수영의 선린상고 2년 선배이자 일본 유학 생활 내내 함께 기거한 막역지우였다. 이종구가 나와 수영 사이에 다리를 놓으면서 우리는 펜팔을 했다.

김현경, 『김수영의 연인』

이후 이화여대에 재학 중인 김현경이 어느 여름날 한강 백사장을 걷다가 알몸으로 물속에 뛰어든 일이며, 이 일을 두고 김수영이 두고두고 '아방가르드'한 여자라고 되뇌던 기억은 차라리 다가올 시련의 아름다운 전조였다. 1950년 4월 결혼한 두 사람은 김수영이 한국전쟁 당시 인민군에 징집되면서 파경과 재회를 반복하는 운명의 장난에 몸을 맡겨야 했다.

서울 돈암동과 성북동 전셋집을 전전하던 둘은 1956년 마포 근방인 구수동에 집을 마련하고 생의 가장 행복한 시절을 맞는다.

서재에 들어서자마자 저는 그이의 초고를 봅니다. 깨알같이 쓴 장문의 시. 그의 시를 정리해서 원고지에 깨끗이 옮기는 작업이 저의 과업입니다. 몇 줄 안 되는 짧은 시일 때는 옮겨 쓰는 데 몇 분 걸리지 않아 아이들 시장기에 별 지장이 없었지만, 장시나 산문은 몇 시간이 걸릴 때도 있어 아이들이 배가 고프다고 칭얼거리기도 합니다. 한 편의 시가 완성될 때마다, 그가 입버릇처럼 말한 산고産苦를 온 식구가 다

겪은 셈입니다. (중략) 당신보다 반세기를 더 살고 있는 내 인생은 결코 허무하지 않습니다. 이제 저도 언젠가는 곧 당신이 있는 곳으로 가야 할 사람, 모든 서러움을 가지고 하늘나라로 갈 날이 오겠지요. 꿈에서 라도 나타나 주기라도 하면, 이 책과 함께 당신 품에 안기고 싶습니다.

김현경, 『김수영의 연인』

김수영문학관을 찾아서

2013년 12월 초 서울 도봉구 방학3동에 들어선 김수영문학관을 둘러보았다. 도봉구가 야심 찬 문화공간으로 건립하긴 했지만 아직 홍보가 덜 되어서인지 1시간가량 머무는 동안 방문객은 그리 많지 않았다. 문학관 안내서라 할 팸플릿도 준비되지 않았고 대표 전화번호도 따로 공개되지 않아 인근 지하철 4호선 쌍문역이나 창동역에서 내려 마을버스로 갈아타고 온 사람들이 "찾아오기 힘들었다"고 불만을 털어놓기도 했다. 문학관 관계자는 "일단 개관하는 게 시급했다"면서 "건물이나 내부 사진을 담은 팸플릿을 조만간 제작해 비치해 놓을 것"이라고 다소 볼멘 목소리로 설명을 하긴 했다. 하지만 첫술에 배부를 리 없음을 감안하면 이런 불만은 사소한 것에 지나지 않을 것이다.

일단 문학관에 발을 들여놓으면 옷깃을 여밀 만큼 숙연해지고 만다. 그건 김수영 사후 45년 만에 조성된 문학관이라는 감회와는 별개의 문제였다. 그 숙연은 문학관에 마련된 다양한 콘텐츠에서 기인한 것인지도 모른다. 가장 눈에 띄는 콘텐츠는 김수영의 작품에서 추출한 단어들을 적은 나무판들을 비치해 놓고 관람객들이 자발적으로 벽에 붙이게 하는 '시작' 코너였다. 누군가 '혁명은'이란 단어를 골라 벽에 붙이자 다음 관람객이 '가슴에'를, 그리고 약 2분 뒤엔 한 여고생이 '영원히'를 나란히 붙여 놓았다. 그 단어들의 조합인 '혁명은 가슴에 영원히'라는 문장은 우연의 산물일 수 있지만 이 우연은 김수영 시어의 아우라에서 비롯된 것이다. 백발성성한 70대부터 여고생까지 이들의 눈동자는 전시물 하나하나에 눈을 맞추며 반짝이고 있었다. 40대 후반의 한 여성이 "김수영은 감성의 혁명가였구나"라고 읊조린 것은 첫 시집의 표제작이 된 「달나라의 작란」이라는 육필 시 원고 앞에서였다.

팽이가 돈다
팽이가 돌면서 나를 울린다
제트기機 벽화壁畵 밑의 나보다 더 뚱뚱한 주인 앞에서
나는 결코 울어야 할 사람은 아니며
영원히 나 자신을 고쳐가야 할 운명運命과 사명使命에 놓여 있는 이
밤에
나는 한사코 방심放心조차 하여서는 아니 될 터인데
팽이는 나를 비웃는 듯이 돌고 있다

김수영, 「달나라의 작란」 일부

문학평론가 황현산에 따르면 김수영은 시에 시적으로 된 말을

문학아
밖에 나가서
다시 열어 오렴아

모은 것이 아니라 모든 말이 시적 힘을 지니도록 시를 썼다. 이 점에서 그는 자유시의 이상을 실천했다. 그에게 와서 시적인 말과 일반적인 말의 차이가 완전히 사라진 것이다.

김수영은 시의 성공을 위해 전전긍긍하던 그 시대의 시인들과는 전혀 다른 시인이었다. 그는 시의 실패를 두려워하지 않은 한 마리 푸른 늑대였다. 그는 정서의 불온성과 반항심과 모험심을 후배 문인들에게 유산으로 남겨 주었다. 유산이라고 했으니 한마디 덧붙이자면 김현경 여사와 김수명 여사가 남편과 오빠에게 물려받은 유고는 더 이상 그들의 수중에 없다.

두 사람 모두 문학관 운영위원회에 끼지 않은 것도 그런 의미에서다. 간섭하면 문학관이 잘 굴러갈 리 없다. 김현경 여사의 집에 갔을 때 보았던 집필실 의자며 테이블이, 그리고 김수명 여사의 집에서 보았던 사진이며 유고들이 한 공간에 모여 있다는 사실이 작은 기적처럼 느껴졌다. 김수영문학관이 문학을 통해 불온한 자유를 꿈꾸는 모더니스트들의 산실이 되어 더욱 창대해지길 기대한다.

오장환과 모스크바 볼킨병원

　　오장환은 병상의 시인이다. 그가 활동한 1930~1940년대 일제 강점기와 해방기라는 시대적 배경 자체가 당대의 문학적 병상일 수도 있다. 실제로 그는 병상에서 쓴 작품을 많이 남겼다. 해방도 병상에서 맞이했다.

　　8월 15일 밤에 나는 병원에서 울었다.

　　너희들은 다 같은 기쁨에

　　내가 운 줄 알지만 그것은 새빨간 거짓말이다.

　　일본 천황의 방송도,

　　기쁨에 넘치는 소문도,

내게는 곧이가 들리지 않았다.

나는 그저 병든 탕아로

홀어머니 앞에서 죽는 것이 부끄럽고 원통하였다.

오장환, 「병든 서울」 일부

해방 직후 쓴 「병든 서울」은 그의 세 번째 시집 제목이기도 하다. 해방을 맞았을 때 그는 신장병 치료차 서울대병원에 입원해 있었다. 당시 그를 병문안한 지인 가운데는 화가 이중섭과 시인 김광균도 있었다. 김광균은 오장환을 문병하러 갔다가 이중섭을 처음 만난 뒤 절친한 사이가 됐고 이후 이중섭을 알게 모르게 도와준 것으로 알려져 있다. 이중섭의 「욕지도 풍경」과 「봄」은 한때 김광균이 소장했던 작품이기도 하다.

이런 문병인들의 도래는 오장환의 입원 기간이 상당히 길었음을 방증한다. 「입원실에서」라는 시도 병원에서 탄생했다.

저마다 기쁜 마음, 싱싱한 얼굴로

오래니 있었던 병실에서

나가는 사람들.

그러는 동안에

해방을 기약하는 그날이 왔고,

그 뒤에도 잇대어 여러 가지 병든 사람이나

흥분된 감격에 다쳐 온 젊은이

새로이 새로이 왔다는

모두 다 씩씩한 얼굴로 나간다.

오장환, 「입원실에서」 일부

충북 보은군 회북면에서 해주 오씨 오학근과 어머니 한학수 사이에서 태어난 오장환은 친모가 오학근의 첩이었던 관계로 서자의 슬픔을 안고 세상을 출발했다. 1931년 휘문고등보통학교에 입학하던 해, 아버지의 본처가 사망한 것을 계기로 적출이 된 오장환. 그는 본의 아니게 자신의 출생과 시대의 병을 비교하지 않을 수 없었으니 어쩌면 해묵은 전통인 족보를 거부하고 무산계급을 추종하게 됐는지도 모를 일이다. 그렇지만 친모에게만은 효자 중 효자였다.

어머니 서울에 오시다.

탕아 돌아가는 게

아니라

늙으신 어머니 병든 자식을 찾아오시다.

(중략)

-이것아, 어서 돌아가자

병든 것은 너뿐이 아니다. 온 서울이 병이 들었다.

생각만 하여도 무섭지 않으냐

대궐 안의 윤비를 어디로 가시라고

글쎄 그게 가로 채였다는구나.

시골에서 땅이나 파는 어머니

이제는 자식까지 의심스런 눈초리로 바라보신다.

아니올시다. 아니올시다.

나는 그런 사람과는 아무런 관계도 없습니다.

오장환, 「어머니 서울에 오시다」 일부

　1946년 3월 12일, 이 시를 쓴 뒤 병원에서 퇴원한 그는 1947년 6~7월 문화공작단으로 활동했다. 남조선 문화단체총연맹 소속 여덟 개 단체 예술가 200명의 일원이 돼 전국 방방곡곡을 돌았던 그는 이 순회공연의 목적을 수기 「남조선의 문화예술」에서 "제2차 미소공동위원회의 속개에서 더욱이 비등된 민주 역량과 이를 축하하기 위함"이라고 진술하고 있다.

　하지만 2차 미소공동위원회가 결렬되고 문화예술인에 대한 대대적인 탄압과 테러가 자행되면서 당한 집단 구타와 신장병으로 몸을 가눌 수 없는 지경에 이른 오장환은 1947년 하반기에 월북, 평남 남포에 있는 소련적십자병원에 입원한다.

나의 병실 남으로 향한 창에는

해풍이 조을고

부두 앞으로 나아간 곡물창고

여기에 모이는 참새떼는

자주 나의 창에 앉았다 갑니다

(중략)

이럴 때이면 오랫동안 비꾸러진 나의 마음이

몰래서 우는 것이 아니라

내 고향 먼 곳에 계신 어머니시여!

당신이 목마르게 그리워집니다

오장환, 「남포병원」 일부

　　오장환은 이후 소련군정의 배려로 모스크바 볼킨병원으로 옮겨 가지만 그의 모스크바행에 대해선 아직까지 속 시원히 밝혀진 게 없다. 유일한 단서가 1950년 5월 북한에서 발행된 그의 다섯 번째 시집 『붉은 기』이다. 『붉은 기』에 따르면 오장환은 1948년 12월, 열차 편으로 하바롭스크에 도착한다. 그곳에서 1929년 외국의 간섭군과 싸워 하바롭스크를 사수한 인민 영웅 김유천 거리를 둘러본 뒤 '하바롭스크 크라이(구역) 콤(코뮤니스트) 강사실'에서 유숙하며 항공 스케줄을 기다리다가 이윽고 32인승 항공편으로 시베리아 상공을 날아 모스크바에 도착한다.

　　볼킨병원 입원 기간은 1949년 1월부터 7월까지로 추정된다. 그는 신장 투석을 받았을 것이다. 신장 기능이 50% 내지 25%로 저하됐을 때 최소한 일주일에 한 번 혹은 이틀에 한 번꼴로 받아야 하는 게 신장 투석이다. 고질적인 신장병 환자인 오장환은 장기간에 걸쳐 신장 투석을 받는 동안 전해질과 요독을 정상적으로 배출하지 못해 몸이 붓는 부전 증세를 보였을 가능성이 크다. 하지만

문학아
밖에 나가서
다시 얼어 오렴아

신장 투석이 없는 날에는 모스크바 시내를 자유롭게 활보했다.

『붉은 기』에 수록된 시 「레닌 묘에서」의 창작 일자는 1949년 3월, 「올리가 크니페르」는 1949년 2월로 적혀 있다. 그는 입원 중에도 짬을 내어 붉은 광장의 레닌 묘를 찾아가고, 작가 안톤 체호프의 부인이자 소련 인민 여배우 올리가 크니페르의 연극을 관람하기 위해 모스크바예술극장을 찾아갔던 것이다. 「고리키 문화공원에서」 「김일성 장군 모스크바에 오시다」 「모스크바의 5·1절」 등의 시에는 현장감이 물씬 풍긴다.

『붉은 기』 수록 시편 가운데 가장 늦은 창작 일자는 「크라스노야르스크」를 쓴 1949년 8월이다. 그는 시베리아 횡단열차로 크라스노야르스크를 거쳐 귀국했던 것이다. 오장환이 언제 어디에서 러시아어를 배웠는지에 대해서는 알려진 바가 없지만 1946년 6월 서울 동향사에서 『예세닌 시집』을 번역 출간했을 만큼 그는 러시아어에 능통했다.

1949년 가족과 함께 북으로 간 시인 조운曹雲(1900~?)은 시집 『붉은 기』 발문에 이렇게 적었다.

장환이 소련에 다녀왔다. '나는 언제나 한번 가 보나!' 하고 모두들 동경하는 소련에 다녀온 장환이 여장을 풀면서 우리들 앞에 선물로 내놓은 것이 이 시집이다. 장환의 소련행은 우리 공화국을 대표한 사절도 아니요 문화연구를 위한 시찰도 아니요 호화로운 만유漫遊나 우정의 시를 지으려고 간 것은 더욱 아니다. 우방의 한 젊은 예술가에게까지도 알뜰히 관심을 놓치지 않는 위대하고도 자애로운 소련은 우리들의 아끼는 장환, 이 젊은 시인의 병이 다스리기 어려운 증세임을 알자 고쳐 주려고 데려간 것이다. 위대한 소련이 예외의 우우優遇와 분에 넘치는 온정에 장환은 병구를 이끌고 모스크바의 품에 안기었던 것이다. —1950년 5월

하지만 오장환은 한국전쟁의 소용돌이에 휘말려 1951년 33세의 나이로 숨을 거둔다. 한국전쟁 중 오장환과 우연히 조우했던 김광균에 따르면 그는 북으로 가서도 감시 대상이었다. 보위부 사람들이 아침저녁으로 들러 보고를 받고 있어 감옥살이하는 것 같다고 털어놨다는 것이다.

눈을 감고 오장환을 떠올리면 그는 모스크바 볼킨병원 침상에 누워 러시아어판 『예세닌 시집』을 읽고 있다. 잠이 오지 않을 때 혹은 새벽에 잠이 깬 그의 눈동자는 시인 세르게이 예세닌의 시를 쫓아간다.

어머니는 쓰고 계신다-
'형편이 되거들랑 너,
크리스마스주간에 말이다
한 번 오너라
나한테 목도리를
아버지한테 바지를 사다 다오.

우리 집은 여간 옹색하지가 않구나.

네가 시인이라는 것이,

네가 좋지 않은 평판과

어울리고 있는 것이

나로서는 여간 뜨악하지 않구나.

어렸을 적부터

쟁기질이나 하여 밭을 가는 것이

훨씬 더 나았을 것을'

(중략)

나는 편지를 마구 구깃거리고,

나는 오싹 소름이 끼침을 느낀다.

그래 내 가슴 속에는 숨겨진 길에는

출구가 없는 것인가?

그러나 생각하고 있는 모든 것을

나는 나중에 이야기하리라.

나는 말하리라

답장의 편지로……

세르게이 예세닌, 『자작나무』 일부(박형국 역)

　오장환을 한국의 예세닌이라고 해도 과언은 아닐 것이다. 10월 혁명의 와중에도 사회주의적 일체감보다 농민들의 서정적 진실에

경도됐던 예세닌과 오장환의 이른바 '병상시편'을 비교해 읽으면
서 종종 시대착오를 느끼는 건 어머니에 대한 애절함이 세월을 뛰
어넘어 지금에 와서도 여전히 심금을 울리기 때문이다.

번역의 귀재 '부평삼변'

변영로

　인천 부평을 기반 삼아 활약한 삼형제가 있다. 변영만卞榮晩 (1889~1954)·변영태卞榮泰(1892~1969)·변영로卞榮魯(1898~1961) 형제가 그들이다.

　'부평삼변富平三卞'으로 불린 세 형제는 모두 언어적 귀재이자 격동의 근대사와 현대사를 살다 간 풍운아였다. 「논개」의 시인 수주樹州 변영로는 널리 알려져 있지만 변영만, 변영태도 한국 번역 문학사에서 빼놓을 수 없는 존재이다.

　단채 신채호의 친구였던 산강재山岡齋 변영만은 위당 정인보와 함께 조선 한문학의 양대 산맥으로 일컬을 만큼 한학에 조예가 깊었을 뿐 아니라 서양 문학과 사상을 골고루 섭취한 근대 문필가였다. 1905년 사법 관리를 양성하기 위해 만든 법부法部 직할 교육기관인 법관양성소에서 법률 공부를 시작한 그는 1년 뒤 보성전문학교 법과에 입학, 1908년 졸업하고 재판소 서기와 판사로 활동한다. 하지만 그가 판사 업무 외에 외국 문학 작품 번역에 매진했음을 아는 사람은 그리 많지 않다.

1908년 그는 제국주의·군국주의·금권정치 세 괴물을 다룬『세계삼괴물』이라는 책을 번역해 '광학서포'에서 출간한다. 원작자는 사밀가斯密哥. 풀 네임은 사밀가덕문斯密哥德文이다. 영국 출신의 교육자이자 역사가 스미스 골드윈(1823~1910)을 그렇게 표기한 것이다. '사밀'은 '스미스', '가덕문'은 '골드윈'을 음차해 적은 중국식 표기이다. 이로 미뤄 변영만은 이 책을 중문 번역본에서 중역한 것으로 추측된다.

스미스는『세계삼괴물』에서 당시 유럽을 풍미하고 있던 세 이데올로기를 날카롭게 비판한다. "영국과 미국이 자유의 본향이라고? 천만의 말씀! 그들의 '자유'는 다수의 빈민을 제외한 국내 유산층의 권리의 다른 이름일 뿐이고, 자본에 의한, 자본을 위한 이 '자유'는 식민지의 노예화와 그 자원의 고갈, 그 주민의 끝이 안 보이는 불행을 의미할 뿐이다." 변영만은 국내 독자에게 처음으로 반제국주의적이고 반군국주의적이며 반금권주의적인 복음을 전파했던 것이다. 내용 가운데 "인류가 모든 민족을 초월한다"는 구절은 스

문학아
밖에 나가시
다시 열어 오렴아

미스가 교수로 재직했던 미국 코넬대학 스미스골드윈홀 앞의 돌 벤치에 새겨져 있다.

변영만은 민족주의자이자 애국자였다. 1905년 을사늑약이 체결되자 법관양성소에서 더 이상 법학을 공부할 의욕을 잃은 그는 자신의 소신대로『세계삼괴물』을 번역했지만 일제는 이 책을 대표적인 금서로 낙인찍었다. 그가 1900년대에 여러 학술지에 낸 법학 논문 중에는 지금도 시의적절한「사형폐지설」(1909)이 있다.

1909년 대한제국이 사법권을 일본에 빼앗기자 판사직을 아낌없이 팽개친 변영만은 변호사 개업을 하지만 법률가보다는 한문학자로 살았다. 그가 1900년대 최고의 유림에서 갈고닦은 한문 문장력은 특출했으니 일제 치하에서 '법률가'로 일할 맛이 나지 않자 묘지명 등 난삽한 한문 문장을 지어 주는 일로 연명하기도 했다. 그렇다고 그를 한문학자라는 울타리에 가둘 수는 없다.

그는「청빈淸貧의 복음」(《동아일보》, 1936)이라는 기고문에서 마르크스와 아인슈타인을 청렴의 위인 사례로 삼기도 했으니 정통 유림들의 시각에서 볼 때 그의 문장에서는 '서양 냄새'가 났고, 그 자신도 셰익스피어·괴테 글의 '신묘한 견지'에 반했다고 자인할 정도였다.

변영만은 소싯적에 고명한 한학자인 수당 이규남 선생 밑에서 수학했다. 신채호도 그때 동문수학했다. 이규남 선생이 작고하자 1905년 변영만은 만 16세에 법관양성소에 입학한다. 신채호가 성균관에 들어간 것과 달리 변영만이 법관양성소를 택한 것은 신학문에 대한 그의 관심을 보여 준다. 흥미로운 것은 당시 법관양성소는 20세 이상만 입학할 수 있었다는 사실이다. 변영만은 나이를 속이고 입학했던 것이다. 그만큼 조숙했고 학구열이 높았다. 그는 1923년 잡지 《동명東明》에 영국 낭만주의 시인 윌리엄 블레이크의 작품 3편, 아일랜드 시인 윌리엄 버틀러 예이츠 작품 2편 등 모두 5편을 번역, 게재하기도 했다.

변영태는 1912년 만주 신흥학교를 졸업한 뒤 중앙고등보통학교에서 영어를 가르쳤다. 해방 후에는 고려대 영문학과 교수로 재직했는데 영어 사전을 외울 정도로 영어 어휘력이 뛰어났다고 한다. 한국전쟁 때인 1951년 외무부 장관에 취임한 그는 유엔에서 연설할 때 일부러 어려운 어휘만을 골라 사용해 외국 외교관들조차 그의 연설을 알아듣지 못했다는 일화도 있다. 외무부 장관을 거쳐 제5대 국무총리를 역임한 정치가였지만 그 역시 번역에도 적지 않은 관심을 기울였다. 그는 한국어나 한문 작품을 영어로 옮기는 데 주력했다. 1948년 한국 민담이나 전설을 수집해 번역한 『Tales from Korea』를 출간했고 1960년 『논어』를 영역 출간하기도 했다.

변영로는 중앙학교를 중퇴하고 1915년 조선 중앙기독교청년회(YMCA)에서 운영하는 영어학원에서 수학 뒤 영어 교사 생활을 하다 미국으로 건너가 캘리포니아 산호세주립대학에서 영문학을 전공했다. 1918년 문예지 《청춘》에 영시 「코스모스Cosmos」를 발표하면서 등단, 천재 시인이라는 찬사를 받는다. 1919년 「독립선언서」를 영문 번역했는가 하면, 시 동인지 《폐허》(1920)와 《장미촌》

(1921)에 동인으로 참가했지만 시를 발표하지는 않았다.

　큰형 변영만보다 몇 년 늦기는 하지만 변영로도 신문과 잡지에 서양 문학 작품을 번역 소개한다. 1922년《개벽》에 발자크의 단편「사막의 열정」을, 1925년〈시대일보〉에 런던올의「앨로이스 애화」를 번역 게재한다. 1930년 2월부터 3월에 걸쳐〈동아일보〉에 '현대 영시 선역'이라는 제목으로 영시 10편을 번역하기도 했다. 1924년에 발간되자마자 판매 금지 조치를 당하고 압수되기까지 했던 첫 시집『조선의 마음』은 변영로 시의 시사적 의미가 결집된 시집이다. 그중에서「논개」는 민족적 의분을 직유와 상징의 수법을 통해 서정적으로 승화시킨 작품이다.

　　거룩한 분노는
　　종교보다도 깊고
　　불붙는 정열은
　　사랑보다도 강하다
　　아, 강낭콩꽃보다도 더 푸른
　　그 물결위에
　　양귀비꽃보다도 더 붉은
　　그 마음 흘러라

변영로,「논개」일부

　이처럼 변영로의 시는 올곧고 저항적이면서도 우리말의 아름다

움을 보여 준다. 〈동아일보〉가 발간하던 여성지 《신가정》의 편집
장으로 근무하던 변영로는 1936년 손기정 선수 일장기 말소사건
에 연루되기도 했다. 《신가정》 표지에 손기정의 다리만 게재하고
'조선의 건각'이라는 제목을 붙임으로써 조선총독부의 비위를 건
드린 것이다. 총독부 압력으로 회사를 떠난 그는 일제의 압박이 극
에 달했던 1940년 향리에 칩거했다. 1947년 한국 최초의 영문 시
집 『진달래 동산Grove of Azalea』도 그의 번역이다. 김규식, 전경무,
장본익, 이인수, 변영태, 강용흘, 변영로 등 모두 7명의 번역 시가
수록돼 있다.

변영로는 시에서 과작이었지만 수필에 많은 관심을 보여 『명정
酩酊 40년』(1954) 등 수필집을 남기기도 했다. 변영로는 대여섯 살
때부터 술을 탐하여, 소학교 다닐 때도 술에 취해 사랑방에 뻗어
있기 일쑤였다니, 그는 어쩌면 이백의 환생일지도 모른다. 술 먹다
말고 문득 평양을 가겠다며 기차를 타고 평양에 간 일이며, 중요한
회합 자리에서 양주를 몇 병 마시고 난동을 부리다가 폭설이 내린
새벽에 음식점에서 잠을 깬 사연, 산속 공동묘지 상석 위에서 눈을
덮고 자다 몸이 움직이지 않아 사람 다니는 길까지 굴러 내려오기
도 하고 폭우 내리는 날엔 불어난 개울에 휩쓸려 떠내려가기도 했
던 일화는 유명하다.

변영로는 『명정 40년』에 이렇게 썼다. "모랄리즘은 나의 말을 믿
든 말든 나의 생활의 신조이다. 이 신조까지 없었더라면 그나마의
나의 생활의 지주는 무너지고 말았으리라. 나는 불의와 악수는커

녕 타협하여 본 적이 없음을 50이 지난 오늘날 자허自許 삼아 말하여 두는 동시에 어느 권세나 금력 앞에 저두평신低頭平身하여 본 적조차 없다. 잘났으나 못났으나 사람이란 독왕자지獨往自至할 길이 따로 있는 것이다." 변영만·영태·영로 등 '부평삼변'은 한국 번역 문학의 초석을 놓은 선각자였다.

3
부

파블로 네루다를 만난 이태준

　카자흐스탄의 망명 작곡가 정추(1923~2013)의 구술 자서전을 알마티 자택에서 녹취한 것은 1990년 3월의 일이다.

　광주 태생인 그는 니혼대학 예술학부 작곡과를 졸업하고 귀국, 1946년 나운영과 함께 민족음악연구소를 설립해 민속음악의 이론 정립과 창작을 병행하던 중 월북한 후 1952년 북한 유학생으로 선발되어 차이콥스키 명칭 모스크바국립음악원을 졸업하고 카자흐스탄으로 망명했다. 일본-북한-소련-카자흐스탄으로 이어진 그의 지난한 인생 역정의 한 대목에 상허尙虛 이태준李泰俊(1904~미상)과의 조우가 새겨져 있다.

그가 의주소련유학생강습소에 입교한 1951년 늦가을의 일이다. 그는 영화감독인 형 정준채(1917~1980?)가 체코슬로바키아 카를로비바리영화제에서 〈조·소 친선의 노래〉로 작품상을 수상하고 돌아와 다큐멘터리 〈수풍발전소〉를 촬영하기 위해 신의주에 머물고 있다는 소식을 듣는다. 형을 만나러 의주 세관 앞을 지나던 그는 시인 김상오金尙午(1917~1992)를 우연히 만난다. 김상오는 1948년 여름, 정추가 심장병 치료를 위해 금강산 정양소에 있을 때 그곳에 창작을 위해 와 있던 북한의 대표적인 서정 시인으로 당시 직책은 〈민주일보〉 주필이었다. 다음은 정추의 회고이다.

준채 형과 동갑내기로 절친했던 김상오는 나를 만나자마자 "소설가 이태준을 만나러 가는 길"이라면서 손을 이끌었다. 김상오와 함께 찾아간 이태준의 거처는 신의주 시내에 있었다. 이태준은 인텔리풍의 말투에 얼굴이 멀쑥한 미남으로, 소설가라고 믿기지 않을 정도의 출중한 외모를 드러냈다. 그는 "얼마 전 북경에 갔다가 칠레의 민족 시인 네루다를 만났다"면서 "그때 중국어판 네루다 시집을 직접 건네받았는데 이 책을 번역했으면 좋겠다"고 시집을 우리 두 사람 앞에 내밀었다. 나는 김상오와 함께 시집을 들춰 본 뒤 "시집이 번역되면 모스크바로 한 부 보내 달라"고 부탁하고 이태준과 헤어졌다.

이 장면은 많은 의미를 함축하고 있다. 그건 칠레 출신의 세계적인 시인 파블로 네루다와 이태준의 만남이라는 단순한 접촉사를 뛰어넘는다. 네루다는 당시 레닌평화상 심사위원 자격으로 황금메달을 쑨원孫文의 미망인 쑹칭링宋慶齡 여사에게 전달하기 위해 모스크바에서 소련 작가 에렌부르크 등과 함께 몽골의 울란바토르를 거쳐 북경에 도착했는데 마침 북경에서는 중국을 비롯 인도, 버마, 북한 등 아시아의 여러 작가들이 참석한 '아시아작가좌담회'가 열리고 있었다.

이태준 역시 북한의 중국 시찰단 일원으로 40여 일에 걸쳐 구미의 압제와 침탈에서 막 벗어난 '새 중국'을 여행 중에 있었고 일정 가운데 아시아 각국에서 온 작가들의 숙소인 북경반점에서 열린 '아시아작가좌담회'에 북한 대표로 참석, 네루다와 조우했던 것이다. 옵서버인 네루다는 발언은 하지 않고 듣고만 있었지만 아시아의 여러 작가 가운데 특히 이태준에게 깊은 관심을 보였다. 당시 한국전쟁은 아시아뿐만 아니라 전 세계에 걸쳐 중대한 관심사였기에 전쟁 중의 북한에서 온 이태준의 발표를 주의 깊게 들었던 것이다.

이날 저녁 네루다 선생은 새 조선 문학 이야기에 깊은 관심을 가지고 들었고 자기는 발언하지 않았다. 그는 큰 키에 우람한 몸집과 깎지 않는다면 탐스러울 구레나룻의 얼굴이었다. 이 분은 미국 자본가들 밑에 피땀을 착취당하고 있는 칠레 광산 노동자들 속에서 시를 써 왔고 제2차 세계대전 당시에 벌써 미국이 앞으로 파쇼의 길을 걸을 것을 예견하여 미국 청년들에게 경종을 울리는 많은 시를 썼으며 미제와 자기 나라 반동 정권의 갖은 박해 속에서 세계평화를 위하여 싸워

문학아
밖에 나가서
다시 열어 오렴아

온 시인의 하나다. 네루다의 중요 시편들은 중국에서도 번역되었는데
이 좌담회가 있은 다음 날 네루다는 중국어판 자기 시집 한 권에 내
이름을 한문으로 그림 그리듯 써서 보내 주었다.

이태준, 『위대한 새 중국』, 국립출판사, 1952, 78쪽

이태준이 소망한 대로 네루다 시집이 북한에서 번역 출간되었는
지 알지 못한다. 하지만 네루다는 이태준이라는 한자 이름을 그림
그리듯 써 주었을 만큼 북한에서 온 이태준에 대해 각별한 관심을
보였고 이태준 역시 네루다를 통해 남미에 대해 새롭게 인식했을
것임은 짐작이 되고도 남는다.

네루다는 미국 패권주의에 대해 대단히 비판적인 시인이었다. 그
는 미국을 중심으로 한 세계 중심부 국가의 문학인이 아니라 남미
라는 주변부에서 온 문학인이었다.

이태준의 관심사는 일관되게 '민주적 아시아의 건설'이었다. 중
국은 새로운 국가를 건립함으로써 자신들의 성취가 고대 중국 문
명의 위업에 그치는 것이 아님을 만천하에 천명했다. 이는 일본의
제국주의에 맞선 무장 항일 투쟁을 통해 독립된 국가를 건설했다
는 자부심이 바탕이 됐다. 이에 비해 해방 이후 미·소의 대립 속에
서 진정한 독립을 성취하는 데 실패하고 동족상잔의 전쟁을 치러
야 하는 지식인 이태준의 소회는 이루 말할 수 없는 착착함으로 채
색됐을 것이다. 특히 한국전쟁에서 북한을 결정적으로 도운 것이
소련이 아니고 중국이었음을 고려하면 이태준은 새로운 중국의 위

상에 주눅이 들 만하다. 그럼에도 불구하고 이태준은 조선의 독자적인 문화의 우수성에 대해 이렇게 강조했다.

　　조선에서 먼저 발명된 금속으로 주조한 활자는 다시 중국 출판 문화를 현대화시키는 데 획기적인 역할을 놓았던 것이다. 송자에서 물을 길은 고려자기는 세계 도자계의 여왕처럼 떠받들린다. 중국 판본 인쇄물을 모방하여 발전시킨 조선의 금속활자의 창안은 오늘 세계 문명의 보고를 풍부히 하고 있다. 과거 조중 문화의 교류는 이외에도 아름다운 결실이 많을 것이다.

이태준, 『위대한 새 중국』, 국립출판사, 1952, 33쪽

　북경의 고궁 안에서 열린 전람회를 돌아본 뒤 쓴 이 글은 중국과 조선의 평화적인 연대가 문화를 통해 지속적으로 이어질 것이라는 이태준의 생각을 반영하고 있다. 1946년 조선문학가동맹 부위원장으로 활동하면서 소설 「해방전후」로 조선문학가동맹이 제정한 제1회 해방기념 조선문학상을 수상한 그는 월북 직후인 1946년 10월 조선문화사절단의 일원으로 소련을 여행하기도 했다.

　한국전쟁이 발발하자 종군작가로 낙동강 전선까지 내려온 것으로 전해지는 그가 종군의 경험을 토대로 쓴 「고향길」(1950) 등은 생경한 이데올로기를 여과 없이 드러냄으로써 이전 작품에 비해 예술적 완성도가 훨씬 떨어진다. 그러나 그의 월북도 자의적인 것이 아닌 강제된 것이라는 후문과 함께, 결국 한국전쟁 이후 숙청을 당할 수

밖에 없었다는 점은 그가 철저한 사회주의적 작가는 아니었음을 짐
작케 한다.

정지용과 길진섭의 「화문행각」

| 정지용 | 「화문행각」 | 길진섭 |

　　한국 현대시의 초석을 놓은 시인 정지용鄭芝溶(1902~1950)은 1940년 1월, 발이 꽁꽁 어는 영하 30도의 추위를 뚫고 '길吉'이라는 오랜 지기知己와 함께 열흘 일정으로 북방 여행을 떠난다. 여기서 북방이란 평북 선천과 의주, 평양, 중국 단동의 오룡배 일원을 말한다. 정지용은 여행길에서 만난 사람들의 인상과 동작은 물론 사투리까지 꼼꼼하게 메모했고 '길'은 목탄으로 풍경과 인물을 스케치했던 모양이다. 여행에서 돌아온 지용은 1940년 1월 28일부

터 2월 15일까지 12회에 걸쳐 〈동아일보〉에 '길'의 그림이 곁들어진 산문 「화문행각畵文行脚」을 연재한다.

> 평양에 나린 이후로는 내가 완전히 吉(길)을 따른다. 따른다기보담은 나를 일임해 버린다. 잘도 끌리어 돌아다닌다. 무슨 골목인지 무슨 동네인지 채 알아볼 여유도 없이 걷는다. 수태 만난 사람과 소개인사도 하나 거르지 않았지마는 결국은 모두 모르는 사람이 되고 만다.
>
> 정지용, 「화문행각7-평양1」

'길'이라고 불린 인물은 화가 길진섭吉鎭燮(1907~1975)이다. 그러니까 정지용에게는 서첩 여행이요, 길진섭에게는 화첩 여행이었다. 3·1운동 민족대표 33인 중의 한 사람인 길선주 목사의 아들로 평양에서 태어난 길진섭은 1921년 평양 숭실중학교에 입학한 후 미술에 뜻을 둔다. 하지만 화가가 되는 것을 반대하는 아버지를 피해 경성에서 미술 수업을 받았고 1932년 도쿄미술학교 서양화과를 졸업한 뒤 경성에 정착한다. 길진섭은 1934년 이종우, 장발, 구본웅, 김용준 등과 함께 양화 단체 목일회牧日會를 조직했고 정지용이 1939년 창간한 문예지《문장》에 디자인 담당 편집위원으로 참여한다. 정지용의 수필엔 길진섭이 미술학도 시절에 자주 들렀던 평양의 화방 '모음'도 나온다.

누구 집 상점 2층에 먼지에 켜켜 쌓인 제전帝展에 패스했던 「모자母

子」라는 유화와 그리다가 마치지 못하고 이어 돌아가신 아버지의 초
상화와 그의 대폭 소폭의 4, 5점을 꺼내어 보고서는 다시 단속할 의
사도 없이 나오고 만다. 어떤 다방에 들러서는 정면에 걸린 졸업기 제
작 일 점이 자기 승낙도 없이 걸린 이유로 경로를 추궁하는 나머지에
카운터에선 흰 쓰메에리 입은 청년과 다소 기분이 좋지 않아 나오기
도 한다.

정지용, 「화문행각7-평양1」

   평양에서 부벽루로, 을밀대로 싸돌아다닌 두 사람이 어김없이
찾아든 곳은 길진섭의 단골 카페 '라보엠'이다. 라보엠에도 길진섭
의 그림이 걸려 있다. 부친 사후 5년 만에 정지용을 대동하고 평
양에 온 그는 후끈하게 달떠 있다. 「화문행각」엔 두 사람의 각별
한 친분과 예술적 공감대도 드러나 있다. 예컨대 정지용은 의주
통군정에 올랐어도 도무지 흥미를 갖지 않는 길진섭을 서운하게
바라보기도 한다. 하지만 "꿈에서 같이 웃는 길吉, 밉지 않은 취안
醉顔"이라며 그에 대한 애정을 표현하는가 하면 "차표를 물리고 의
주에서 술을 마시자는" 그의 즉석 제안에 난감해하면서도 내심 즐
기는 눈치다. 지용은 수필에 자신의 예술관도 슬쩍 내비친다. 여기
엔 표지화 등을 통해《문장》이 추구했던 문인화 계열의 미학이 드
러나 있다.

   수심가는 순연히 백성 사이에서 자연발생적으로 된 토속적 가요라

고 볼 수밖에 없을까 한다. 단순하고 소박한 리듬에서 툭툭 불거져 나
둥그는 비애가 어딘지 남도 소리에서보다 훨씬 근대적인 것이기도 하
다. 살얼음 아래 잉어처럼 소곳하고 혹은 바람에 향한 새매처럼 도사
리고 부르는 토산 기생의 수심가는 서울서 듣던 것과도 다르다.

정지용, 「화문행각8-평양2」

문학평론가 김진희는 "정지용은 평양 기생의 수심가를 들으면서
이것이 남도와는 다르게 지배층을 위한 노래가 아니어서 토속적이
며, 단순 소박하다는 평가를 하고 있다"면서 "길진섭 역시 수묵의
단순한 필치를 통해 능라도의 풍경을 소박하고 절제된 풍경으로
표현함으로써 문인 수묵화의 전통을 살리고 있다"고 지적한다.

길진섭은 의주의 기생집이나 평양의 카페에서 틈만 나면 소묘
화첩을 펼쳐 보이며 단연 주위의 눈길을 끈다. 하지만 「화문행각」
을 꼼꼼히 읽어 보면 지용의 인물 묘사는 길진섭의 스케치를 능가
한다. 지용은 여행길에서 만난 사람들의 일거수일투족을 세밀하게
묘사해 북방 여행의 주인공으로 부각시켰다. 여행길 내내 안내를
맡은 '낙영이', 의주 약방 주인 '김 군', 의주 기생 '화선이'와 '영산
홍', 평양 라보엠의 웨이트리스 등은 지용의 세필이 살려 내지 않
았다면 역사에 흔적도 없이 사라졌을 무명씨에 불과했을 것이다.

선천, 의주, 평양까지 구경했으면 경성으로 귀경할 만한데, 두
사람은 방향을 다시 북으로 틀어 압록강 건너 단동으로 들어간다.
지용이 단동 신시가지 육번통 팔정목에 살고 있는 자신의 삼종형

(팔촌 형)을 만나 하룻밤 회포를 푸는 동안 진섭은 단동 역전 일만 호텔 하층 북향실에서 지용의 짐과 자신의 화구를 지키며 홀로 잠을 청한다. 지용은 홀로 어린 자식들을 키우고 있는 삼종형의 하소연을 들으며 밤새 술을 통음하다가 큰조카 아이 구열을 붙들고 눈물을 흘리고 만다.

다음 날 아침, 지용은 진섭과 함께 단동에서 22킬로미터 떨어진 오룡배 온천으로 향한다. 그는 차 안에 마주 앉은 열두어 살 만주 아이와 엉터리 만주어로 짧은 대화를 나누기도 한다. 지용은 그만큼 섬세하고 정겨운 인품의 소유자였다. 길진섭이 미처 화첩에 그리지 못한 스케치를 지용은 때론 머릿속에, 때론 수첩에 써넣으며 1940년 한·중 국경지대의 인물화와 풍속화를 정밀하게 그려 내고 있다. 그 가운데서 단연 돋보이는 존재는 선천의 지인 집에서 만난 네 살짜리 은희와 의주 기생집 아이 추월이다.

> 아무나 보고도 엡 할 까닭을 모르는 권리를 가진 은희는 큰아바지 보고나 서울선생님을 보고나 자기의 친절이 즉시 시행되지 않는 경우에는 "그르카래는데 와 그네!" 하며 조그만 군조軍曹처럼 질타한다. 째랑째랑한 산뜻산뜻한 이 어린 군조한테 우리는 압도한다.
>
> 정지용, 「화문행각2-선천2」

"오호, 끔찍이 춥수다이!" 하며 들어서는 아이의 이름이 추월秋月이라는 것을 알았다. 귀가 유난히 얼어 붉었는데 귓불이 홍창 익은 앵두

처럼 흐물어져 안에서부터 터질까 싶다. 그림이나 글씨 한 점 없는 백
로지로 하이얗게 바른 이 방 안에 추월이는 이제 그림처럼 앉았고 그
리고 수줍다. (중략) "추월아 너 밖에 나가서 다시 얼어 오렴아."

정지용, 「화문행각5-의주2」

정지용은 나이 어린 은희와 추월의 앙증맞은 자태는 물론 '서울
선생님(지용)' 앞에서도 꺾이지 않는 두 아이의 구수하고 억센 평북
사투리를 수필에 담아 영원히 살려 놓았다. 글에 혼이 들어 있다는
것은 이걸 말하는 것일 게다. 문학아, 너도 저 북방의 영하 30도쯤
에서 다시 얼어 오렴아!

장맛비가 들려주는
님 웨일스와 김산과 이상

이상   김산   님 웨일스

　1937년 초여름, 마오쩌둥毛澤東이 이끄는 대장정의 종착지인 중국 산시성 옌안에서 중국공산당대회가 소집되었다. 일단의 외국인 취재진도 국민당 군대의 삼엄한 경계선을 뚫고 그곳에 도착했다. 빼어난 미모에 파란 눈동자를 가진 갓 서른 살의 미국인 전기 작가 님 웨일스(본명 헬렌 포스터 스노Helen Foster Snow·1907~1997)도 그들 가운데 한 사람이었다.

대회 개최가 며칠 늦춰진다는 소식에 그녀는 영어로 대화할 사람을 찾기 위해 옌안의 루쉰魯迅도서관으로 향한다. 영문 서적을 빌려 간 사람들의 명단을 훑어보던 그녀의 눈에 유난히 한 사람의 이름이 들어왔다. 그 사람은 그 여름에만 수십 권에 이르는 영문 서적을 빌려 갔던 것이다. 대출 카드에 '장명'이라고 적혀 있었다. 님은 자신보다 앞서 〈프랑크푸르트 자이퉁〉 특파원 자격으로 옌안에 머물고 있던 아그네스 스메들리에게 "장명이 누굽니까"라고 물었다. "조선인이라네. 지금 옌안 항일군정대학에서 경제와 물리, 화학을 가르치는 사람이지."

님은 심부름꾼을 통해 언제 한 번 조선에 관한 이야기를 나누었으면 좋겠다는 내용의 서신을 장명에게 전달한다. 일주일 후 님의 동굴 가옥으로 낯선 사람이 찾아온다. 님과 10여 개의 가명을 쓰며 항일운동을 하던 조선인 혁명가 김산金山(1905~1938)은 이렇게 만났다. 장맛비가 쏟아지던 날이었다. 인간으로 하여금 모든 것을 걸게 만드는 장맛비. 그러니까 1937년 여름, 옌안을 온통 물바다로 만들어 놓은 장맛비는 옌안에 단 열흘만 머물 계획이었던 님을 두 달가량 고립시켰다.

온종일 먹구름이 낮게 깔린 중화소비에트의 해방구 옌안의 장맛비는 강을 범람시켰을 뿐만 아니라 외지에서 온 님의 가슴에도 파문을 만들어 놓았다. 두 사람은 두 달 남짓한 기간에 무려 22번의 만남을 가졌다. 장맛비는 교량을 무너뜨리고 산사태를 유발하기도 하지만 님과 김산의 경우처럼 한 생애를 통틀어 잊을 수 없는 인연을 맺게 하기도 한다. 님은 1990년에 쓴 회고록 『아리랑Song of Ariran』에서 "내가 옌안에 고립되지 않았던들 나는 김산과의 면담과 기타 언론인에게 필요한 특종 기사를 쓸 기회를 얻지 못했을지도 모른다"라고 썼다.

장맛비의 역할은 여기서 끝나지 않는다. 1939년 필리핀 바기오 섬의 한 컨트리클럽에 묵었던 님으로 하여금 김산의 이야기를 집필케 한 결정적인 계기 또한 장맛비였다.

거기서 40일 동안이나 퍼붓는 호우 속에서 『아리랑』을 집필하기 시작했을 때, 김산이 한 모든 이야기들을 생생하게 떠올릴 수 있었던 것을 지금도 기억한다. 그리고 아마도 『아리랑』이 훌륭한 문학적 성격을 지닌 책이 될 수 있었던 것은 호우 때문이 아니었나 싶다. 나는 그때 그 책에다 최고의 문학성을 가하려고 노력했기 때문이다.

백선기, 『미완의 해방노래』, 정우사, 1993

여기서 짚이는 게 있다. 님이 김산과의 첫 대담을 비교적 상세하게 서술하고 있는 『아리랑』의 도입 부분이 그것이다. 신상 문제에 대한 질문을 꺼리는 김산의 경계심을 허물기 위해 님은 먼저 말을 걸면서 1936년 여름의 대부분을 조선과 만주에서 보냈다고 허심탄회하게 털어놓았다.

금강산도 구경하고 싶었고 조선을 알고 싶기도 해서 조선에 갔던 거지요. 그다지 많은 것을 배우지는 못했지만 등산을 마음껏 했어요. 금강산에 올라갔다가 최고봉 정상에서 몇 년만에 처음 있는 지독한 태풍을 만나기도 했어요. 거의 모든 다리와 길과 쇠줄이 파괴되어 있더군요. 곳곳에서 급류를 건너지 않으면 안 되었어요. 하지만 조선인 안내자가 우리를 무사히 산 아래까지 데려다주었어요.

님 웨일즈·김산, 송영인 역 『아리랑』 동녘, 2005

1936년 여름의 조선은 우기였을 뿐 아니라 태풍까지 몰아친 최악의 날씨였다. 그럼에도 불구, 님은 남편인 에드거 스노와 함께 금강산 정상 비로봉에 올랐던 일을 김산에게 담담하게 들려주고 있다. 몸으로 조선의 홍수를 겪었다는 님의 말이 김산을 움직였던 것일까. 김산은 "맞습니다. 당시 조선에는 큰 물난리가 났었지요"라고 맞장구를 쳤고 님은 "그 후 서울의 어느 다리 위에서 그 광경을 다시 목격할 수 있었지요. 소, 돼지, 집이 흙탕물 속으로 마구 떠내려가고 있더군요"라고 응수한다.

소방방재청에 따르면 지금까지 한반도에서 가장 큰 인명 피해를 야기한 태풍은 1936년과 1923년에 발생한 태풍 3693호와 2353호로 각각 사망자가 1,232명, 1,157명이었다. 위성 관측도 되지 않았고 태풍의 이름도 없어 숫자만 붙였다. 당시엔 일기예보가 없었고 한가위 기간이어서 차례를 지내다 휩쓸린 경우가 많았다.

여기서 하나의 가설이 성립된다. 1936년 8월 초하루, 지금은 박물관으로 변한 옛 서울역 대합실의 한 풍경이 그것이다. 천재 작가 이상은 그날 오전 육중한 현관문을 밀고 대합실에 들어가 개찰구 쪽을 지켜보며 여동생 옥희와 옥희의 애인 K가 나타나기를 기다리고 있다. 마침 우기여서 빗물 뚝뚝 떨어지는 우산을 접어 든 이상은 습도 때문에 뿌옇게 흐려진 대합실 유리창을 넌지시 손으로 문질러 본다. 이상의 산문 「동생 옥희 보아라」에 따르면 옥희는 K와 함께 8월 초하룻날 아침에 이상을 찾아와 만주엔 K만 떠나기로 했으니 함께 배웅이라도 하자며 "오빠, 이따가 정거장에 나오세요"라고 능치듯 말했고 이에 이상은 "암! 나가고 말구, 이따 게서 만나자꾸나"라고 대꾸한다.

옥희를 기다리며 출입구에서 개찰구까지 눈으로 쉼 없이 더듬던 이상은 만주행 국제열차가 기적을 내뿜으며 무쇠 바퀴를 굴리기 시작할 때 아뿔사, 입맛을 쩝쩝 다시며 집에 돌아와서도 반신반의다. "K의 양복 세탁이 어쩌니어쩌니 하던" 것은 그보다 며칠 전 자신을 찾아온 옥희의 말이다. "그래저래 차 시간을 못 대인 게지"라고 푸념하던 이상은 이튿날 오후 심란한 마음을 뒤로하고 여름방학을 맞아 도쿄에서 귀국한 친구들과 종로통에서 어울려 석양 무렵부터 술잔을 기울인다.

어쩌면 금강산 산행을 마친 님은 남편과 함께 조선총독부가 버티고 선 광화문통을 거쳐 이상이 술잔을 기울이던 종로통을 거닐고 있었는지도 모른다. 그러다 보면 님은 이상과 종로 어느 뒷골목에서 옷깃이나마 스쳐 지나갔을 수도 있다. 역사의 가설假說은 유랑극단의 가설무대만큼 신파가 되기도 한다. 하지만 본질은 신파에 있다. 그때는 1936년 8월 1일부터 16일까지 독일의 수도 베를린에서 제11회 하계 올림픽이 열리던 시기이기도 하다. 스노 부부부부는 올림픽 소식을 듣기 위해 숙소에서 나와 라디오 중계방송을 틀어 놓은 종로의 다방에 들어가지 않았다고 누구도 장담할 수 없다. 이렇듯 장맛비는 이상과 님 웨일스와 김산을 역사의 우연에서 필연으로 묶는 매듭일 수 있다. 가슴 깊은 곳으로 스며들어 삶을 온통 뒤흔들어 놓는 장맛비 말이다. 이건 단순히 20세기 초 경성과 옌안을 순차적으로 방문한 서양인 님 웨일스의 눈에 비친 목가적인 풍경은 아니다. 다가올 조선의 운명에 대한 예감으로 가득찬 빗줄기의 노래이자 피로 쓴 현대사의 한 장면이다.

백석이 가만히 좋아했던 여인

천희는 살아 있다

　백석白石(1912~1996)은 1936년 1월 20일 시집 『사슴』을 경성부 통의동 선광인쇄주식회사에서 100부 한정판으로 자비 출간한다. 『사슴』은 한지에 찍었고, 하드커버 역시 한지, 케이스 역시 한지인 당시로는 호화판 시집으로 세로쓰기 조판이었다. 오죽했으면 시집의 장정을 매우 중요히 생각하던 오장환이 백석 시집 앞에서는 모자를 벗는다고 했을까. 『사슴』은 2원이었는데, 당시 말 한 필이 5

원이었음을 감안하면 상당히 비싼 가격이었다. 윤동주는 백석 시집을 도서관에서 베껴 쓴 필사본을 항상 지니고 다녔다.

백석은 『사슴』출간을 전후해 세 차례에 걸쳐 경남 통영을 다녀간다. 세 차례의 여행을 통해 백석은 「통영統營」이라는 같은 제목의 시 3편을 포함 모두 6편의 시를 남겼다. 1935년 6월에 쓴 「통영」이 그 첫 번째다. 발표 당시 원문으로 읽어 본다.

넷날엔 統制使가있었다는 낡은港口의처녀들에겐 넷날이가지않은 千姬라는이름이많다

미억오리같이말라서 굴껍지처럼말없시 사랑하다죽는다는

이千姬의하나를 나는어늬오랜客主집의 생선가시가있는 마루방에서맞났다

저문六月의 바다가에선조개도울을저녁 소라방등이붉으레한마당에 김냄새나는비가날였다

백석, 「통영」, 《조광》 1권 2호, 1935.12

'저문 유월'이라 했으니 백석은 1935년 6월 중순, 비 내리는 여름철에 통영을 찾았던 것이다. 백석이 통영에 내려가게 된 것은 그해 6월 초 열린 백석의 친구 허준이 경성에서 마련한 뒤늦은 혼인 축하 회식이 그 발단이었다. 회식은 허준의 외할머니가 경영하던 낙원동 여관에서 열렸다. 허준의 신부는 서울 서대문 죽첨보통학교 교사였던 신순영이었다. 순영은 백석의 친구이자 조선일보사

기자인 신현중의 여동생으로, 신현중은 과년한 여동생을 허준에게 시집보냈다. 회식 자리엔 백석과 신현중 그리고 신현중의 누나 순정과 순정의 통영학교 제자인 김천금과 박경련 그리고 박경련의 외사촌 서숙채 등이 참석했다고 한다.

김천금은 경성여고보, 박경련은 이화고녀, 서숙채는 숙명고녀에 재학 중인 곱고 어여쁜 여학생이었으니 24세 젊은 백석이 18세 꽃다운 처자를 앞에 두고 연정을 느꼈으리라는 것은 상상하기 어렵지 않다. 백석은 그 가운데 박경련을 마음속에 새겨 두었던 모양이다.

백석에게 통영 처자들을 소개한 신현중의 호는 위랑韋郎이다. 1910년 경남 하동군 적량에서 아버지 신상재의 1남 3녀 가운데서 둘째로 태어난 그는 선친 신상재가 진주 군청을 거쳐 통영 군청으로 이직한 보통학교 3학년 무렵, 아버지를 따라 통영으로 건너가 자랐다.

1929년 경성제국대학 예과를 6회로 입학한 그는 독서회를 조직해 민족주의 사상을 키워 갔다. 그해 12월 광주학생의거를 계기로 경성제대 캠퍼스에 격문을 뿌리기도 한 행동파였던 그는 1931년 일제의 만주 침략이 일어나자 다시 격문을 등사해 시내 곳곳에 뿌린 혐의로 체포되었고 3년형을 마치고 출소한 1935년 봄에 조선일보사 사회부 기자로 일하게 된다.

백석을 조선일보사에 입사해 알게 된 신현중은 백석의 벗 허준과도 가까이 어울리면서 자신의 여동생 순영을 허준에게 소개했다. 당시 신현중은 동아일보사 편집국장을 하다 옥고를 치르고 나온 김준연의 딸 김자옥과 약혼한 사이였다.

회식이 끝나고 얼마 되지 않아 백석은 신현중과 함께 통영에 첫 걸음을 하게 된다. 어쩌면 처가로 신행을 떠나야 했을 허준 부부와 동행했을지도 모른다. 하지만 여행을 마치고 돌아와 그해 12월 《조광》에 발표한 「통영」에는 아직 박경련에 대한 연모의 정이 드러나 있지 않다. 다만 낡은 항구 언저리에 있는 객줏집의 생선 가시가 있는 마루방에서 만난 '천희千姬'라는 이름의 처자와 실비 내리는 통영 바닷가의 쓸쓸한 풍광이 그려져 있다.

이 시에 등장하는 '천희'는 누구인가. 그동안 '천희'를 두고 '처니-千姬'로 연결되는 음상音相의 전이로 볼 수 있으며 실제로 통영 지방에서는 시집가지 않은 처녀를 '처니' 또는 '천히'라고 부른다는 주장(김명인)이 있었다. 또 「통영」 이후 발표한 시 「야우소회夜雨小懷」(《조광》, 4권 10호, 1938.10)의 "나의 정다운 것들 가지 명태 노루 뫼추리 질동이 노랑나비 바구지꽃 메밀국구 남치마 자개짚세기 그리고 天姬라는 이름이 한 없이 그리워지는 밤이로구나"라는 구절에 '천희'가 등장하고 있어 천희는 백석의 마음속에 각별히 남아 있는 여자임을 알 수 있다는 주장(고형진)도 있었다.

여기에 보태 일본 아오야마학원 유학 시절, 쇼와昭和 문화의 영향을 받은 백석의 일본 체험으로 미뤄볼 때, '천희'는 일본에서 흔히 평범한 여자를 일컫는 이름이거나 기구한 운명의 여성을 상징하는 이름으로 불리는 '센히메'를 의미한다는 주장(이세기, 『백석, 자기 구원의 시혼』, 소명출판, 2016)도 있다.

'천희千姬'의 일본어 발음이 '센히메'라는 것이다. 이세기에 따르면 '千姬', 즉 '센히메(1597~1666)'는 에도시대 풍운의 여인상으로, 도쿠가와 히데타다德川秀忠(1579~1632)와 스겐인崇源院 사이의 맏딸로 태어나 일곱 살 때 도요토미 히데요시의 아들인 히데요리豊臣秀(1593~1615)와 결혼한 실존 인물이다. 센히메는 히데요리와 함께 오사카성에서 함께 살았는데 1615년 친할아버지인 도쿠가와 이에야스가 오사카성을 함락하자 히데요리는 자결하고 만다. 이로 인해 도요토미 가문은 몰락하게 되고 센히메는 혼다 다다카쓰本多忠勝(1548~1610)의 손자 다다토키本多忠刻(1596~1626)와 재혼하지만 둘 사이에 태어난 아들 고치요가 세 살 때 죽고 5년 후 남편도 결핵으로 세상을 뜨자 머리를 깎고 여승이 되어 여생을 보냈다는 것이다.

1935년 통영은 이주 어업이 활기를 띠면서 일본인이 어업권은 물론이고 어장까지 독점하고 있던 시절이다. 객지 상인들의 일을 주선해 주는 중간 상인의 역할과 숙박업을 겸했던 객줏집이라는 장소 자체가 이미 예스러운 느낌을 풍기는 공간이다. 그곳 생선 가시가 있는 마루방에서 만난 천희는 옛날이 가지 않는 처녀이다. 옛사랑을 떠올리며 미역 줄기처럼 바싹 말라 버린 그리고 굴 껍질처럼 말없이 사랑하다 죽는 순애보의 존재가 천희이다.

천희는 모던 걸(신여성)이 아니다. 정절(옛날)을 지키며 사는 지고지순한 처자인 것이다. 유독 이런 처자들만 눈에 띄었던 백석의 정서는 아오야마 유학 시절의 체험과 관련이 있다. 백석이 재학 중이던 쇼와 전기昭和前期는 '일본적인 것'으로의 '회귀'가 출현했던 때이다. 전통 서정으로의 회귀가 바로 그것인데 백석이 귀국 후 본격적인 시 창작 활동을 하면서 주목한 '조선미'와 '조선적인 것'은 이와 밀접한 관련을 맺고 있다.

천희를 뒤로하고 백석은 함흥으로 북행한다. 함흥 영생고보 영어 교사로 재직하던 1938년에 발표한 시가 「나와 나타샤와 흰 당나귀」이다.

가난한 내가
아름다운 나타샤를 사랑해서
오늘 밤은 푹푹 눈이 나린다

나타샤를 사랑은 하고
눈은 푹푹 날리고
나는 혼자 쓸쓸히 앉어 燒酒를 마신다
燒酒를 마시며 생각한다
나타샤와 나는 눈이 푹푹 쌓이는 밤 흰 당나귀 타고
산골로 가쟈 출출이 우는 깊은 산골로 가 마가리에 살자

백석, 「나와 나타샤와 흰 당나귀」 일부, 《여성》 3권 3호, 1938.3

통영의 천희는 함흥에서 나타샤로 변주되고 있다. '나타샤'를 두고 항간엔 백석과 동거했던 자야(김영한)라느니 통영의 박경련이라

느니 이설이 무성하다. 또 백석이 이 시를 써서 우편으로 부친 최정
희와 모윤숙이 거론되기도 한다. 이렇듯 세간에는 말이 많다. 하지
만 문맥으로 보면 이 시는 유행가풍의 사랑법을 일거에 격파한 드
높은 격조가 있다. 나타샤는 백석이 사랑한 모든 연인을 아우르는
보편적인 호칭에 다름 아닐 것이다. 시 「통영」에 등장하는 '천희'처
럼 '나타샤'는 어디에도 있고, 어디에도 없는 백석의 연인이다.

신현중과 박경련

경주에 대한 동리와 미당의 실감

　2016년 9월 20일, 경주를 찾은 것은 국제펜(PEN)클럽한국본부가 주최한 제2회 세계한글작가대회에 토론자로 참석하기 위해서였다. 개막식이 열린 20일 밤 8시쯤 규모 3.8의 여진이 발생해 세계 각지에서 모인 600여 명의 참석자들을 잠시 긴장시키기도 했다.

　대회 이튿날인 21일 밤, 홍용희 평론가와 함께 간 첨성대 부근의 허름한 막걸리 주점의 아낙은 저녁 9시가 안 된 시간임에도 더는 손님을 받지 않는다며 강짜를 놓았다. 보기 좋게 퇴짜를 맞은 뒤 야간 조명으로 밝혀진 첨성대에 이르러서야 아낙의 강짜를 어림해 보았다. 첨성대는 외양상으로만 정상이었을 뿐, 화강암 벽돌

틈새가 지진 때문에 흔들려 상당히 벌어져 있었다. 우연히 마주친 경주의 한 문화재위원은 "폭삭 주저앉지 않은 게 그나마 다행"이라며 "만약 무너졌다면 수억 원의 예산을 투입해도 원상 복구는 불가능했을 것"이라고 푸념을 쏟아냈다.

규모 5.4의 지진이 일어난 건 9월 12일 밤 8시 30분경, 날짜만 다를 뿐 우리가 주점에 들어간 바로 그 시간이었다. 경주 시민들은 강진 이후 매일 밤 8시 30분 전후로 불안과 초조 증세에 시달리고 있었다. 아낙의 강짜도 그런 여파 탓이었을 것이다.

언어라고 해서 지진을 겪지 않는 건 아니다. 세계한글작가대회라는 타이틀에서 느낄 수 있었던 건 '세계'와 '한글'이라는 두 세계의 충돌이자 두 단층의 충돌이었다. 한글 사용자는 지구상에서 채 1억 명도 되지 않는다. 그나마 분단으로 인해 남한과 북한의 한글은 그 용례에 있어 균열이 발생하고 있다. 게다가 이민 2세대에게 한글(혹은 한국어)은 모국어라는 외국어에 해당한다. 한국어라는 모국어에 멍이 들고 있는 것이다.

멍든 언어를 떠올릴 때 함께 연상된 건 경주 출신의 작가 김동리金東里(1913~1995)이다. 동리는 생전에 대표작 「등신불」에 대해 "나는 일찍부터 충격받은 이야기는 작품으로 멍을 푸는 방법을 쓰고 있어. 일종의 카타르시스랄까"라고 말한 적이 있다.

동리는 1979년 10월 단편 「만자동경」을 끝으로 붓을 놓았다. 1980년대 정치적 격동 속에서 동리와 그의 '순수문학'은 비판의 칼날 앞에 상처받았다. 광복 후 순수참여문학 대결을 겪었던 동리는 또 한 차례의 소용돌이 속에서 침묵을 택했고 타계 전 5년간 병석에 누워 있었다. 그러던 그가 시를 쓰기 시작한 건 작가 서영은과 결혼한 1987년, 74세 때였다. 이때 쓴 유고 시 30여 편이 1998년 《문학사상》 7월호에 소개되었고 그해 11월 유고 시와 대표 시 그리고 해설과 평론을 모은 단행본 『김동리가 남긴 시』가 문학사상사에서 출간되었다.

동리의 맏형 범부凡父 김정설金鼎卨(1897~1966)이 동리뿐 아니라 미당 서정주에게도 큰 영향을 주었다는 건 정설이다. 그날 밤 나는 지진대 위에 놓인 경주에서 잠을 이루지 못하며 동리와 미당과 범부 그리고 프라이팬에 쪼그라든 낙지를 떠올렸다. 번번이 퇴짜를 맞은 후에 마지막이라고 다짐을 하고 들어간 주점에서 시킨 안주가 낙지볶음이었다. 그걸 낙지볶음이라고 해야 할지, 양파볶음이라고 해야 할지, 낙지는 젓가락으로 뒤적거려 겨우 몇 점을 씹을 수 있었다. 하지만 안주가 부실하다고 술꾼이 얼른 물러서서야 되겠는가.

나는 별 하나 뜨지 않는 경주의 밤하늘을 올려다보며 동리와 미당과 범부를 떠올렸다. 범부는 "언어란 소리로 들을 수 있는 생각이다"라는 재미있는 말을 남겼다. 형만 한 동생은 없다고 하지만 웬걸, 동리는 한 걸음 더 나아가 언어예술에 대해 형이상학적으로 논파했다.

같은 언어의 예술이라고 해도 소설과 시가가 그 성질을 달리하는 것은 전자가 보다 더 언어의 태양면太陽面을 구사한다면 후자는 보다

더 무주면巫呪面에 의존하는 데 중요한 이유가 있다. 전자는 형상形象
이요, 후자는 영상靈像이다. 전자는 육체를 갖춘 생명이요, 후자는 육
체를 거세한 영혼이다.

김동리, 『바위』후기

미당이 동리를 처음 만난 건 1933년이다. 신춘문예 시 부문에
입선(〈조선일보〉, 1934)하기 한 해 전이었으므로 미당은 무명 시절
이었고 동리는 경주 계성중학을 다니다 상경, 경신중학에 편입하
지만 곧 중퇴하고 범부의 집에 신세를 지고 있었다.

범부의 제자 가운데 미사眉史라는 가야금 꾼이 있었다. 미사는
중앙고보를 중퇴하고 니체를 흉내 내며 넝마주이 통을 메고 거리
를 싸돌아다니던 미당과 알고 지냈다. 하루는 미사가 미당을 범부
의 집에 데려와 동리를 소개시켰다. 그러니 두 사람의 인연은 범부
에 의해 맺어진 셈이다. 미당은 범부를 만나 넝마주이 생활을 작파
해 버린다.

그만큼 해 봤으면 됐다고 하시고 미사와 같이 나를 어느 선술집으
로 이끌어 내가 취하는 걸 말리지 않았다. 선생은 겉으로는 웃으셨지
만 쓰레기통 옆의 내 모양을 상상하곤 거기서 막다른 길에 든 한국 사
람의 한 상징을 느끼고 있는 것 같아 내 마음은 마음이 아니었다.

서정주, 「천지유정」

범부에 대한 애정과 정신적 부채에도 불구하고 미당의 동리에 대한 라이벌 의식은 쉽게 사라지지 않았던 모양이다. 경기도 광주시 오포면 신현리에 있는 동리의 비석엔 미당의 추모 글이 새겨져 있다.

무슨 일에서건 지고는 못 견디던 한국 문인 중의 가장 큰 욕심꾸러기, 어여쁜 것 앞에서는 매일 몸살을 앓던 탐미파, 신라 망한 뒤의 폐도廢都에 떠오른 기묘하게는 아름다운 무지개여.

미당은 동리를 '큰 욕심꾸러기'라고 회고하고 있다. 뿐만 아니라 "어여쁜 것 앞에서는 매일 몸살을 앓던 탐미파"라고 설파했다. 여기서 '탐미파'란 동리의 소녀 취향을 빗댄 것으로 보인다(이와 관련해서는 평론가 김윤식의 글이 있다). 미당은 그렇게 짚은 다음 "신라 망한 뒤의 폐도에서 떠오른 기묘하게는 아름다운 무지개"라고 상찬성 발언으로 마무리한다. 그런데 연원을 따져 보면 '무지개'는 미당이 갖다 붙인 말이 아니라 동리 자신의 말이기도 하다.

내 어려서부터 술 많이 마시고
까닭 없이 자꾸 잘 울던 아이
울다 지쳐 어디서고 쓰러져 잠들면
꿈속은 언제나 무지개였네

어느 산 너머선지 아련히 들려 오는

그 어느 오랜 절의 먼 먼 종소리

그 소리 타고 오는 수풀 위 하늘엔

지금도 옛날의 그 무지개 보이리

김동리, 「무지개1」

동리는 유년 시절의 경주에 대한 기억을 무지개로 합일시키고
있다. 여기엔 천년고도인 고향 경주에 대한 자부심이 없을 수 없
다. 이에 비해 미당의 경주에 대한 감각은 어떠했을까.

아무도 이것을 주저앉힐 힘이 없는 때문이겠지,

왕릉들은 노란 송아지들을 얹은 채

애드발룬처럼 모조리 하늘에 두웅둥 떠돌아다니고,

사람들은 아랫두리를 벗은 어린아이 모양이 되어

그 끈 밑에 매어달려 위험하게 부유하고 있었다.

토함산에 올라서니

선덕여왕이지 아마

그게 시월 상달 석류 벙그러지듯 열리며

웬일인지 소리내어 깔깔거리고 웃으며

산山 가슴에 만발하는 철쭉꽃 밭이 돼 딩굴기 시작했다.

문학아
밖에 나가서
다시 얼어 오렴아

누가 그러는가 했더니

석굴암에 기어들어가 보니까

역시 그것은 우리의 제일 큰 어른 대불大佛이었다.

선덕여왕의 식지의 손톱께를 지그시 그 응뎅이로 깔아

자지러지게 웃기고,

또 저 뭇 왕릉들이 저희 하늘로 가버리는 것을

그 살의 증력重力으로 말리고 있는 것은…….

서정주, 「경주소견慶州所見」

　미당의 눈은 산 자보다 죽은 왕들을 보고 있다. 선덕여왕과 석굴암 대불이 장난을 치고 있다. 선덕여왕의 식지 손톱께를 엉덩이로 지그시 깔고 있는 대불의 권능은 선덕여왕으로 하여금 애드벌룬처럼 떠 하늘로 올라가지 못하게 하고 함께 지상에 남아 있자는 은근한 권고와도 같다. 올라간들 별 게 있겠소, 지상에 남아 세속의 맛을 더 흠향하시라는 그런 권고 말이다.

　이 시를 두고 김윤식은 "경주란 미당에게 역사와 무관한 것, 불교와도 무관한 것, 이른바 '자연'이었다"면서 "미당에게 있어 경주는 꿈꾸기가 아니라 자연, 곧 현실이었던 것"이라고 설명했다. 동리에게 있어 고향 경주는 '우주'의 넋과 '나'의 넋이 합일되는, '무지개'로 표상되는 운명의 도시였다. 반면 미당에게 경주는 어떤 역사의 개입에서도 자유로운 생래적 자연 그 자체였다. 그런 경주가 한번 크게 흔들렸다. 아니, 경주가 한번 크게 웃었다.

루마니아를 방문한 말년의 이용악

　『이용악 전집』(2015)은 이용악(1914~1971)의 월북 이전의 작품은 물론 월북 이후 작품까지 망라함으로써 이용악 문학의 전모를 들여다볼 수 있는 저작이다. 1988년 월북 작가 해금 조치 직후 윤영천 교수가 펴낸 『이용악 시전집』(1988)이 이용악 연구의 기초를 놓은 저작이라면 『이용악 전집』은 남북 분단 체제에서 한 월북 문학인의 문학적 전모를 알기까지 다시 30년 가까운 세월이 걸렸다는 불편한 시간들을 어림케 한다.

　이용악의 본적은 함북 경성군鏡城郡 경성면 수성동 45번지이다. 1914년 11월 23일 이석준의 5남 2녀 중 3남으로 태어난 용악은 러시아 국경을 넘나든 밀수꾼의 아들이었다.

> 아버지도 어머니도
>
> 젊어서 한창 땐
>
> 우라지오로 다니는 밀수꾼
>
> 눈보라에 숨어 국경을 넘나들 때
>
> 어머니의 등곬에 파묻힌 나는
>
> 모든 가난한 사람들의 젖먹이와 다름없이
>
> 얼마나 성가스런 짐짝이었을까
>
> (중략)
>
> 어머니는 얼어붙은 우라지오의 바다를
>
> 채쭉쳐 달리는 이즈보즈의 마차며 트로이카며
>
> 좋은 하늘 못 보고
>
> 타향서 돌아가신 아버지의 이야길 하시고
>
> 이용악, 「우리의 거리」, 『이용악집』, 동지사同志社, 1949

경비가 엄중한 두만강 너머 우라지오(블라디보스토크) 해안을 두 필의 말이 끄는 이즈보즈나 세 필의 말이 끄는 트로이카로 떠돌았던 아버지는 그의 유년에 객사했으니 그 정경은 "우리 집도 안이고/ 일갓집도 안인 집/ 고향은 더욱 안인 곳에서/ 아버지의 寢床 업는 최후의 밤은/ 풀버렛소리 가득차 잇섯다"(「풀버렛소리 가득차 잇섯다」)라고 생생하게 그려져 있다. 용악의 어머니는 홀몸으로 어린 자식을 키웠으니 관북 여성 특유의 강한 생활력의 소유자임이 틀림없다. 이처럼 간난한 환경 속에서도 용악의 형제들이 예술 방면에 뜻을 두었던 점은 매우 흥미롭다. 용악은 형 송산松山에게 많은 영향을 받았는데 용악의 벗 이수형은 이런 회고를 남겼다.

그림 즐기던 용악의 형의 아그리파랑 세네카랑 숱한 데쌩을 부친 방에서 밤낮으로 얼굴을 맞대고 있던 일이며 날더러 간디를 그려 달라고 해서 그것을 바람벽에 부쳐 놓고 그 앞에서 침울한 표정을 해 가며 글을 쓰던 용악 소년의 얼굴이 지금도 눈에 선하다.

이수형, 「용악과 용악의 예술에 대하여」, 『이용악집』, 동지사, 1949

어린 용악이 인도독립운동의 아버지 마하트마 간디를 흠모했다는 점은 인상적인데 그의 의식은 조숙했던 것이다. 용악은 1928년 함북 부령보통학교를 졸업했으니 아마도 아버지 객사 후 고향이 아니라 부령으로 거처를 옮긴 것으로 보이며 경성농업학교에 진학, 1932년 4학년에 중퇴한다. 5년제 경성농업학교엔 1931년 이효석이 영어 교사로 부임하여 1934년 평양 숭실전문학교로 전직할 때까지 재직하고 있었으니 용악은 이효석의 영향을 받았을 것으로 짐작된다. 1932년 일본 유학길에 오른 용악은 히로시마의 코분興文중학교 4학년에 편입, 이듬해 졸업한 뒤 바로 니혼日本대학 예술과에 들어갔다가 1년을 수료하고 1936년 조치上智대학 신문학과에 입학, 1939년 3학년을 졸업하고 귀국한다. 시인 김광현에 따르면 용악의 유학 시절은 "온갖 가지의 품팔이 노동꾼으로 피땀을 흘려 이역의 최하층 생활권을 유전하면서 학비를 조달"하는 고통의 시절이자 "조치대학 시절에는 그 대학의 소재지가 도쿄 근교의 해군 도시 시바우라였기 때문에 군대 잠빵으로 허기를 채웠"던 것이다. 그런 간난한 생활 속에서도 그는 "조선 민족을 해방시키려는 혁명운동에 참가하여 여덟 번이나 일제의 악독한 경찰에 붙들리고 그 무서운 고문"(김광현의 증언)에 시달렸으니 첫 시집 『분수령』(1937)에 쓴 이용악의 꼬리말은 의미심장하다.

처음엔 이 시집 『분수령』은 미발표의 시고에서 50편을 골라 엮었던 것인데…… 20편만을 겨우 실어 세상에 보낸다. 그 이면에는 딱한 사정이 숨어 있다. 그런데 되고 보니 기어코 넣고 싶은 작품의 대부분이 매장되었다.

이용악, 『분수령』, 삼문사, 1937

도쿄의 삼문사는 재일 아나키스트이자 1930년대 재일조선인 아나키즘 노동 단체 중 가장 규모가 큰 조선동흥노동동맹의 설립자이던 최낙종崔洛鍾(1864~1945)이 설립한 인쇄소로 재일조선인 아나키스트들의 각종 간행물을 인쇄하던 곳이다.

두 번째 시집 『낡은 집』(1938) 역시 삼문사에서 나왔는데 조치대학 재학 시절에 이미 두 권의 시집을 상재함으로서 문명文名을 알린 그는 1939년 귀국해 최재서가 주관하던 잡지 《인문평론》 편집

기자로 2년간 근무하다《인문평론》폐간을 계기로 1942년 고향 경성으로 낙향해 절필의 시간을 보낸다. 일본인이 경영하던 일본어 신문 〈청진일보〉 기자, 주을읍사무소 서기를 전전하던 그는 모 사건에 얽혀 함북경찰서에 원고를 모두 빼앗기고 칩거하다 해방을 맞아 상경한다. 1945년 11월 조선문학건설본부의 일원으로, 1946년 2월 조선문학가동맹으로 참여한 그는 동맹 서울지부 선전부장(위원장은 김기림, 부위원장은 조벽암)으로 활동했고 1947년 3월 창간된 좌익지 〈문화일보〉의 편집국장으로 근무하던 시절, 오장환의 권유로 남로당에 가입한다.

그는 〈문화일보〉를 발행하던 인쇄소 '태양당'이 우익 청년들의 습격을 받아 활자판이 깨져버림으로써 발행 불능 상태에 이르자 또 다른 좌익지 〈농민신문〉 기자로 재직하면서 남로당 지하활동에 전력한다. 입당 초기에 별다른 활동을 하지 않던 그는 1949년 예술과 책임자 배호를 상부자로 하여 선전 활동을 벌이던 중, 그해 8월 서울 종로구 낙원상가 소재 청구서점에서 미군 철수를 주장하는 만화 형식의 전단 3,500장을 받아 영화동맹 선전책임자 윤용규 등에게 전달하는 과정에서 체포되어 징역 10년 형을 선고받고 서대문형무소에서 복역하던 중 1950년 6월 28일 북조선인민군의 서울 점령 시 풀려나와 월북한다.

『이용악 전집』은 월북 이후의 행적을 소상하게 밝히고 있다. 1953년 임화 이원조 등 남로당 계열 숙청 시 '공산주의를 말로만 신봉하고 월북한 문화인'으로 지목돼 6개월 이상 집필 금지 처분을 받은 그는 1955년 《조선문학》 5월호에 「석탄」을, 7월호에 「어선 민청호」를 각각 발표하며 작품 활동을 재개한다.

그해 6월에는 백석이 번역하고 '민주청년사'에서 발행한 쓰 마르샤크의 『동화시집』 교열을 보았고 12월 유일한 산문집 『보람찬 청춘』을 민주청년사에서 2만 부나 발간했으며 1958년 조선작가 동맹 시분과 위원 겸 단행본보 부주필의 자리에 오른다. 남로당 계열 숙청이라는 정치적 위기를 극적으로 모면하면서 북한 체제에 적응해 가던 그는 《조선문학》 1959년 3월호에 '루마니아 방문시초 중에서'라는 부제의 「깃발은 하나」를 발표한다.

　　　가을해 기우는 따뉴브 강반에서

　　　조선의 새 소식을 묻고 묻다가

　　　김원배란 이름 석자 적어보이며

　　　안부를 걱정하는 니끼다 에레나.

　　　전쟁의 불바다를 회상하는가

　　　에레나는 이따금 눈을 감는다.

　　　(중략)

　　　"그 애가 제발로 퇴원하던 날

　　　몇 걸음 가다가도 뛰어와서 안기며

　　　헤어지기 아쉽던 일 생각만 해도…"

　　　말끝을 못 맺는 니끼다 에레나여!

　이용악은 한국전쟁 당시 루마니아 의료단 일원으로 북조선에서 근무했던 에레나를 다뉴브 강변에서 만나 자신을 엄마라고 부르며 따랐던 김원배라는 소녀를 잊지 못한다는 회한을 전해 듣고 이 시를 썼다. 이후 1968년 9월 공화국 창건 20주년에 훈장을 받을 만큼 이용악의 말년은 여타 비운의 월북자와는 달리 승승장구하다가 1971년 2월 15일 지병인 폐병으로 사망한다.

　『이용악 전집』은 이렇듯 해방 공간을 통과해 월북한 이용악의 통사通史를 쓰는 데 주초柱礎가 될 뿐 아니라 해금 조치 30년이 흐른 이 시점에서 남북 분단으로 인해 우리 문학사에서 매몰당한 문학인, 예술인에 대한 연구가 우리 내부의 분단 극복이라는 차원에서 선행되어야 할 필요성을 제고시키고 있다.

전설이 된 윤동주와 정병욱의 우정

윤동주尹東柱(1917~1945) 시인의 고향인 중국 길림성 용정시 지신향 명동촌(당시 만주국 간도성 화룡현 명동촌) 생가를 찾아간 것은 2014년 7월 초였다. 얼마나 늦은 방문이었는지를 생각하면 자괴감부터 밀려온다.

와세다대학 언어연구소 오오무라 마스오大村益夫 교수가 제주도 출신의 부인 아키코 여사를 동반하고 연변에 도착해 윤동주가 다닌 은진중학교로 이어지는 구릉의 수풀 우거진 동산교회 묘지를 샅샅이 뒤진 끝에 '윤동주 묘비'를 극적으로 발견한 게 1985년 5월 14일이고 보면 너무 늦은 방문에 낯이 뜨거워진다. 윤동주가 살던 집은 용정에 두 곳, 명동촌에 한 곳이지만 당시의 건물은 모두 허물어져 지금은 없다. 명동촌 생가도 1980년대 말에 복원한 것이다.

사실과 사실의 복원 사이엔 차이가 있다. 일반적으로 알려진 윤동주 연보에도 오류는 있다. 연보에 따르면 윤동주는 "1936년 3월 말 평양의 숭실중학교가 신사참배 거부로 폐교되면서 고향인 용정에 돌아와 5년제 광명중학교 4학년에 편입"했다고 알려졌으나 이는 사실과 다소 어긋난다.

윤동주는 숭실중학교 폐교 직전, 신사참배를 거부하고 자퇴한 후 고향으로 돌아왔다. 그의 대표작으로 회자되는 「서시」는 유고 시집 『하늘과 바람과 별과 시』(1948) 첫머리에 수록된 작품이지만 '서시'라는 제목은 나중에 편집을 맡은 친구들이 붙인 제목일 뿐 원래는 제목이 없다. 정음사판 초간본에도 서시라는 단어에 괄호가 쳐져 있다. 아직 제목으로 확정된 게 아니었다. 다만 9행의 비교적 짧은 이 시에 '하늘'이 한 번, '바람'이 두 번, '별'이 두 번 나오므로 이 시가 『하늘과 바람과 별과 시』 시집 전체를 아우르는 권두의 시라는 의미로 「서시」라고 부르는 데 큰 지장은 없다. 비록 사실과 사실의 복원 사이에 간극은 있을지라도 이제 유고 시집 『하늘과 바람과 별과 시』는 한국문학사의 전설이 되었다.

그리고 이제 또 하나의 장소가 전설이 되었다. 윤동주 유고가 보관되어 있던 전남 광양시 진월면 망덕리 정병욱鄭炳昱(1922~1982) 가옥(국가등록문화재 제341호)이 그것. 광양시는 2017년 윤동주 탄생 100주년을 맞아 지난 2010년 설치한 정병욱 가옥의 안내판과 유고 보관 장소 등 전시 공간 정비를 위해 정병욱 선생의 아들인 정학성 인하대 명예교수에게 자문과 함께 전시 자료에 대한 감수도 진행했다.

1940년 4월 연희전문학교에 입학한 정병욱은 그해 5월 〈조선일보〉 학생 투고에 산문 「뻐꾸기의 노래」를 발표한다. 정학성 교수에 따르면 「뻐꾸기의 노래」는 "소쩍새 울음의 소쩍소쩍 소리가 솥이 적다고 우는 듯, 가난한 생활의 설움을 빗댄 산문"이다. 1학년 신입생의 글이 〈조선일보〉에 실렸다는 것 자체가 그의 문재文才를 증명하고 남지만 그 글이 윤동주와 만나게 한 계기가 되었다.

1940년 5월 어느 날 이른 아침 연전 기숙사 3층. 내가 묵고 있는 다락방에 동주 형이 나를 찾아와 주었다. 아직도 기름 냄새가 가시지 않은 〈조선일보〉 한 장을 손에 쥐고 "글 재미있게 읽었습니다. 나와 같이 산보라도 나가실까요?" 신입생인 나를 3학년이었던 동주 형이 그날 아침 〈조선일보〉 학생란에 실린 나의 하치도 않은 글을 먼저 보고 이렇게 찾아준 것이었다.

정병욱, 「동주 형의 편모」, 『바람이 부비고 서 있는 말들』, 집문당, 1980

윤동주는 자신보다 학번도 2년 늦고, 다섯 살 어린 정병욱을 형이라고 존칭했다. 친구가 된 두 사람은 기숙사를 나온 후에도 함께 하숙을 한다. 우연히 전신주에 적힌 하숙집 광고 쪽지를 보고 찾아간 게 천재 문인 이상이 살던 서울 종로구 통인동과 인접한 누상동의 마당 넓은 한옥이었다. 하숙집 주인은 뜻밖에도 소설가 김송이었다. 김송 부부는 두 사람을 본채의 대청마루로 불러 차를 내오고 음악과 담론을 즐기기도 했으며 성악가인 부인은 아름다운 노래를 들려주기도 했다.

하숙집의 아늑하고 낭만적인 분위기 속에서 윤동주의 「별 헤는 밤」 「자화상」 「또 다른 고향」 등이 쓰였다. 하지만 식민지 문학청년에게 마음의 안식을 준 하숙집 생활도 몇 달뿐이었다.

이러한 우리의 빈틈없고 알찬 일상생활에 난데없는 횡액이 닥쳐왔었다. 당시에 요시찰 인물로 되어 있었던 김송 씨가 함흥에서 서울로 옮겨온 지 몇 달이 지난 후인지라 일본의 고등계(지금의 정보과) 형사가 거의 저녁마다 찾아오기 시작했기 때문이다. 하숙집 주인이 요시찰 인물인 데다 그 집에 묵고 있는 학생들이 연희전문학교 문과 학생들이기 때문에 그들의 눈초리는 날이 갈수록 날카로워졌다. 무시로 찾아와서는 서가에 꽂혀 있는 책 이름을 적어 가고 고리짝을 뒤지고 편지를 빼앗아가는 법석을 떨었다. 여름방학이 끝나고 가을 학기에 올라와서 우리는 다시 이삿짐을 꾸리고 이번에는 북아현동으로 하숙을 옮겼다.

정병욱, 「동주 형의 편모」, 『바람이 부비고 서 있는 말들』, 집문당, 1980

『하늘과 바람과 별과 시』는 원래 윤동주가 연희전문학교 졸업

기념으로 출간하려고 했던 자필 원고 뭉치였다. 윤동주는 모두 세 부를 만들어 한 부는 자신이 갖고, 또 한 부는 연희전문학교 영문과 스승인 이양하 선생에게, 나머지 한 부는 정병욱에게 주었다. 그러나 이양하 선생이 "이들 작품들이 일본 관헌의 검열을 통과할 수 없을 뿐 아니라 신변 위험이 뒤따를 것이니 때를 기다리라"고 충고한 나머지 윤동주는 시집 출간을 단념하고 일본 유학을 준비하며 1942년 1월 29일 '하라누마'라는 일본식 이름의 창씨개명계를 연희전문학교에 제출한다. 당시엔 창씨개명을 하지 않고선 일본 대학에 입학할 수 없었다. 창씨개명계를 제출하기 닷새 전 그는 한 편의 시를 쓴다.

파란 녹이 낀 구리 거울 속에
내 얼굴이 남아 있는 것은
어느 왕조의 유물이기에
이다지도 욕될까.
나는 나의 참회의 글을 한 줄에 줄이자.
-만 이십사년 일개월을
무슨 기쁨을 바라 살아왔던가.
내일이나 모레나 그 어느 즐거운 날에
나는 또 한 줄의 참회록을 써야 한다.
-그때 그 젊은 나이에
왜 그런 부끄런 고백을 했던가.

밤이면 밤마다 나의 거울을

손바닥으로 발바닥으로 닦아보자.

그러면 어느 운석 밑으로 홀로 걸어가는

슬픈 사람의 뒷모양이

거울 속에 나타나온다.

윤동주, 「참회록」, 1942.1.24

윤동주는 원고 하단에 "詩人의 告白"이라고 연필로 적은 뒤 그 밑에 이렇게 썼다. "渡航 證明(도항 증명). 일본으로 떠나는 도항을 증명한다. 시는 길을 일러주지 않는다. 그가 종이 위에 답한다. 詩 (시)란 不知道(부지도). 시가 무엇인지 모르겠다."

윤동주는 1942년 고종사촌 송몽규와 부산에서 배를 타고 일본으로 건너간다. 윤동주는 릿쿄대학 영문학과에, 송몽규는 교토제대 사학과에 각각 입학하지만 윤동주는 1942년 10월 1일 교토의 도시샤대학에 재입학한다. 하지만 이듬해 여름, 일본 경찰은 두 사람을 체포한다. 체포 시기는 송몽규가 1943년 7월 10일, 윤동주가 7월 14일. 둘을 포함해 같은 공부 모임에 있던 학생 7명도 체포되었다. 혐의는 '재경도在京都 조선인 학생 민족주의 그룹 사건 책동'이었다. 윤동주는 교토경찰서 형사의 지시로 자신의 원고를 일어로 번역해야 했고 이후 징역 2년을 선고받아 후쿠오카형무소에 수감되었다. 윤동주의 혐의가 정확히 무엇인지는 확인하기 어렵다. 송몽규와 함께 주도한 것인지, 송몽규의 모임에 단순히 참석만 한 것인지. 해방을 앞둔 1945년 2월 16일 윤동주는 후쿠오카형무소에서 사망한다. 그리고 열흘 뒤인 3월 7일 송몽규도 숨을 거둔다.

이제 다시 물꼬를 정병욱에게 돌리면, 그는 연희전문학교 졸업을 2개월 앞둔 1944년 1월, 학도병 징집 통보를 받는다. 그는 전선으로 떠나기 전 고향에 내려가 어머니에게 기약 없는 인사를 드리고 짐을 맡기면서 윤동주의 원고를 각별히 보관해 달라는 말을 잊지 않았다.

전선에 투입됐다가 부상을 당해 고국에 돌아온 정병욱은 해방 후에야 윤동주의 사망 소식을 듣는다. 정병욱은 다시 고향에 내려가 어머니에게 징집 전에 맡긴 짐 속에 있던 원고를 잘 간직하고 있는지 물었다. 정병욱의 어머니 박아지 여사는 아들이 맡긴 짐을 일제의 감시를 피해 큰 장독 속에 숨겨 놓았다가 해방 후 이를 꺼내 명주 보자기에 싸 장롱에 보관하고 있었다. 만약 정병욱의 어머니가 윤동주의 원고를 지키지 못했더라면 윤동주 시집은 세상에 빛을 보지 못했을 것이다.

정학성 교수는 "어머니는 보자기에 싼 원고를 마루 짝을 뜯어내고 묻은 큰 항아리 속에 혹시 모를 일제의 공출에 대비해 놋그릇 등과 함께 보관하고 있었다"고 말했다. 정병욱은 원고를 싸 들고 상경해 윤동주의 연희전문학교 동기인 강처중에게 전달했다. 당시 〈경향신문〉 기자로 있던 강처중은 윤동주 2주기인 1947년 2월 16일에 사흘 앞선 2월 13일 〈경향신문〉에 윤동주의 시 한 편을 게재한다. 그리고 친구인 허웅, 백인준, 유영 등과 논의한 끝에 마침내

1948년 1월 윤동주의 3주기를 앞두고 『하늘과 바람과 별과 시』가 정음사에서 출판되었다.

한편 윤동주의 동생 윤일주는 열아홉 살인 1946년 6월 단신으로 명동촌을 떠나 서울에 도착, 형의 친구들을 찾아다니는 과정에서 정병욱과 강처중 등을 만나 뜻밖에도 형의 유고에 접했으니 형이 살아 돌아온 것처럼 감격스러웠을 것이다. 훗날 윤일주의 부인이 된 정병욱의 여동생 정덕희는 "어머니가 마루 밑에 숨겨 놓은 윤동주 원고를 처음 봤을 때 잡혀가는 것 아닌가 하고 온몸에 소름이 돋았다"고 증언했다.

시집 『하늘과 바람과 별과 시』엔 이렇게나 많은 사연이 담겨 있다. 정병욱이 윤동주의 시 「흰 그림자」에서 따온 '백영白影'을 자호로 삼아 윤동주의 고결한 정신을 따르고자 했다는 뒷이야기도 문학사의 전설이 되기에 충분하다.

최석두 시인에 대한 피맺힌 증언

시인 최석두崔石斗(본명 錫斗1917~1951)의 생애와 작품 활동에 관한 기록은 남겨진 게 많지 않다. 그 이유는 그가 해방 정국이라는 격동기에 짧게 활동하다가 월북 직후 사망한 프롤레타리아 운동가였기 때문이다.

최석두는 1917년 9월 19일 전남 함평군 함평읍 기각리에서 중농인 전주 최씨 최경천과 셋째 부인 손숙자 사이에서 태어난 2남 3녀 가운데 첫아들이다. 서자였지만 당시로서는 드물게 유치원을 다닌 그는 1930년 함평공립보통학교를 거쳐 이듬해 봄, 광주공립농업학교에 입학한다. 광주공립농업학교를 졸업하고 경성사범학교 단기 강습과 6개월 과정을 수료한 그는 경기도 여주군 전동소

학교에서 교원 생활을 하다가 1938년 교단에서 물러나 해방을 맞기까지 고향에서 농사를 지었다. 농사일은 그의 창작에도 큰 영향을 미쳐 그는 흙의 세계와 문학의 세계를 일치시키는 작품 성향을 보인다. 그의 초기 시 「전단대」(1947)는 고향에서 농업에 종사하던 무렵의 체험에서 길어 올린 작품이다.

온 시가는
이미 우리들
손아귀에 쥐어졌다.

하나는 풀
하나는 전단

마구
어둠을 밀어뜨리며 간다.

쭉-
풀 싼 걸레쪽을 문지르면

정성껏 써진 전단이
가등처럼 켜지고,

어두운

거리거리의

벽과 전신주와…

우리는 빈틈도 없이

인민의 령토를

그리며 간다.

최석두, 「전단대」

　'풀'에서는 월트 휘트먼을, '전단'에서는 마야코프스키를 연상시키는 이 시는 해방 직후 그가 '조선문학가동맹' 전남지부에서 활동하던 시절에 쓴 것이다. 잉크 대신 풀을 싼 헝겊 뭉치로 이른바 '가리방'이라고 불리는 등사기를 밀었던 지하운동가의 생생한 수기가 연상된다. 이 장면은 해방 정국에서 미군정과 남한의 단독정부 수립 등에 적극 반대하며 지하운동을 벌이던 좌파운동가의 고난이 읽히고도 남는다.

　최석두는 남한 정부가 수립되던 해, 서울에서 첫 시집 『새벽길』(1948, 조선사)을 출간하지만 판매 금지 조치로 이내 압수되고 만다. 1년 뒤인 1949년 그는 체포되어 7년 징역형을 언도받고 서대문형무소에 간힌다. 1950년 6월 인민군이 서울을 점령했을 때 이용악 시인 등과 함께 풀려난 그는 서울시 임시인민위원회 선전부 문화과장으로 활동하다가 퇴각해 북으로 올라가던 중 유엔군의 기총소

사에 부상당해 의주구호병원에서 치료를 받고 평양에서 문화선전
성에서 일한다.

『북한문학사전』(1995, 국학자료원)에 따르면 그는 한국전쟁 와중
인 1951년 10월 22일 폭격을 맞고 짧은 생애를 마감했다. 이후 평
양에서 이전에 남한에서 낸 시집『새벽길』에 북한에서 쓴 시를 추
가한 유고 시집『새벽길』(1957)이 출간되었다. 조벽암(1908~1985)
이 쓴 시집 서문엔 최석두의 간단치 않은 문학적 생애와 출간 경위
가 담겨 있다.

1947년 여름, 나는 충청도와 전라도에 문화기관 재건의 임무를 띠
고 차도 타고 밤길도 걸어서 광주까지 간 일이 있다. 그곳에서 만난
사람이 바로 석두였다. 물론 서로 빈성명이라 속으로 뜨거운 정이 끓
으면서도 겉으로는 랭정히 용무에만 몰두했다. 내가 서울 문화기관에
서 왔음을 안 그는 일이 끝난 다음에 문단 이야기를 물었다. 나는 묻
는 말에만 간단간단 대답했다. 나중에 그는 자기의 쓴 시를 서너 편
내놓고 보아 달라 했다. 나는 그중에서 이 시집에 들어 있는「전단대」
라는 시를 읽었다. 나는 속으로 놀랐다. 진실하고 간명한 그 시속에서
나는 그 시인의 투지와 재질과 긍지를 발견했다. 나는 그 시를 적어
달래서 호주머니에 넣고 창작을 더 많이 하도록 권하기만 하고 그 자
리를 그냥 떠났다. 그리하여「전단대」가 잡지에 발표되였는데 석두의
시편 중에서 처음으로 활자화된 작품이다. (중략) 그 시들을 처음 보내
왔을 때 마음대로 해 달라는 쪽지가 따라왔고 시집 제목도 적당히 해

달래서 『새벽길』이라고 달고 서문도 내가 써서 다른 사람의 이름으로
출간케 한 사실이 생각난다.

여기서 다른 사람이란 박산운(1921~미상)이다. 경남 합천 출신
의 박산운은 일본 주오中央대학을 중퇴하고 돌아와 1945년 시「버
드나무」로 등단한 뒤 조벽암, 김상훈 등과 합동시집 『시인의 집』을
출간한 인물로, 당시 조선문학가동맹 집행위원으로 활동하던 조벽
암은 박산운의 이름으로 『새벽길』에 서문을 게재했던 것이다. 서
울판 『새벽길』 서문이 최석두의 문학적 전사에 해당한다면 평양판
『새벽길』 서문은 후사에 해당한다. 조벽암의 서문은 이어진다.

후퇴하여 평양에 돌아와 그를 문예총에서 만났다. 그도 나를 보고
어쩔 줄 몰라했다. 그는 후퇴 도중에 다리에 부상을 당하여 절룩거렸
다. 나는 그를 쫓아가 안고 얼굴을 비비며 반가워했다. 그의 눈물은 내
뺨에도 묻혀졌다. 나는 숙소도 정하지 못한 그를 데리고 그때 우리가
가 있던 통봉리로 나왔다. "이젠 마음 놓고 쓰자요." 내가 하는 말에 그
도 앵무새처럼 역시 마음 놓고 써 보겠다고 다졌었다. 그는 선전성에
서 사업하다가 원쑤의 맹폭에 그만 세상을 떠나고 말았다. 나는 그의
시집을 묶음에 이르러 두 번째 서문을 쓰면서 그의 요절됨을 더욱 아
까워한다. 그러니만큼 그가 남긴 시들을 더욱 아낀다.

부상을 당한 채 평양으로 퇴각한 최석두는 1951년 1월 의주의

구호병원에서 치료를 받은 체험을 "오늘도 그대의 마음에/ 충직한 원장 동무는/ 날이 새기도 전/ 곤한 어둠을 밝고,// 환자를 걱정하는 말/ 조용조용 남기며/ 병실을 오신다"(「구호병원」 끝부분)라고 시로 남겼다. 바로 이 시기, 후방에서 치료를 받고 평양으로 복귀해 문화선전성에서 활동하던 최석두를 극적으로 만난 또 한 명의 인물은 필자의 둘째 큰아버지인 카자흐스탄 망명 작곡가 정추이다.

저간의 사정을 밝히자면 최석두는 필자의 백부인 월북 영화인 정준채와 광주농고 동기동창이다. 최석두는 학창 시절에 백부의 양림동 집에 자주 놀러 왔으며 이를 기화로 동생 정추 역시 최석두를 친형처럼 따랐던 것인데, 뜻밖에도 평양에서 조우했으니 감회는 이루 말할 수 없을 정도였을 것이다. 1947년 봄, 월북해 평양음악대학 교수로 재직하던 정추는 한국전쟁 와중인 1951년 평양 양강도체육관에서 치러진 모스크바 유학생 선발 시험에 합격, 의주의 소련유학생강습소에서 예비교육을 받고 있었다. 정추의 증언은 다음과 같다.

의주의 소련유학생강습소에 있을 때 문제가 생겼다. 교육성 주관 유학 시험을 통과한 나는 아무런 신분 문제가 없을 것으로 낙관하고 있었는데 남한 출신이라는 출신 성분을 끄집어내 소련에 갈 수 없다는 것이었다. 나는 하는 수 없이 형과 막역한 사이였던 허정숙許貞淑 문화선전상을 평양으로 직접 찾아가서 신원보증을 탄원할 수밖에 다른 도리가 없었다. 평양에서 허정숙을 만나 "출신 성분을 알 수 없으니 소련에 보내지 않겠다고 한다"는 사정 얘기를 했더니 그녀는 "아새끼들, 별 것 가지고 생트집이군" 하며 교육성에 보내는 신원보증 형식의 편지를 나에게 써 줬다.

허정숙을 만나러 문화선전성에 출입하다가 나는 우연히 시인 최석두崔石斗를 만나게 됐다. 최석두는 당시 문화선전성 문화예술국에서 일하고 있었다. 그는 1930년대 내가 광주 양림동에서 소학교를 다닐 때부터 양림동 137번지 우리 집까지 쫓아와 놀던 막역한 사이로 광주 농고 시절엔 특히 준채 형하고 가깝게 지내던 사람이었다.

내가 문화선전성 건물 계단을 오르는데 그가 "이게 누구야, 추 아니냐"고 나를 알아보는 것이었다. 그는 일본 총독부에서 사상범으로 분류한 조선인들의 사상 재교육을 시키는 녹기綠欺동맹에 수용당한 적도 있었다. 그는 내가 소련 유학을 간다는 소식에 대단히 기뻐했다. 나는 그날 저녁 그와 긴 얘기를 나눴다. 우리는 짧은 시간이나마 옛 추억에 잠겼고 특히 광주농업학교 재학 중 준채 형과 함께 우리 집에 와서 클라리넷, 만도린, 아코디언을 연주하며 놀던 꿈 많던 소년 시절을 회상했다.

그는 내가 작곡 공부를 위해 소련 유학을 간다는 얘기를 듣고 그동안 자신이 쓴 몇 편의 서정시를 읊어 주었다. 그의 시들은 나의 가슴을 울렸고 근 5년 동안 고향에 못 간 나에게 고향의 산과 풀 내음, 맑은 시냇물 소리를 상상할 수 있는 시상詩象을 내게 불어넣어 주었다.

마구 불질하던

문학아
밖에 나가서
다시 열어 오렴아

골자귀며
산무루에

으슥한 어둠이
철갑모양 내리면,

거칠은 숨소리와 화약냄새도
잠깐 쉬고,

꺼뭇
꺼뭇
덤불속 깊이

둘씩,
셋씩이
서로 끌어안고,

마음 다시
가다듬으며
허리를 편다.

아무도 말하지 않고

산은 더욱 묵묵해,

그러나
포근히 사무치는
지열이 있어,

조국의
꿈은 서리는가
무거운 숨소리.

햇불처럼 타는
눈 하나,
산 우에 남고,

찌르릉
벌레는

울어예여 황량한 밤,

산 우에 달이 뜬다
산 우엔 달이 밝다.

최석두, 「산 우에 달이 뜬다」

정추가 직접 들려준 시를 듣고 있자니 만감이 교차했다. 최석우가 읊어 주던 시를, 이번엔 중부仲父 정추가 내게 들려주고 있었다. 산 위에 낮달은 전쟁 중에 올려다본 달이자, 고향에 뜬 달이기도 하다. 죽음을 이겨 내고 뜬 달처럼, 죽음을 이겨 내야 한다는 달처럼, 화약 냄새 나는 방공호에서도, 덤불 속에서도 본 달이 아니던가. 내 기억으로는 중부는 시를 암송하면서 울었다. 나는 차마 더는 볼 수가 없어 다음 대목을 채근했던 것도 같다. 증언은 계속되었다.

나는 그가 들려준 「산 우에 달이 뜬다」라는 시를 들으며 그가 정말 프롤레타리아 시인이라는 것을 금방 느꼈다. 그의 시상은 넓고 감성은 풍부해 내 머릿속에는 악상이 굴러가듯 춤추며 음악이 될 수 있다는 것을 알아차렸다. 우리는 다시 만날 것을 기약했다. 소련 유학까지는 두 달 정도의 기간이 남아 있었다. 소련 유학생 제6기생인 나는 1952년 1월 초에 유학생강습소를 떠나 소련으로 향하게 되어 있었다.

우리는 문화선전성 앞에서 다시 만날 약속을 했다. 그는 자신의 시로 유학 기간 동안 작곡을 할 수 있으면 추진해 보라며 다음 날 자신의 자필 시작 노트를 전달해 주겠다고 제안했다. 나는 그의 청을 거절할 수 없었다.

그러나 그와 약속한 문화선전성 앞에서 그가 폭격으로 사망하게 될 줄은 꿈에서도 알 수 없었다. 나는 그와의 약속을 위해 문화선전성 건물 앞으로 나갔다. 현관 계단 앞에 그가 서 있었다. 그는 나를 발견하고 빠른 걸음으로 다가오는 것이었다. 그 순간 유엔군의 폭격이 평양 하늘을 울렸고 문화선전성에 떨어진 폭탄의 파편이 그의 가슴에 박히며 길가에 쓰러지고 말았다. 나는 폭격에도 불구, 쓰러지는 그를 향해 달려가 내 품 안에 그의 얼굴을 감쌌으나 이미 때는 늦은 뒤였다.

프로문학계의 주목받던 시인 최석두가 내 품 안에서 운명했다는 사실은 나로 하여금 두고두고 그의 죽음에 대한 책임감을 통감케 해 주는 일대 사건이었다. 나는 피투성이가 되어 죽어 가는 최석두의 품 안에서 그가 나에게 주기로 약속했던 자필 시집 노트를 끄집어낸 뒤 폭격을 피해 도피해야만 했다.

이 자작시 노트는 소련 유학 생활 동안 보물처럼 간직했으나 다른 유학생에게 빌려준 뒤 돌려받지 못해 영영 내 손에서 떠나고 말았다. 최석두는 폭격으로 사망하기 전까지 북한에서 남로당의 거물이며 빨치산 대장인 이승엽과 긴밀한 관계를 맺고 있었으며 이승엽에 대한 시를 쓰기도 했다. 이승엽은 전쟁 직후 서울시 임시인민위원장을 역임하고 1951년 12월 노동당 비서를 지냈으나 남로당 숙청 시기였던 1953년 8월 사형을 언도받고 김일성 정권의 희생양이 되고 말았다.

정추는 1953년 최석두의 시 「산 우에 달이 뜬다」를 가사로 한 독창곡을 작곡, 차이코프스키음악원에서 해마다 실시하는 '젊은작곡가연주회'에서 발표했으며 최석두의 「새벽길」로는 로망스 형식의 독창곡을 작곡했다고 회고했다.

정추는 최석두의 시 「동무의 함성이 들려온다」에 곡을 붙인 월북 작곡가 김순남과 평양 시절부터 알고 지냈으며 모스크바 유학

시절에도 가까이 지냈다. 최석두는 34세에 사망했지만 그의 시는
두 작곡가에 의해 노래로 남아 있다.

김우진의 죽음과 조명희의 망명

조명희

  포석抱石 조명희趙明熙(1894~1938)는 고려인 문학의 아버지이
다. 한인은 러시아어로 '까레이스키'이지만 우리말 '고려인'으로 정
착된 계기 역시 1928년 두만강 건너 극동 연해주 땅을 밟은 조명
희의 망명 과정과 관련되어 있다.

  조명희는 국경을 넘어갈 때 한복을 입고 있었다. 그는 국병수비
대 병사들을 보고 달려가 "나는 고려에서 온 고려 사람입니다"라고
우리말로 외쳤으니 병사들이 알아듣지 못한 것은 당연했다. 그는
다시 일어와 영어와 중국어로 말했으나 역시 알아듣지 못했다. 불

법 이주자인 그는 국경 초소로 이송되어 사흘간 감금되어 있었다. 한인 통역이 블라디보스토크에서 달려왔을 때 그는 저고리 안쪽을 뜯어 종이쪽지를 꺼내 보였다. 거기엔 "이 사람은 고려 문사 조명희입니다"라고 쓰여 있었다고 한다. 그는 통역을 따라 블라디보스토크에 있는 국제혁명운동희생자후원회(MOPR)로 갔고 거기서 내준 진회색 양복으로 갈아입었다.

1928년 8월 중순의 일이었다. 그는 고려인들의 정착지인 블라디보스토크 신한촌에서 망명자의 고난에 찬 여장을 풀었다. 그해 10월 망명지에서 쓴 첫 산문시「짓밟힌 고려」는 치열한 항일 정신을 담고 있다.

(중략)

젊은 '순이'는 산같이 믿던 저의 남편이 품팔이하러 일본 간 뒤에 4년이나 소식이 없다고, '강고꾸베야'에서 죽었는가 보다고, 감독하는 일본 놈들에게 총살당하였나 보다고, 지금 일본 관리 놈의 집의 밥솥에 불을 지펴 주며 한숨 끝에 눈물짓는다.

아니다, 이것은 아직도 둘째다―

(중략)

이명재 엮음, 『범우비평판한국문학8 조명희 편』, 범우사, 2004
소련과학원 엮음, 『조명희 선집』, 1928.10

이듬해 가을, 육성농민청년학교 조선어 교사로 부임한 조명희는 우리말 신문 〈선봉〉을 근간으로 활발한 문예 활동을 펼친 강태수, 전동혁, 김준, 조기천, 연성용, 태장춘, 강상호 등 많은 고려인 문인들을 양성했다. 항일빨치산의 아들로 일찍 고아가 된 강상호는 이렇게 회고한다.

> 1929년 9월 1일은 내가 육성농민청년학교 3학년에서 공부를 시작한 첫날이었다. 우리 반 학생 일동은 조선어문학 시간이 당진하기를 고대하였다. (중략) 드디어 그 시간은 과정표에 의하여 왔던 것이다. 우리 강당 칠판 앞에 나선 조명희 선생은 몸이 후리후리하고 키가 크고 머리를 길게 깎고 그 새까만 시선은 천정을 예리하게 쳐다보고 있다가 강의를 시작하였다.
>
> 강상호, 「조명희 선생을 추억함」, 〈고려일보〉, 1991.8.23

이후 1937년 5월 하바롭스크에서 열린 소련작가동맹 변강대표회의에 작가로 참석한 강상호는 폐회 후 아무르 강변 공원에서 베풀어진 연회장에서 조명희 선생을 만난 것을 끝으로 두 번 다시 해후하지 못했다.

연회가 열린 3개월 뒤 조명희는 소련 기관원에 의해 '일제 첩자'라는 혐의로 체포되었고 1938년 하바롭스크 감옥에서 45세에 총살당하고 말았다. 그가 망명지에서 쓴 장편『붉은 기 밑에서』와 『만주 빨찌산』 원고도 유실되고 말았다. 다만 치열한 항일 정신의 표출과는 대조적으로 어린이들을 위한 동시는 지금 읽어도 운율

문학아
밖에 나가서
다시 열어 오렴아

의 생생함이 느껴진다.

> 창포 밭 못 가운데
> 소금쟁이는
> 1 2 3 4 5 6 7
> 쓰고 노누나
> 바람이 불어서 어찌건만
> 그래도 소금쟁이는
> 1 2 3 4 5 6 7 쓰고 노누나

조명희, 「소금쟁이」·최 예까쩨리나, 「작가 조명희의 마지막 사진」
〈레닌기치〉, 1988.11.24에서 재인용

  어린이들이 한번 들으면 금세 따라 부를 수 있는 동시 「소금쟁이」는 그가 육성촌 인근의 산을 '등탑봉'이라고 이름 짓고 그 근처 호수를 보며 쓴 시로 알려져 있다.

  1929~1931년은 그의 생애에서 가장 행복한 창작의 시기였을지 모른다. 그는 당시 육성촌 이정렬 선생의 집에 머물면서 시, 수필, 장편소설을 집필하고 있었다. 제자 최 예까쩨리나의 증언에 따르면 그는 학교 마당을 혼자 거닐며 시를 짓거나 동요를 지어 학생들에게 낭송해 주었다고 한다. 연해주에 아동문학이 없는 것을 안타까워한 그는 이렇게 썼다.

사회는, 군중은 우리 어린 문단을 향하여 희곡과 서술을 다구. 동
요와 동화를 다구! 하며 손을 내민다. 그러나 이들에게 무엇을 주었는
가? 약간의 시를 주었을 뿐이요 그 외에 준 것이 별로 없다. 자란이가
예술에 주리었다면 어린이들도 주린 그대로 내버려 두겠는가? (중략)
어린이 교과서에 시조를 집어넣는 것이나 최남선의 『시문 독본』에서
주어 온 독재 부스러기를 주던 지난날의 희비극도 있지 않았던가? 예
술에 주린 그들의 창질에 겨떡은 고사하고 돌을 주었으며 독약을 준
셈이 아니었던가?

조명희, 「아동문예를 낳자」, 《선봉》, 1935.3.21

조명희는 어린 제자들 앞에서 낭랑한 음성으로 동시를 들려주었
고 동화극 「봄나라」를 창작하기도 했다. 그는 종이에 인쇄된 문학에
머물지 않고 직접 낭송을 하고 대본을 쓰고 연극을 지도했다. 이처
럼 그가 사실주의 문학의 올곧은 길을 걸어간 연유는 도쿄 유학 시
절과 맞닿아 있다. 그는 도요東洋대학 인도철학윤리학과에 적을 둔
1920년 김우진, 홍해성, 최승일 등과 함께 한국 최초의 서구적인 '극
예술협회'를 창립하고 1921년 첫 희곡 「김영일의 사死」를 발표한다.

가난한 고학생으로 신문 배달을 하던 자전적 체험을 바탕으로
쓴 이 작품은 김우진이 주축이 된 연극 단체 '동우회'의 모국 순회
공연 대본이었다. 고학생 김영일과 부유한 집안 출신 전석원 등의
대화를 통해 당시 지식 청년들의 이상주의와 사회주의 사상의 갈
등을 드러낸 이 작품은 김영일이 셋방에서 불온 문서가 발견되어

문학아
밖에 나가서
다시 열어 오렴아

형사들에게 체포된 채 유치장에서 폐렴으로 숨을 거두는 장면을 통해 식민지 현실의 암울함을 표출하고 있다. 유학을 중도 포기하고 귀국한 조명희는 〈시대일보〉 기자로 일하면서 첫 소설 「땅 속으로」를 《개벽》에 발표한 1925년 8월 창립된 카프(KAPF)에 가입해 열정적으로 활동했다. 카프 1차 방향 전환을 놓고 민족진영과 치열한 논쟁이 전개되는 가운데 발표한 게 단편 「낙동강」이다. 낙동강을 따라 며칠씩 현지답사를 한 끝에 방언과 지형 조사를 마치고 쓴 작품엔 탐사 정신이 빛날 뿐 아니라 서두 부분에서 서정적인 분위기를 한껏 풍기고 있다.

> 기러기 떴다 낙동간 우에
> 가을바람 부누나 갈꽃이 나부낀다

> 이 노래도 지금은 부를 경황이 없게 되었다. 그 갈밭은 벌써 남의 물건이 되고 말았다. 그것은 이 촌민의 무지로 말미암아 십 년 전에 국유지로 편입되었다가 일본 사람 가등이란 자에게 국유 미간지 철일이라는 명의로 넘어가고 말았다. 이 가을부터는 갈도 벨 수가 없다.

이명재 엮음, 『범우비평판한국문학8 조명희 편』

나는 개인적으로 「낙동강」에 삽입된 두 줄의 짧은 시가 "바람이 분다/ 살아야겠다"로 유명한 폴 발레리의 「해변의 묘지」에 버금가는 구체적 현실성을 띠고 있다고 생각한다. 갈을 베어 지붕을 이고 삿갓이나 방석을 만들어 생계를 유지하던 낙동강 연안 농민들의 삶은 러시아로 떠난 고려인 이주민들이 러시아인들의 토지에서 자란 갈을 베어 주고 곡식을 받아 살았다. 이른바 '새치기' 농사와 일맥상통한다. 땅에 붙어 갈을 베는 고통스런 갈 베기 작업과 대조적으로 가을 하늘을 상징하는 '기러기 떴다'라는 서정의 도입은 땅과 하늘, 현재와 미래, 현실과 꿈을 잇대는 우리 문학의 개가가 아닐 수 없다. 이처럼 카프 문학을 선도하던 그가 갑자기 두만강을 건너 러시아로 망명하게 된 데는 둘도 없는 친구였던 수산水山 김우진金祐鎭(1897~1926)의 뜻밖의 죽음과도 관련이 있지 않나, 하는 생각을 갖게 한다.

김우진이 유명을 달리한 게 1926년 8월 4일의 일이다. 김우진의 추도문을 쓰기도 했던 조명희는 1주기에 즈음해 다시 「김수산 군을 회함」을 발표한다. 거기엔 현해탄 투신 3개월 전에 자신과 함께 서울의 한 여관에서 하룻밤을 보내며 새로운 출발을 다짐하던 김우진의 모습이 그려져 있다.

작년 5월 그믐께인가 보다. 군이 갑자기 서울로 온다는 편지가 오고 뒤미처 전보가 왔다. 나는 이른 아침에 정거장으로 나아가 군을 만나서 어느 여관으로 같이 들어갔었다. 이때에 나는 비로소 군이 출가할 것을 알고 속으로 은근히 기뻐하였다. 그것은 군이 반드시 이런 때가 올 것을 나 혼자 속으로 예기豫期하였던 바이다. 그때에 군은 이때껏 자기가 마음먹어 오던 일(이때껏 줄곧 연구하여 오던 극예술에 대한 포부와 또는 기타 경제력 같은 것을 아울러 집주集注시켜 조선에 극운동을 일으키자던 것)을 버리고 먼저 자기의 생활을 고통 속으로부터 건져 내어놓자는 뜻이었다. (중략) 그가 그때에 바로 북행北行을 하였을 것이지만 길 소개 기타 사정 관계로 말미암아 먼저 몇 달 동안은 동경 같은 데 가서 어학 준비를 하고 있었다. 적어도 그해 9월 안으로는 북행을 할 작정이었다. 그러던 터에 꿈에나 생각하였으랴. 8월 5일 한나절이 기울 때 그가 죽었다는 기별이 나의 귀에 와 울렸다.

이명재 엮음, 『범우비평판한국문학8 조명희 편』

　김우진의 북행이란 어쩌면 극예술의 본향이라 할 러시아 페테르부르크나 모스크바를 의미하는 것은 아닐까. 그리고 어학 준비란 러시아어 공부가 아니었을까. '길 소개 기타 사정'이란 러시아에 정통한 가이드가 찾아지면 블라디보스토크에서 시베리아 횡단 열차를 타고 모스크바로 건너가자는 원대한 계획은 아니었을까. 모든 건 추측성이 될 수밖에 없지만 "잡동사니들의 문단인. 그러나 오직 수산만은 참된 물건일 것이다. 두고 보라, 앞으로 이런 참된 물건이 하나 나올 때가 있을 터이니……"라고 중얼거린 조명희의 고독을 참고할 때 두 사람은 그날 밤 러시아로의 북행에 대해 진지한 대화를 주고받았던 것은 아닐까.

　만약 김우진이 죽지 않았다면 조명희의 망명은 훨씬 뒤로 미루어졌던지 혹은 함께 북행으로 떠났을 수 있다. 1920년대 문학에서 두 문인의 증발은 한국문학사의 큰 손실이 아닐 수 없다. 이런 후

일담이라도 뒤적거려 책갈피에 손때를 묻힌다는 게 두 선대 문인의 우정과 못다 이룬 꿈에 대한 최소한의 예의일 것이다.

문학아
밖에 나가서
다시 열어 오렴아

만주의 흙바람과 마주한
최서해와 김사량

　한국 근대 문인 가운데 중국 만주와 관련이 깊은 작가는 최서해崔曙海(1901~1932)일 것이다. 그는 1924년 〈동아일보〉에 「토혈吐血」로 등단, 1932년 작고할 때까지 자신의 체험에 기반한 현실 감각으로 소설을 쓴 사실주의 작가이다.

　1901년 함북 성진(지금의 김책시)에서 출생한 그의 본명은 학송鶴松. 빈농의 외아들로 태어난 그는 1910년 아버지가 독립군이 되겠다고 간도로 떠나자 홀어머니 슬하에서 성장한다. 어린 시절 한문을 익히고 성진보통학교에 3년 정도 다닌 게 교육의 전부지만 소년 시절,《청춘》《학지광》 등 문예지를 애독하면서《학지광》에 산문 「우후 정원의 월광」 외 2편을 투고한 것을 보면 빈궁한 생활 속에서도 그는 문학에의 꿈을 키워 갔던 모양이다.

최서해

    1918년 만주로 넘어가 근 7년을 방황하며 갖은 고초를 겪은 그
는 품팔이, 나무바리장수, 두부장수, 온돌쟁이, 음식점 심부름 등으
로 연명하다가 독립군 부대에 들어가 서기 노릇을 하기도 했다. 고
된 생활 체험으로부터 사회 현실의 모순을 인식한 그는 세상을 뒤
엎어야 한다는 충동으로 글쓰기에 임했다.

    1923년 봄, 귀국해 독학으로 공부하며 문학에의 꿈을 키우던 그
는 〈북선일일신문〉에 '서해'라는 가명으로 시 「자신」을 기고한다.
이 시에 곡을 붙여 노래한 음악 대회가 열린 것을 계기로 그는 '서
해'를 필명으로 정한다.

    1924년 초 〈동아일보〉에 「토혈吐血」을 발표한 것을 계기로 상경
한 그는 10월에 이광수 추천으로 《조선문단》에 「고국」을 발표한
데 이어 「탈출기脫出記」「기아飢餓와 살륙殺戮」을 내놓으면서 신경
향파 문학의 기수로서 떠오른다. 좀처럼 신인을 인정하지 않는 춘
사 김동인조차 "그는 사회의 암흑 면을 걸어 나온 사람이다. (중략)
아직껏 조선의 소설가가 그리지 않던 혹은 못 하던 사회의 일을 계
속하여 그려 내었다"고 절찬했을 정도다.

간도는 북간도와 서간도로 나뉜다. 북간도에는 우리 민족이 밀집해 살았지만 서간도는 그렇지 못했다. 말하자면 서간도는 중국인이 많이 살았던 곳이고 한민족이 그 속에 뉘처럼 섞여 살았던 것이 역사의 실상이다. 이른바 광막한 만주벌 서간도에서의 최하층 체험은 고스란히 창작 소재가 되는데 중국 체험의 작품에 그의 구체적 행적이 드러나 있다.

바로 삼일운동이 일어나던 해 봄이었다. 그는 서간도로 갔었다. 처음 그는 백두산 뒤 흑룡강가 청시허라는 그리 크지 않은 동리에 있었다.

최서해, 「고국」, 《조선문단》, 1924.10

나는 백두산 뒤 청석하라는 조그마한 촌에 살았읍니다. 그때 우리 집은 뒤에 절벽이 있고 앞에 맑은 시내가 있는 사이에 외따로 있었읍니다. (중략) 처가는 우리 집에서 이십 리나 북쪽으로 더 가서 달리소라는 곳에 있었읍니다. (중략) 안팎 십 리나 되는 우리 집 뒤영을 타들덕거리면서 넘었습니다. 이 영을 넘으면 무성한 나무 그늘 속 그리 크지 않은 시냇가에 연하여 쓰러져 가는 초가집들이 있습니다. 이것은 백하구상이라는 동리입니다. (중략) 이곳은 흑룡강과 백하가 합수되는 곳입니다.

최서해, 「미치광이」, 『혈흔』, 1926

인용문에서는 그가 통과한 만주의 지명이 확인된다. 백두산 뒤 흑룡강가 청시허青石河, 백두산 뒤 청석하와 달리소, 흑룡강과 백하가 합수되는 백하구상白河口上이 그것이다.

1924년, 작가로 성공하기 위해 춘원 이광수를 찾아간 그에게 춘원은 경기도 양주 봉선사에서 승려 신분으로 지내라고 권했고 이를 받아들여 중이 된 그는 그곳에서 「살려는 사람」 「해돋이」 「탈출기」 등을 집필한다. 하지만 불도보다는 문학에 매달리는 그를 달가워하지 않던 주지승과 잦은 다툼 끝에 석 달 만에 산에서 내려온다. 1925년 2월 춘원의 주선으로 조선문단사에 입사한 후에야 그는 본격적인 작가로 인정받지만 그해 4월 14일, 딸 백금이 병으로 세상을 뜨고 만다.

> 백금이는 내가 스물한 살 때, 즉 신유년 7월 22일에 서간도西間島에서 낳은 딸이다. (중략) 소슬한 가을바람에 낙엽이 흩날리는 삼인방三人坊 고개에서 아버지와 작별할 때 점점 멀어지는 할아버지를 부르면서 섧게 섧게 우는 백금의 울음에 우리는 모두 한숨을 짓고 눈물을 뿌렸다. (중략) 태산 준령을 넘어서 북간도 얼따오꼬우二道溝에 나온 우리는 이듬해 즉 백금이가 세 살 나던 해 봄에 두만강을 건너서 회령會寧으로 나왔다.
>
> 최서해, 「백금白琴」, 《신민》, 1926.2

「백금」에는 서간도 그리고 북간도의 얼따오꼬우라는 지명이 나온다. 그리고 북간도 왕청 다캉재大炕子, 얼두구, 배채구白草溝, 나

문학아
밖에 나가서
다시 얼어 오렴아

재거우羅子溝, 룡정, 상삼봉 등의 지명이 등장하는 작품은 「해돋이」이다.

> 만수의 모자는 일주일이 넘어서 북간도 왕청 다캉재라는 곳에 이르렀다. (중략) 만수가 이른 왕청 다캉재에는 조선 사람의 집이 일곱 호가 있다. 그리고 고개를 넘어가나 동구를 나서 일 리나 이 리에 십여 호, 오류 호의 촌락이 있다. (중략) 토벌대가 방금 얼두구 배채구에 들어차서 소란하다. (중략) 만수도 하는 수 없이 나재거우서 겨울을 났다. 그 이듬해 봄에 집으로 돌아왔다. (중략) 김소사는 몽주를 뒤집어 업고 왕청을 떠나서 고향으로 향하였다. 떠난 지 사흘 만에 용정에 이르러서 차를 타고 도문강안圖們江岸에 내려서 강을 건넜다. 상삼봉上三峰에서 하룻밤을 자고 이튿날 아침 차로 어제 석양에 청진 내려서 곧 남향선을 탔다.
>
> 최서해, 「해돋이」, 《신민》, 1926.3

지리학적으로 중국의 동북 지역은 간도 혹은 만주로 불리었다. 간도로 불릴 때는 북간도와 서간도로 나뉘는데 북간도는 두만강가의 현재 연변 지역이고 서간도는 압록강 지역이다. 만주로 불릴 때는 동만, 남만, 북만으로 세분된다. 동만은 북간도에 맞먹고 남만은 서간도에 맞먹는다. 북만은 현재 흑룡강성 일대를 가리킨다.

세 사람은 한 달이 넘어서 북만주의 한 귀퉁이에 있는 소사허小沙河

라는 곳으로 갔읍니다. 그때 소사허에는 조선 내지서 들어간 동포들이 삼백 명 가까이 있었읍니다. 이네들은 그곳에 큰 학교를 세워 놓고 공부를 힘썼습니다.

최서해, 「폭풍우시대」, 〈동아일보〉, 1928.4.4~12

북간도에서도 왕청 지역은 룡정이나 화룡에 비해 이주민보다 중국인이 더 많이 살던 곳이고, 또 산악 지대라서 비적이 많기로 유명했다. 서해가 거쳐 간 지명을 현지 발음으로 표기하면 청시허, 백하구상, 얼따오꼬우, 다캉재, 배채구, 나재거우, 소사허 등이다.

당시 동만을 제외한 남만이나 북만에는 중국인들이 이주민에 비해 인구 비례상에서 절대적인 우세를 차지하고 있었다. 상대적으로 조선족 이주민이 많이 모여 살던 북간도의 지명은 그의 작품에 두 군데밖에 되지 않는다는 점을 감안하면 그는 주로 중국인이 많이 살던 곳에 살을 붙이고 살았던 보기 드문 작가임을 알 수 있다.

서해가 중국에서 유랑했던 곳은 중국인이 많이 살고 있던 남북만주였다. 그는 중국인들 속에 섞여 타민족의 갖은 천대와 모욕을 감내해야 하는 불쌍한 삶을 살았다. 따라서 그의 작품 세계에서 보이는 계급적 충돌도 당시 한국 문단에서 보이던 그런 대립이 아니다. 너무도 이색적이고 처절한 계급적 충돌은 우선 조선족 이주민과 중국인 지주라는 원주민 사이의 이중삼중 대립이었다. 이 지점이 최서해의 작품이 1920년대 국내 문단에서 큰 파문을 일으킨 요인이다.

최서해가 만일 안수길이나 강경애처럼 룡정 일대에 살았다면 그의 작품 세계는 큰 변별력을 갖지 못했을 것이다. 같은 계급적인 시각으로 사회를 바라보던 최서해와 강경애가 그 작품의 색채를 완전히 달리하고 있음은 이에 기인한다. 나중에 김동인은 서해의 작품에 대해 "너무 설교적이고 무지하고 작가가 흥분하기 때문에 클라이맥스의 박진감이 부족하다"(「서해에 대한 단평」)라고 평했다. 백철은 "모든 작품이 간도를 무대로 가난한 조선인들의 중국인 지주에 대한 반항을 그렸고 체험 문학, 소재 문학에 불과하며, 묘사보다 서술이 있을 따름인 한때의 유행작가"(「소설가로서의 서해」)라고 폄하했다.

하지만 이는 그가 서울에 와서 결혼을 하고 생계를 유지하기 위해 풍류계 잡지에까지 손을 댐으로써 삼류 작가로 전락한 후기 창작 시기에 대한 평가일 뿐, 그의 전성기의 창작에 대한 평가는 아니다. 서해는 동시대의 어느 작가보다도 사회 밑바닥을 꿰뚫어 보았고 특히 중국 만주 지역에서의 유랑은 우리 문학의 자산이 되기에 부족함이 없다. 살아서는 궁핍했지만 죽어서는 우리 문학을 살찌운 작가가 서해이다.

그래서일까. 1932년 7월 9일, 위문 협착증으로 사망한 그의 장례는 문단 최초의 문인장으로 치러졌고 미아리 공동묘지에 안장되었다.

만주를 떠올리면 최서해와 함께 연상되는 인물은 김사량金史良 (1914~1950)이다. 나는 2016년 7월 북만주 일대를 탐사한 적이 있는

데 그때 김사량에 대한 생각이 더욱 골똘해졌다. 김사량 역시 최서해와 비슷하게 중국에서 조선의용군의 서기 역할을 했던 인물이다.

> 평한선 어떤 차참에서 내려 태항 산중으로 잠입하는 노상에서 우리 의용군이 장절壯絶히 싸운 전투 이야기를 들었을 때 갑자기 걱정이 끓었다. 종이가 없다. 겹겹 산중에 들어가 보니 양지洋紙라고는 보고 죽으려도 없고 다만 있다는 게 마지麻紙, 삼으로 지은 종이다. 잉크는 번지고 구멍은 뚫어지며 그나마 잘 써진대는 연필로 내려 갈기고 보면 이튿날은 몽땅 날아 버린다. 종이, 종이! 이에 나는 종이광이 되어 안절부절못하였다. (중략) 내가 거처하는 방이라는 것도 역시 일군이 들어와 불을 질러 놓아 타다 남은 재 검정의 토항방. 그 담벽에 붙은 일본 신문 조각지 몇 장이 샛노랗게 햇볕과 먼지에 타올라 만지면 오삭오삭 부서진다. 이런 편지라도 좀 있다면 하는 생각에 혼자 또 쓴 웃음이었다.
>
> 김사량, 「연안망명기-산채기」, 《민성》 2권 2호, 1946.1

1945년 5월, 학도병 위문단의 일원으로 노천명과 함께 중국에 갔다가 위문단에서 탈출, 조선의용군의 항일 근거지인 태항산 남장촌으로 망명하기까지 과정을 기록한 「연안망명기」는 《민성》 1946년 3월호부터 「노마만리駑馬萬里」로 제목을 바꿔 총 7회에 걸쳐 연재되었다. 옌안으로 망명했던 김사량이 서울에 나타난 것은 1945년 12월 10일이다. 《민성》에 연재를 시작할 때는 갑작스러운 청탁으로 인해 서울의 한 여관에서 첫 회분의 원고를 썼고 이후 이북으로 넘어간 김사량은《민성》의 박찬식 기자가 '북조선 특집'을 꾸미기 위해 평양 취재를 왔을 때 원고를 넘겼다고 한다. 연재는 1947년 7월호를 끝으로 막을 내렸으니 김사량은 해방 공간을 전후해 남과 북을 오가며 살아 있는 필력을 과시한 보기 드문 작가이다.

　　1940년 조선인 최초로 아쿠타가와문학상 후보작에 오른 「빛 속으로」는 서울의 하숙집에서 이야기가 문득 떠올라 하룻밤 단숨에 써 내려간 단편으로 그의 출세작이다. 하지만 나는 개인적으로 「노마만리」의 서정적 문체와 다큐적 정확성에 끌리는 편이다. 1950년 동란 중에는 종군기자로 남하해 서너 달 동안 전선을 누비며 「지리산 유격대」 「바다가 보인다」 같은 종군기를 〈로동신문〉과 〈민주조선〉에 연재한 것도 「노마만리」 시절의 갈고닦은 르포르타주의 연장이었다. 김사량은 인천상륙작전에 의한 인민군의 급박한 후퇴 때 강원도 원주를 지척에 둔 남한강 부근 야산에서 "가슴이 답답하다"며 낙오된 후 심장병으로 숨을 거뒀으니 향년 36세였다.

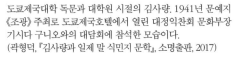

도쿄제국대학 독문과 대학원 시절의 김사량. 1941년 문예지
《조광》 주최로 도쿄제국호텔에서 열린 대정익찬회 문화부장
기시다 구니오와의 대담회에 참석한 모습이다.
(곽형덕, 『김사량과 일제 말 식민지 문학』, 소명출판, 2017)

4
부

손창섭의 도일과 불귀

2009년 2월 15일 일요일 오전 11시, 도쿄 인근 기요세시淸瀬市 바이엔梅園요양병원. 간호사의 안내를 받아 올라간 4층 입원실 명 패엔 '上野昌涉(우에노 마사루)'라고 적혀 있었다. 일본인 부인의 성 '上野(우에노)'를 딴 손창섭의 일본식 이름이었다. 그는 얇은 이불 홑청을 덮고 웅크린 채 잠들어 있었다. 간호사가 눈가의 묽은 눈곱 을 닦아 주자 인기척을 느낀 그는 실눈을 떠 상체를 일으키려 했 으나 몸을 가누지 못했다. 그의 상체를 안아 일으키는 짧은 순간에 체온이 느껴졌다. 그건 식어가는 체온이었다. 손과 등을 문지르자 그는 "이따이(아프다), 이따이(아프다)"를 연거푸 발음했다. 아픔을 느낀다는 게 이토록 살아 있음의 조건이 된다는 것이 믿어지지 않았다. 일제강점기와 한국전쟁이라는 지난 시대의 파경破鏡이 그의 몸에 고스란히 새겨져 있는 것 같았다.

그는 급성 폐기종에 노인성 치매까지 겹쳐 거의 말을 잃어 버린 상태였다. 하지만 동공 뒤에서 넘어오는 또 하나의 시선으로 자신을 찾아온 낯선 방문객을 알아보고 슬며시 미소를 지었다. 한때 펜을 야무지게 잡았을 손은 힘없이 풀린 채 창백했다. 쥐어 보니 뼈가 바스러질 것 같았다. 바스러지는 속성. 그게 문학의 속성이자 언어의 속성일지도 모른다.

마침 가져간 『20세기 한국소설 손창섭 편』을 꺼내 거기 수록된 손창섭 자신의 사진을 보여 주자 눈에 총기가 돌았다. 책장을 넘겨 백지에 사인을 부탁하며 손에 펜을 쥐여 주었다. 백지에 펜을 갖다 댄 채로 시간은 흘러갔다. 동행한 우에노 여사가 답답한지 귀에 대고 속삭였다. "사인을 해 보세요. 사인을." 펜이 천천히 움직였다. "손창섭 200九. 2.15"

얼마 만에 써 본 한글이었을까. 손으로는 한글을 쓰고 입으로는 일어를 말해야 하는 이중 언어 구사자로 살아온 손창섭의 정체성이 드러나는 순간이었다. 그는 '2009'도 아니고 '200九'로 쓰면서 아라비아숫자와 한자를 혼동하고 있었다. 이 혼동이야말로 그가 살아온 혼돈의 시대를 대변하는 상징 코드가 아니고 무엇이란 말인가. 퍼런 심줄이 불거져 나온 그의 깡마른 손에 쥔 건 펜이 아니라 구원의 도구처럼 느껴졌다.

이름을 일본식으로 바꾼 게 자신의 뜻은 아니라는 듯 그는 분명

'손창섭'이라고 한글로 또박또박 적었다. 우에노 여사가 다시 "사인을 하세요"라며 귀에 대고 외치자 손창섭은 계면쩍은 표정을 지으며 굳게 닫힌 입을 열었다. "난 사인이 없는 사람이외다."

사인이 없는 사람. 그게 손창섭이었다. 우에노 여사는 남편의 손을 꼭 감싸 쥐며 말했다. "아마, 이 지상에 쓴 마지막 이름일 것입니다."

손창섭은 누군가. 장용학, 오상원, 이범선 등과 함께 전후문학의 대표 작가로 꼽히는 그는 일찍이 단편 「신의 희작」(1961)에서 "껄렁껄렁한 시나 소설이나 평론 줄을 끄적거린다고 해서 그게 뭐 대단한 것처럼 우쭐대는 선민의식. 말하자면 문화적인 것 일체와 문화인이라는 유별난 족속 전부가 싫은 것이다"라며 이 땅의 시인과 소설가들의 선민의식을 냉소하며 전후 세대의 깊은 환멸을 드러낸 작가가 아니던가.

대표작 「잉여인간」은 1964년 유현목 감독에 의해 영화화되어 낙양의 지가를 끌어올렸고 『세월이 가면』(〈대구일보〉, 1959)을 필두로 『부부』(〈동아일보〉, 1962) 『인간교실』(〈경향신문〉, 1963) 『결혼의 의미』(〈영남일보〉 1964) 『이성연구』(〈서울신문〉, 1965) 『길』(〈동아일보〉, 1968) 『삼부녀三父女』(《주간여성》, 1969) 등 연재소설로 인기를 구가하던 그가 1973년 12월 말 돌연 일본으로 건너간 것은 하나의 사건이었다. 한 작가가 모국어의 땅인 조국을 떠나 아내 나라로의 이주를 결정하기까지엔 말로는 다할 수 없이 복잡한 개인 상황과 시대적 배경이 숨어 있을 수밖에 없다.

유종호에 따르면 손창섭의 도일은 1968년 1월 북한 무장공비 일당이 청와대 뒷산까지 잠입한 '김신조 사건'이 직접적인 계기이다. 남한 정세의 불안과 적화赤禍에 대한 불안이 그를 도일케 했다는 것이다.

김신조 사건 직후인 1968년 월간《중앙》5월호에 발표한 단편 「청사에 빛나리: 계백의 처」는 계백이라는 역사적 인물에 새로운 해석을 가한 작품이다. 왕조적 이데올로기에 의해 미화되어 온 황산벌의 결사 대장 계백은 부인 보미의 입을 통해 오히려 망국을 재촉한 졸장부로 드러난다.

> "장군, 이 나라, 이 백성들이 이 지경에 이르도록 내버려 둔 사람이 누구시오? (중략) 일찍이 나라를 건질 선책엔 목숨을 걸려 않으시고 망국의 위기에 닥뜨려서야 무고한 장정과 가족까지 희생시켜서 청사에 이름을 남기려 하시니 그러고도 떳떳하시오?"
>
> 손창섭, 「청사에 빛나리: 계백의 처」

유종호의 지적대로 김신조 사건의 파장은 손창섭의 실존 자체를 뒤흔든 중차대한 문제일 수 있다. 해방 직후 황해도 어느 여학교에서 교편을 잡고 있던 어느 날, 학생들 앞에서 몇 마디 한 것이 당국에 걸려 반동분자로 낙인찍힌 상황에서 급거 남하함으로써 목숨을 부지한 손창섭에게 김신조 사건으로 인한 위기의식은 도일을 결심케 한 계기일 수 있다. 하지만 시국 인식이라는 거대 담론과는 별도로 그의 도일은 다른 이유에서 촉발되었을 수도 있다.

1922년 평양에서 외아들로 태어났다고 알려진 것과는 달리 손창섭은 3남 1녀 가운데 막내이다. 손창익, 손창환, 손정숙, 손창섭 이렇게 4남매 가운데 막내인 것이다. 손창환의 외손녀 김유림에 따르면 손창환은 1970년대 초 흑석동에 살던 손창섭을 찾아갔다가 제수가 일본 여자라는 사실을 알고 손창섭에게 매우 부정적인 반응을 보였다고 한다. 친일파나 일본인이라면 질색을 하던 손창환이 자신을 기피하고 있음을 눈치챈 우에노 여사도 그런 시아주버니를 상당히 꺼린 나머지 급기야 형제간에 간극이 벌어졌으며 손창환은 그 길로 부산 집으로 내려와 연락을 끊었다는 것이다.

이후 손창섭은 이 상황을 풀기 위해 여러 차례 편지도 내고 자신의 소설책도 보냈지만 형제간의 의절은 회복되지 않았다. 우에노 여사는 이 사건을 계기로 먼저 일본으로 돌아갔으며 손창섭은 흑석동 집을 처분하고 비자 문제가 해결되기까지 평양 무성공업학교 제자인 노윤기 씨의 구리시 과수원에 방을 얻어 1년여를 기거했다.

형제간의 의절이라는 남모르는 아픔을 뒤로하고 아내의 뒤를 쫓아 일본으로 건너간 손창섭의 가슴엔 환멸이라는 단어가 새겨졌을 것이다. 그에게 조국이나 고향 혹은 형제는 더 이상 의미가 없는 허울이었을지 모른다. 어디로 돌아간다는 말인가. 돌아가지 않음. 손창섭은 2010년 6월 23일 도쿄 무사시노 다이병원에서 숨을 거둠으로써 자신의 불귀를 완성한다.

그는 왜 스스로 불귀의 운명을 선택했을까. 이런 질문을 앞에 두면 병상의 그에게서 직접 해명을 들은 바가 없다. 그래서 질문은 계속되어야 한다. 손창섭은 빈손으로 일본에 왔다고 한다. 자신이 쓴 책은 물론 작품이 수록된 전집도 집 안에 들여놓지 않았으니, 문학도 책도 그의 실존을 담보하는 대체물이 될 수 없었다. 다만 자기 안으로 귀환했을 뿐, 그가 평생 찾아 헤맨 것은 지상에 없었다.

삼천 원이 없어 시인이 된 박재삼

　박재삼(1933~1997) 시인의 부고를 접한 것은 1997년 6월 8일의 일이다. 시인은 1995년 백일장 심사 도중 신부전증으로 쓰러져 투병 생활을 해 왔고 그를 돕기 위해 노향림 시인이 주축이 된 모금운동이 펼쳐졌으며 그의 고향 삼천포 지역 주민들도 성금을 모아 전달하기도 했다. 그만큼 그의 죽음은 남다른 의미가 있었다. 신인의 탄생을 위한 백일장에서 쓰러졌다는 게 그것이다. 박재삼은 열일곱 살 때 진주에서 개최된 제1회 영남예술제에서 시조 「촉석루」로 차상에 입선한 백일장 출신이다.

　생전에 만나 볼 겨를도 없었던 그의 오비추어리를 쓰기 위해 탄생에서 죽음에 이르는 작가 연보를 뒤지던 기억이 엊그제만 같다. 박재삼 선생을 떠올릴 때 '삼천 원의 시인'이라는 이미지가 먼저 뇌리를 스치는 것은 연보 때문일 것이다.

1933년 4월 아버지 박찬홍과 어머니 김어지의 둘째 아들로 일본 도쿄에서 출생.

1936년 가족 모두가 귀국해 경남 삼천포시에 정착.

1946년 삼천포초등학교 졸업 후 입학금 삼천 원이 없어 삼천포중학교로 진학을 못 하고 삼천포여중에 사환으로 들어감.

'삼천 원이 없어'라는 대목에서 코끝이 시큰해진다. 박재삼의 부친 박창홍은 '수부水夫', 즉 배에서 허드렛일을 하는 잡부는 물론 삼천포에서 모래 채취 노동을 하며 생계를 꾸려 갔다. 그런 어려운 생활 속에서도 박재삼은 초등학교 때 1등을 놓치지 않았고 생활기록부엔 "두뇌가 명석하고 재능이 뛰어난 천재"라고 적혀 있다. 실력으로는 능히 가고도 남았을 중학교에 기부금 '삼천 원'이 없어 진학을 못 하고 그는 신문 배달을 하게 된다. 그 무렵, 삼천포여중 가사 담당 여선생이 학교 사환 자리를 소년 박재삼에게 소개한 덕분에 낮에는 사환 일을 보고 저녁엔 삼천포중학교 병설 야간 중학교에서 공부를 할 수 있었다.

마침 국어 교사로 있던 시조 시인 김상옥의 첫 시조집 『초적草笛』을 공책에 베껴 애송하며 시를 쓰기 시작한 그는 삼천포고등학교를 졸업한 이듬해인 1954년 김상옥의 소개로 창간 작업을 하고 있던 현대문학사에 들어간다. 이때도 편집 일이 아닌 허드렛일을 하는 사환 격이었다. 이후 1955년 고려대 국문과 1학년 때 시조 「섭리攝理」가 유치환에 의해 2회 추천 그리고 시「정적靜寂」이 서정주에 의해《현대문학》에 최종 추천되어 문단에 데뷔한다.

하지만 잦은 결석으로 고려대 3학년 재학 중 등교 정지 처분에 이어 제적을 당할 만큼 그는 생활 전선에 뛰어들어야 했다. 문예춘추사, 삼중당, 월간《바둑》,〈대한일보〉바둑기자 등을 전전하던 그가 어느 정도 안정된 생활에 접어든 것은 훗날 서울 동대문구 답십리동 11-83번지에 처음으로 집을 마련하면서이다.

동대문구 답십리동 11의 83
내가 전에 살았던
이 번지수를 기억하는 사람은
우리 식구 말고
한 사람의 집배원이 있었다.
숨을 몰아쉬는 가파른 그 언덕에는
거기에 집이 있는 사람들과
낮에는 몇몇 행상들과
집배원이 집에 올 뿐
그리고는 이 세상에서
가장 귀한 밝은 햇빛과 빛나는 바람이

문학아
밖에 나가서
다시 얼어 오렴아

수시로 드나들고 있었다.

그것은 하늘하고만 제일 가까운 것을

속으로 자랑하고 있었던 것이 아니었을까.

그 막다른 골목에서

마지막으로 배달을 마친 집배원을 불러

어쩌다가 소주 대접을 했었다.

거기서 우리는 이사해 왔다.

그러나 우편물은 이사 가자 그리로 바로 오는 편지를

그 집배원이 배려해 주었다.

박재삼, 「어느 집배원을 생각하며」 일부

답십리 언덕배기를 숨을 몰아쉰 채 오르내리며 마지막 우편물을 전해 주고 가는 집배원에게 소주 한 잔을 대접했다는 대목은 박재삼이 어떤 치기도, 기교도 없는 맑은 영혼의 소유자임을 단박에 알 수 있게 한다. "마음이 가난한 사람은 복이 있나니 하늘나라가 그들의 것이다"(『마태복음』 5장 3절)라는 성경 구절에 빗댈 필요도 없이 마음이 가난하다는 말의 진가는 요즘처럼 번다한 기교의 시단에서는 찾아보기 어려운 게 사실이다.

흔히 박재삼의 대표 시를 말할 때 "이제는 미칠 일 하나로 바다에 다와 가는/ 소리 죽은 가을 강을 처음 보겠네"라고 노래한 초기 시 「울음이 타는 가을」(《사상계》, 1959)를 꼽지만 그와 더불어 나는 개인적으로 고혈압과 위궤양으로 잦은 병치레를 하던 그의 말년

작품에 눈길이 간다. 요즘 나는 서가에 꽂혀 있는 박재삼의 열세
번째 시집『꽃은 푸른빛을 피하고』를 가끔 꺼내 보면서 작은 위안
을 받는다.

　　푸르다는 것은
　　대지의 기름기를 가리지 않고
　　흠뻑 빨아들여서
　　숨이 차도록 될 때
　　비로소 내뱉는 빛인가,
　　거기에는 늘
　　왕성한 것만 중심으로
　　엉겨드는 것이네.
　　풀잎이나 나뭇잎이 내뱉는
　　그 한 빛깔을 보아라.

　　가장 아름다운
　　꽃 언저리에 와서는
　　그런 전심전력이 아니라,
　　어쩌면 꺼질 것만 같은
　　가장 연약한 기운을 타고
　　제일 높은 데 올라와서는
　　빨강이나 노랑

또는 흰빛은 취하건만

푸른빛 하나는 피하고 없네.

박재삼, 「꽃은 푸른빛을 피하고」

1991년 출간된 이 시집이 언제 수중에 들어왔는지는 정확히 기억나지 않는다. 어쩌면 그의 오비추어리를 쓰기 위해 서점에 구입했던 것도 같다. 이 시집을 묶을 당시 그는 이사를 가서 서울 동대문구 묵동 177-3번지에 살고 있었으니 묵동 시절에 작은 화단에 핀 꽃송이를 보고 이 시를 썼을지도 모를 일이다.

시를 읽으면서 내가 어느새 박재삼이 이 시를 쓴 나이에 이르렀다는 데 새삼 놀라게 된다. 꽃도 빨강이나 노랑, 흰빛은 취하고 푸른빛을 피하는데, 하물며 호모 사피엔스인 내가 삼가야 할 게 무엇일까를 곰곰 생각케 하는 시가 아닐 수 없다. 시집에 쓴 박재삼의 자서自序에서도 그의 투명한 시심이 묻어난다.

이것이 내 열세 권째의 시집이 된다. 나로서는 그사이 고혈압과 위궤양에 시달려서 그런지 한다고는 했지만, 결국은 알찬 열매를 거두어들이기는커녕 쭉정이만 바구니에 남은 셈이다. 그러나 이렇게 하는 것이 내 실력이고 보니, 이제 와서 늦게나마 불가항력을 세월 속에 느끼는 것이라고나 할까. 이런 장삿속도 없는 시집을 내준다는 것이 나로서는 그저 부끄러울 뿐이다.

평생 여러 출판사를 옮겨 다니며 서푼도 안 되는 집필료나 일어 번역료를 받아 가난하게 살다 간 박재삼. 그는 시, 시조, 동시 모두를 아울렀고 특히 한민족의 애한적哀恨的 가락이 절절히 울리는 시조에 능했다. 삼천 원이 없어 중학교에 진학하지 못한 소년 박재삼. 딴은 삼천 원이 있었다면 박재삼은 시인이 되지 못했을 것이다.

고향에서 잠들지 못한 시인 이성부

　내가 늦깎이로 등단했을 무렵 이시영 시인은 "고향이 어디냐"고
물었다. "선산은 전남 옥과에 있지만 태어난 곳은 광주"라고 대답
하자 그는 "광주가 고향이라면 과연 감당할 수 있을까"라면서 약력
란에 옥과 출신이라고 쓰길 은근히 권했다. 옥과는 이시영 시인의
고향 구례와 이웃한 소읍이란 점에서 이웃 동네 출신의 후배 시인
을 맞이한다는 의미와 함께 시적 서정성을 추구하자면 광주보다는
옥과가 어떻겠냐고 은근슬쩍 속을 떠본 것일 수 있다.

　나는 약력란에 고향을 광주라고 썼다. 그때는 이시영 시인의 말
마따나 광주가 내게 엄청난 역사적 무게로 다가올지는 미처 실감

치 못했다. 기억 속에 영원한 부채 의식으로 가라앉은 광주민주화 항쟁의 생채기와 미완의 혁명으로 끝난 모스크바의 현실이 교직 되면서 혁명도 아스라한 추억이 되고 만 20세기 끝자락에 매달려 시를 쓰게 된 내게 광주는 그만큼 역사적 중압감의 고향이었다. 광주에 관한 시편을 몇 편 쓰긴 했지만 나는 한 번도 광주의 얼굴을 정면으로 바라본 적이 없는 것 같다.

그러다 이성부 시인의 시를 만나면서 나는 광주의 무게를 다시 알게 되었다. 소설가 김훈이 유신의 절정기였던 1974년 한국일보 사에 입사했을 때 이성부는 5년 먼저 들어와 있던 선배였다. 그 후 15년 동안 둘은 같은 직장에서 얼굴을 익혔고 신문사 근처 목욕탕 에서 벌거벗은 채 조우하기도 했으며 술잔을 기울이기도 했다. 김훈 은 이성부에 대해 이렇게 진술했다.

그에 대한 인사 발령에 있고 나서 며칠 후 우리들은 자주 만나던 인사동 목욕탕 근처의 한 술집에서 나는 그와 모처럼 한잔 마실 기회 가 있었다. '고향에 다녀왔다'는 것이 그의 첫마디 말이었다. 나는 그 가 족히 그의 고향인 광주에 다녀왔으리라고 생각했다. 그에게 그 인 사 발령이 쓰라린 것은 아닐 테지만, 그가 한 생애를 살면서, 내면의 크고 작은 통과의례를 치를 때, 그 통과의례의 가장 큰 사치로써 그의 고향 광주에 다녀오곤 한다는 것을 나는 알고 있었다. 상처받은 자가 더 크게 상처받은 고향에 가서, 자신의 상처를 더 크고 보편적인 상처 에 비비면서 삶의 통과의례를 매듭짓는다는 것이 눈물겹게 느껴졌고,

그래서 술맛은 자연히 좋았다. 그가 두 번의 사표와 매일 매일의 자기 갈등 속에서, 그러나 몸 바쳐 일해 왔던 저널리즘에 대한 혐오, 그리고 모든 언설 행위에 대한 혐오를 말하기 시작했을 때, 그와 동업자이며 동업의 후배인 나는 아무 할 말이 없었고, 다만 그의 잔을 채울 뿐이었다. '시를 쓰는 나와 신문기자로서의 나는 언제나 상호배반의 관계였다'고 그는 말했다.

김훈, 「시인 이성부」, 『산이 시를 품었네』, 책만드는집

1980년 5월 광주에서의 민주화항쟁이 신군부 세력에 의해 잔인하게 짓밟히고 있을 때 이성부 시인은 〈한국일보〉 자매지인 〈일간스포츠〉 레저부 기자로 일하고 있었다. 광주 시민이 불순 세력에 의해 조종되는 폭도로 매도되며 고립무원의 위기에 처했을 때 그는 서울에서 편집 대장을 들고 계엄사 검열을 받아야 했다. 그는 자신이 그토록 믿고 보듬어 왔던 언어가 일순간에 기만과 폭력의 도구로 쓰이는 것에 당혹하고 분노했지만 아무런 저항도 할 수 없었다.

몸이 쓰러지면서 던지는 한 마디 말
아스팔트 위에 피투성이가 된 말
거짓으로 살아 있을 줄을 모르는 말
불타는 말

몸은 언제나 밖에 있다

총칼과 문자文字와 화려함의 문 밖에

서울의 금줄 밖에

우리들 사랑 밖에

정신보다도 더 믿을 수 있는 것은 몸이다.

살아 있는 것은 오직 몸뿐이다.

이성부, 「몸」 일부

언어가 시인의 손을 떠나 군홧발에 짓뭉개졌을 때, 이성부는 직무상 필요한 글 이외의 어떤 글도 쓰지 않았다. 그는 직장에서 동료들이 기피하던 출장을 자원하여 옛 유배지를 순례하고 명산 명찰을 찾아가 숨은 장인들을 만났다. 그리고 산에 오르기 시작했다.

광주를 고향으로 둔 시인의 무력한 현실도피와 자기학대로 시작된 산행은 그에게 새로운 세계를 열어 주었다. 만고산악회를 이끌기 시작한 것도 이즈음이다. 산행을 통해 그는 시의 몸, 언어의 몸을 회복하기 시작했다. 그 몸은 광주역에서 300미터쯤 떨어진 광주시 대인동에서 4남 2녀의 장남으로 태어나 첫울음을 울던 몸이며, 철길 너머 논둑을 걷다 보면 나타나던 경향방죽에서 멱을 감던 몸이며, 팽나무 고목들의 깊이 파인 구멍에서 친구들과 숨바꼭질을 하던 몸이며, 한국전쟁 때는 여름 3개월 동안 무등산 아래 '꼬두메'라는 마을과 잣고개 너머 '신촌'이라는 산골 마을에서 피난살이를 하던 몸이며, 미군의 B29 폭격기가 광주역과 인근의 곡식 창고를 폭격하던 것을 지켜보던 몸이며, 할아버지와 함께 하수도 맨홀 속에 대피하는 몸이며, 들것에 가득 주검이 실려 가던 처참함을 지켜보던 몸이며, 인민군 치하에서 수난을 당하던 몸이었다. 그 몸은 고스란히 광주의 몸이었다.

나는 어느 날 불현듯 떠오르는 게 있어 동사무소에 가서 주민등록등본을 떼어 보았더니 서울에서만 열다섯 번이나 이사를 다녔다는 사실을 확인하고 잠시 가쁜 숨이 차올랐다. 타향살이가 그만큼 고됐다는 것인데, 그 많은 이사가 내 성장기에 집중되어 있기에 정작 이삿짐을 싸고 푸는 고됨을 부모님만큼 실감하지 못했다. 여기서 '만약'이라는 가정법을 적용해 내가 '만약' 상경하지 않고 광주에 눌러살았다면 나는 이성부의 전사 비슷한 것을 살았을 거라는 생각이 들기도 한다.

광주 수창초등학교를 졸업하고 광주사범병설중학을 거쳐 광주고에 진학한 이성부. 광주고 1학년 때 문예반 선배들을 따라 당시 조선대 교수로 있던 김현승 선생 댁을 방문한 일이며 고교생 문예등용문인 《학원》에 투고한 일이며, 고교 선배인 박봉우, 박성룡, 윤삼하, 정현웅, 강태열 시인과 친교하던 일이며, 한글날 기념 '전국 고교생 한글시 백일장'에서 「사라 호」로 장원에 뽑히던 일이며, 고교 3학년 때 〈전남일보〉 신춘문예에 「바람」으로 당선된 일이며, 이 모든 전사가 내게 있어 남의 일 같지 않던 것은 부초처럼 떠돌던 이향異鄕 살이의 반대급부가 빚어낸 남모를 부러움의 소산인 것이다.

그렇다. 고향은 고향이로되 옛 고향은 아니요, 나는 고향을 이성부의 성장기를 통해 이렇게나마 복원해 보는 것이다. 그것이 '만약'이 가져다준 환상일망정 나는 요즘도 대폿집에서 술잔을 기울이다가 이성부가 제대 후 광주에서 가난한 문인들의 선술집인 금남로의 '오센집'에서 술잔을 기울이며 만난 젊은 인텔리 노동자(그는 당시 광주에서 가장 높은 7층짜리 광주관광호텔 신축 공사장 노동자였다)에 착안해 쓴 〈동아일보〉 신춘문예 당선작 「우리들의 양식糧食」(1967)을 떠올리곤 한다.

　　　모두 서둘고, 侵略처럼 활발한 저녁
　　　내 손은 외국산 베니어를 만지면서,
　　　귀가하는 길목의 허름한 자유와
　　　뿌리 깊은 거리와 식사와
　　　거기 보인 구리 빛 건강의 힘을 점지한다.
　　　톱날에 잘려지는 베니어의 섬세,
　　　快樂의 깊이보다 더 깊게
　　　파고들어가는 노을녘의 技巧들
　　　잘한다 잘한다고 누가 말했어.
　　　한 손에 夕刊을 몰아쥐고
　　　빛나는 구두의 偉大를 남기면서
　　　늠름히 돌아보는 젊은 아저씨.
　　　역사적인 집이야, 조심히 일하도록.

문학아
밖에 나가서
다시 열어 오렴아

홍, 나는 도무지 엉터리 손발이고

밤이면 건방진 책을 읽고, 라디오를 들었다.

함마소리, 자갈을 나르는 아낙네가 십여 명,

몇 사람의 남자는 철근을 정돈한다.

순박하고 땅에 물든 사람들,

힘을 사랑하고 배운 일을 경멸하는 사람들,

저녁상과 젊은 아내가 당신들을 기다린다.

일찍 돌아간다고 당신들은 뱉어내며

그러나 어딘가 거쳐서 헤어지는

그 허술한 空腹,

어쩌면 번쩍이고 누우런 戀愛

거기엔 입, 입들이 살아 있고 天才가 살아 있다.

이성부, 「우리들의 양식」 일부

백애송은 박사학위논문 「이성부 시에 나타난 공간의식」(2016)에서 "베니어는 보기와는 달리 매우 약하다"면서 "이 시에서 베니어는 별로 단단하지 못한 근대화 자체를 상징하기도 한다"라고 지적했다. 거듭되는 경제개발계획은 우리 사회의 모습을 근본적으로 바꾸어 놓았고 대한민국의 산업화는 재벌과 정치 권력에 의해 주도되었으며 대다수 서민들은 사회의 주체로서 발언권을 갖지 못했다. 겉으로 드러난 막대한 물적 증가나 윤택하게 보이는 생활의 변화에도 불구하고 대한민국의 경제는 부의 집중과 극심한 빈부 격차가 나타나는데 이성부는 이 시에서 소외된 계층을 등장시키며 기층민에 대한 깊은 연민의 시선을 보여 주고 있다.

　이성부는 장차 아내가 될 한수아韓秀娥 씨의 남동생 한수현의 이름으로 「노동자의 술」을 투고했는데 고교 시절부터 필명을 떨친 그였기에 마침 〈동아일보〉 문화부장이던 최일남 선생이 한눈에 알아보고 당선 통보를 한 뒤 「우리들의 양식」이라는 제목으로 바꿔 신문에 게재했다는 일화는 유명하다. 이성부에 대한 첫 학위논문이 2016년 백애송에 의해 뒤늦게 작성됐다는 점을 곱씹어 보면 이성부의 문학 세계가 우리 시대에 저평가되거나 홀대받고 있다는 데 생각이 뻗친다. 이성부 시 세계에 대한 재조명과 연구는 이제부터 본격적으로 이루어져야 할 것이다. 나는 개인적으로 이성부의 후기 시보다 초기 시에 더 끌리는 편이다. 그건 오래전 고향을 떠난 자의 슬픔이 고향에 안겨서조차 언어의 비틀림을 통해 한층 진하게 각인되어 있기 때문이다.

　　광주에서는 처음으로 잠을 잘 수 없었다.
　　역설하는 점이 나와 다르고
　　포함되어 있는 편이 다르고
　　미워함이 다르고 진리가 다르고……
　　나는, 너의 살결의 깊이의 붙잡음을
　　너의, 어리둥절한 행위의 포착을
　　열심히 서둘렀다.

문학아
밖에 나가서
다시 얼어 오렴아

— 202 —

異蹟을 기다리며 너는 싸웠다.

밥통같은 오랑캐가 틀림없다면

그때마다 위대했던 나라.

훌륭한 내 옛날의 愛人.

이성부, 「개성」 일부

마지막 카프 시인 이기형

백발이 성성한데도 창작을 멈추지 않았던 이기형(1917~2013) 시인. 금아 피천득 타계 이후 한국 문단의 최고령 문인인 그를 서울 서초동 자택에서 만난 것은 2007년 6월 14일이었다. 그의 입에서는 이광수, 임화, 한용운, 여운형 등 한국 근대사의 주요 인물들이 세월을 건너뛰어 되살아나고 있었다.

"1938년은 내게 가장 중요한 해였어. 함흥서 원산까지 함경선, 원산서 경성까지 경원선을 갈아타고 서울역에서 내려 맨 처음 찾아간 것이 계동 140-8호에 살고 있던 몽양 여운형이었지. 그다음엔 '심우장'으로 만해 한용운을 찾아갔지. 독립운동에 대한 얘기를 나눴어. 이광수는 사흘 내리 찾아갔지. 이광수는 지금의 상명여대 앞에 살고 있었는데 마침 부인 허영숙 씨가 하는 효자동 산원産院

에 가고 없더군. 자하문 고개를 뛰어서 넘어 산원으로 가니 내실에 앉아 있더군. 이틀 동안은 문학 이야기만 했는데 사흘째는 내가 이광수의 내선일체론을 면전에서 공격했더랬지. 이광수는 '나도 이 군만 한 나이에는 이 군처럼 생각했어. 그러나 이 군도 살아 보면 내 생각과 같아질 것이네'라고 말하더군. 그 후에 내가 가진 이광수 책을 전부 불살라 버렸어."

그의 시간은 1938년에 오래 멈춰져 있었다. 매몰된 시간의 발굴이랄까. "며칠 전(6월 10일)에도 경남 거창에 갔다 왔어. 거창 지역 빨치산이었던 전사옥의 묘비 제막식이 열렸지. 내가 몽양 선생 집에서 알았던 사람이야. 거창서는 빨갱이라고 소문나 후손들이 숱한 곤란을 겪었는데 세월이 바뀌어 이제 그 아들이 묘비를 세운다잖아. 그 때문에 시청 앞에서 열린 6·10항쟁 20주년 기념집회에는 참석하지 못했지만 말일세."

그는 몸이 열이라도 모자랐다. 3월 31일 밀양에서 열린 태평양문학회, 4월 3일 제주도 4·3항쟁 기념식, 4월 4일 경산문학회, 4월 5일 서울 재야 집회……. 인터뷰 당일에도 수원에서 열린 문학집회에 참석하고 돌아온 참이었다. 백발은 다만 세월의 흔적일 뿐, 그의 피는 아직도 청년이었다. 무엇이 구순의 그를 전국으로 떠돌게 했는가.

함남 함주군 천서면 신흥리 산골에서 화전민의 아들로 태어난 그는 열두 살 때 야학 선생으로부터 한설야에 대한 이야기를 처음 듣는다. "한병도라는 사람이 함흥에서 소설을 쓰고 있다고 했지.

그 사람 필명이 한설야라는 거야. 이때부터 문학에 뜻을 품었던 것 같아."

생후 여섯 달 만에 아버지를 잃고 편모슬하에서 자란 그는 함흥 고보를 졸업하고 함흥시청에 들어간다. 월급 20원에 출세가 보장된 자리였다. 스물한 살 때 홀로 되어 외아들을 키운 어머니의 고생을 생각하면 그는 착실하게 모친을 봉양했어야 한다. 하지만 그는 1년 만에 직장을 그만둔다. "그때는 독립운동을 할 작정을 하고 중국 옌안으로 건너가려고 했지……. 독립운동을 하면 가정을 돌보지 않는다는 게 내게 각인되어 있었어. 옌안으로 떠나기 전, 한설야를 집으로 찾아갔더니 경성에 가면 몽양 여운형 선생을 찾아 가라고 하시더군."

그는 경성에 내려와 몽양에게 배우고 마르크스주의 사학자인 문석준과 교유했으며 이기영, 임화, 박세영 등 카프(KAPF) 출신 문인과 이태준, 안회남, 지하련 등 훗날의 월북 문인들과도 어울렸다.

2007년 자택에서
시집에 사인을 하고 있는
이기형 시인

문학아
밖에 나가서
다시 열어 오렴아

몽양과의 인연은 더욱 깊었다. "1943년 내가 니혼대학 예술부 창작과에 다닐 때 몽양 선생이 도쿄에 와서 6촌 여동생 집에 머물고 있었지. 그 집에 가서 두어 번 식사를 같이했는데 한번은 그 처자가 내게 편지를 보냈어. 연애편지였지. 신식 공부는 안 한 수줍은 처자였는데 어디서 그런 용기가 났는지……. 이름은 여운창. 지금도 나지막하게 굴러가는 듯, 고운 목소리가 선명하다네."

이기형은 1944년 여름 몽양의 주례로 여운창과 혼례를 올린다. 몽양 자택에서 멀지 않은 가회동 초가집 마당에서였다. 카프 비평가 임화와 국문학자 김태준이 나란히 축사를 했다. "프랑스 비평가의 말을 인용한 김태준의 축사는 지금도 기억나. '허위는 복잡하고 진실은 단순하다'는 내용이었어. 임화는 중국 고사를 인용했는데 생각나지 않아."

이기형의 공식 이력은 1947년 몽양 선생 암살 후 33년 동안 '일체의 공적 사회 활동을 중지하고 서울 뒷골목에 칩거'로 되어 있다. 하지만 그 33년 동안 그는 북한에서 〈민주조선〉〈농민신문〉〈노동자신문〉 기자를 거쳤고 한국전쟁 때 〈농민신문〉 종군기자 신분으로 월남해 빨치산 활동을 하다 체포, 투옥, 석방된 후 〈동신일보〉〈중외신보〉 기자로 다시 활동했다. 그런 만큼 그의 가슴엔 아직 못다 한 이야기가 산더미 같다.

북에서 반생을 살았고 남에서도 반생을 살았던 그는 이제 21세기로 접어들어 두 번째 삶을 살고 있다. 그럼에도 그의 가슴은 늘 1938년에서 두근거린다. 그에게 장수 비결을 물었다. "정신적 낙관주의라고나 할까. 구십 넘어 사는 일을 생각하면 수많은 어려운 일을 당했을 때 자제할 수 있는 힘이 중요한 것 같아. 성격이 급하면 폭발하고 말았겠지. 그 폭발이 수명과 관련되는 것이고……. 지금 와 생각하면 시 쓰는 힘, 그것이 인간을 젊게 하는 것이야. 젊은 마음이어야 시를 쓸 수 있어."

그는 하루에도 수십 통의 전화를 걸고 받았다. 빨래와 쓰레기 분리수거도 그의 몫이었다. "눈을 뜨고 있는 한 1초도 쉬지 않고 움직여. 그게 건강의 비결이야. 잠은 되도록 빨리 자. 저녁 9시 반에 잠들었다가 새벽 4시면 일어나지."

그의 눈엔 남과 북이 한 탯줄의 쌍둥이쯤으로 보일 법하다. "1930년대 카프 시절에 거의 모든 평론을 읽었어. 그런데 80년대 민족문학작가회의에 가입하고 보니 그게 카프의 아들이라는 생각이 들더군. 둘 다 서정이 부족한 게 흠이지만 말일세."

그는 비록 카프의 맹원은 아니었지만 카프의 향수를 가장 오래도록 간직하고 있는 우리 시대 마지막 카프에 다름 아니다.

일제강점기 반일 군사훈련 조직이던 '조선민족해방협동단' 이야기라든가, 해방 직후 북한 문단의 동향을 어림할 수 있는 소설가 황건, 시인 김상호, 문화성 부상 박웅걸에 대한 이야기는 그만이 들려줄 수 있는 구술 현대사의 한 장면이다.

"통일이 되기 전에는 눈을 감을 수 없어. 그래서 자서전도 아직 시작하지 않고 있지."

그의 눈에는 어릴 적 고향 마을의 등짝에 책보를 질끈 동여맨

조무래기들이 보이고, 서울 서대문 밖 안산과 고향 뽀로지 뿔바위가 숨바꼭질한다. 모든 것이 변해 버렸지만 변하지 않는 건 기억이다. 기억이 그의 독보성이다.

시인의 눈물

2005년 7월 25일, 평양 순안비행장. 평양과 백두산, 묘향산을 순회하며 열린 5박 6일 동안의 '남북작가대회' 일정을 마친 남측 대표단은 순안비행장에 속속 도착하고 있었다. 모두들 김포공항으로 날아갈 고려항공에 오르기 위해 줄을 서고 있을 때 이기형 시인이 잠시 시야에서 사라졌다는 것을 눈치챈 사람은 극소수였다. 그는 북측의 안내로 공항 응접실로 향했다. 딸 호정 씨를 만나기 위해서였다. 한국전쟁 때 북에 두고 온 딸이었다.

그의 방북은 2003년 평양에서 열린 정주영체육관 준공식 때가 처음이고 이번이 두 번째였다. 첫 방북 때는 상봉이 이뤄지지 못했다. 그래도 그는 한 가닥 희망을 품고 있었다. 88세라는 고령을 감안하면 인도주의 차원에서라도 극적인 상봉을 주선하지 않겠냐는 기대감이었다. 잘도 참았건만 대회 넷째 날 백두산 천지에서 열린 '통일문학의 해돋이' 행사에서 그는 끝내 눈물을 비쳤다. 그가 월북 시인 오영재를 붙들고 "어머니를 북에 두고 내려온 나와, 어머니를 남에 두고 올라온 당신은 같은 처지요, 같은 불효자야"라고 흐느낄 때 오영재 시인 역시 눈물로 화답할 따름이었다.

이보다 5년 앞서 오영재 시인은 2000년 8·15 광복절에 즈음한

남북 이산가족 상봉단 일원으로 서울에 와 형제들을 만났다. 하지만 그가 확인한 것은 어머니의 죽음이었다.

천붕天崩의 슬픔을 떨쳐 버릴 수 없었던 그는 시 「곽앵순 엄마」를 즉석에서 써 남한의 언론에 공개했다.

> 차라리 몰랐더라면,
> 차라리 아들이 죽은 줄로 생각해 버리셨다면,
> 속고통 그리 크시었으랴……
> 그리워 밤마다 뜬눈으로 새우시어서
> 꿈마다 대전에서 평양까지 오가시느라 몸이 지쳐서……
> 그래서 더 일찍 가시었습니까.
> 아, 이제는 이 세상에 계시지 않는
> 어머니 나의 엄마!
> 그래서 나는 더 서럽습니다.
> 곽앵순 엄마!
>
> 오영재, 「곽앵순 엄마」

이기형이 순안비행장 접견실에서 딸의 입을 통해 확인한 것도 1986년 세상을 뜬 어머니의 죽음이었다. 한국전쟁 때 다섯 살이던 딸은 쉰여덟이었다. 위로 아들이 있었지만 지방 출장 중이어서 공항에는 나오지 못했다. 단 15분 동안 만나기 위해 55년을 기다려 온 그는 접견실을 나와서도 눈이 붉었다. 노시인의 눈물은 남측 대표단 일원인 손세실리아 시인의 눈에 시로 형상화되었다.

　눈썹도 수염도 모르긴 몰라도 거웃까지 백발일 구순 시인이 오십
넘은 딸과의 상봉을 찰나에 끝마치고 기약 없이 헤어지며 등 돌려 찍
어 내던 눈물은 어디에도 없다 들쭉술과 두메양귀비꽃 타령에 모국어
와 통일문학 어쩌고저쩌고 같잖은 말장난만 빡빡하다 갈피에 낀 단체
사진을 본다 학생소년궁전 앞 대리석 돌계단에는 북측 사진사의 신김
치―를 착실히 따라 하는 노시인의 입매가 반쯤은 웃고 반쯤은 일그러
져 있다 젖 달라 보채는 갓난 여식 품에 안은 채

손세실리아, 「다시 쓰는 시」

소설가 천승세와 출생의 비밀

　소설가 천승세(1939~)를 만나러 가는 길에 여러 상념이 머릿속을 휘돈다. 천승세는 천상 바다의 아들이다. 그에게는 바다의 신 포세이돈의 아들 오리온의 이미지가 있다. 그리스 신화에 따르면 오리온은 바닷속을 걸을 수 있는 힘이 있었는데, 너무 거인이어서 바다에 들어가도 바닷물이 어깨밖에 닿지 않았다고 한다. 언젠가 읽은 그림동화의 한 장면 같기도 하다.

　역전으로 마중을 나온 천승세의 뒤를 따라가다 흑산도 홍어가 곰삭은 암모니아 냄새를 풍기는 목포 선창가로 접어든다. 천승세의 단골 선술집에 마주 앉자 창밖으로 삼학도가 손에 잡힐 듯 내다 보인다. 선창가에서 이난영의 「목포의 눈물」이 애처롭게 들려온다.

"사공의 뱃노래 가물거리며 삼학도 파도 깊이 스며드는데 부두의 새악시 아롱 젖은 옷자락 이별의 눈물이냐 목포의 설움~"

움푹 패어 남보다 두 배는 더 눈물이 고일 것 같은 그의 눈동자에서도 홍어의 톡 쏘는 육질이 느껴진다. 1958년 〈동아일보〉 신춘문예에 단편 「점례와 소」로 문단에 나온 그가 반세기 너머 떠돌았던 곳이 강화, 제주, 인천을 찍고 다시 고향 목포다. 지명으로만 봐도 바다 없이는 못 사는 사내인 것이다.

"요즘 작가들은 문학이 얼마나 아름다운 것인지 잘 모를걸세. 37도 체온이 벌벌 끓던 시절에서 보면 지금 이게 온전한 문학 동네인지 잘 모르겠어. 그때에 비하면 요즘 문인은 문인도 아니지. 요즘 문학 동네는 완전히 변질됐어. 본체가 바뀐 게지. 창작이란 육신을 던져 버리는, 예술을 위해 순교하는 장소인 것인데……."

그가 말하는 그때란 긴급조치 1호 발동으로 대한민국 헌정 사상 표현의 자유가 가장 엄혹한 해였다. 1974년 11월 민족, 민중, 민주를 지향하는 문예운동 조직인 자유실천문인협의회(자실)가 태동했을 때부터 1987년 6월항쟁의 승리에 힘입어 사단법인 민족문학작가회의(민작)로 재창립되던 시절에 그는 문단의 중심에 있었다. "내가 자실 부위원장을 맡고 있었는데 그때 회원이 429명이었어. 다 뜨거운 아이들이었지."

왜 뜨거운 아이들이었던가. 민족문학작가회의는 1989년에 남북작가회담을 추진했다. 고은 시인을 비롯한 많은 문인들이 버스를 타고 판문점으로 향했으나 정권의 탄압으로 결국 무산되고 말았다.

"문인들이 마포경찰서에 압송되었는데, 나는 후방 사령관으로 작가회의 사무실에 남아 사태를 주시했었어. 난 글 쓴다고 해서 문인들이 문약文弱인 게 딱 질색이야. 문인도 펜뿐만 아니라 완력으로도 강하다는 걸 보여 줘야겠다고 생각했어. 마포서에서 고생하고 있는 문우들을 위해 박카스 병에 소주를 담아 경찰서로 돌진했는데 그때 형사들이 우리를 보고 '풀잎'이 떴다고 무선으로 주고받더군. 기동대의 포위를 뚫고 들어가 유치장에 갇힌 문우들에게 박카스 병을 전달했지……."

그는 당시를 회상하며 한참 말이 없다가 입을 열었다. "내게 아름다운 시절은 그게 끝이었어. 하지만 아름다운 사람들을 기억하기 위해 요즘 문단 회고록을 쓰고 있지. 천상병, 박재삼, 이형기……. 작고한 문인들이지만 그들의 삶이 얼마나 아름다웠는지, 요즘 사람들이 알아야 하겠기에 조만간 '꽃 같은 세월아, 꽃 같은 사람아'라는 제목으로 책을 펴낼 생각일세."

천승세는 문학과 삶이 일치하는 드문 문인이다. 「포대령」(1968) 「신궁」(1977) 「혜자의 눈꽃」(1978) 등의 작품은 그를 전후 리얼리즘 문학의 선두에 위치시켰다. 인정주의에 입각해 인간다운 삶의 가치를 정情의 세계에서 찾으려는 한국적 휴머니즘을 문학적으로 승화시켰다는 평을 들었다. 「포대령」의 주인공 김달봉은 전쟁의 기억에서 자신의 존재 의미를 느끼는 문제적 인간으로 그려진다.

현재는 모든 공간이 영내야! 모든 사람은 모두 포병이어야 해! 모든 모순은 다 적이야! 생활하는 모든 전선은 치열한 전선이야!

천승세, 「포대령」

「포대령」의 이 구절은 작품이 발표된 지 반세기가 지난 오늘까지도 우리 삶의 진경에 대한 커다란 울림으로 다가온다. 게다가 한국 희곡 문학의 백미인 그의 작품 「만선」(1964)은 민족사의 총체적 진실에 육박해 있는 토속어의 보고로 평가받는다.

그에게는 아직 미완의 작품 하나가 남아 있다. 1985년 조정래가 주간을 맡고 있던 월간 《한국문학》에 연재했던 「빙등氷燈」이 그것. 한국문학뿐만 아니라 세계문학에도 전례가 없는, 베링해에서의 원양 조업 경험을 바탕으로 한 이 소설은 5부작 가운데 2부작까지 연재된 상태에서 안기부의 압력으로 중단되고 말았다. "문학은 충동이야. 그 순간에 쓰지 않으면 안 되는 충동. 20여 년을 묵히다 보니 작품에서 멀어질 수밖에."

그는 민족문학작가회의가 '민족'이라는 단어를 빼고 한국작가회의로 변신할 때 이른바 개명파들을 향해 완고하고도 다혈질적 언성을 거침없이 쏟아 냈었다. "민작 회원이 현재 1,400명이라는데, 이 가운데 200명쯤은 문인협회에서도 받아주지 않는 자질 없는 자들이지. 전혀 이질적인 회원들을 쓸어 모은 조직에서는 외연 확장만 신경 쓸 뿐, 내포가 없는 거야. 외연은 세력일 뿐, 그게 문학은 아니라는 말이야. 요즘 문학은 내포가 없어. 문학이 한 권세로 가

버리는 시대지. '민족national'을 빼자고 주장하는 개명파들에게 한 마디 하고 싶네. 난 영어는 모르지만 'national'이 절대로 우익을 포괄하고 반영하는 게 아니야. 오히려 '민족'을 빼자는 주장 자체가 문예 사대주의에 의한 문명 비판인 것이야. 그들이 문예 보수가 되어 있는 것이지. 쉽게 말하자면 문인들 간의 잔정마저 버리자는 것이 개명파들이 하는 짓이야."

그는 요즘 문학판이 못내 섭섭하다. 문학이 취미로 전락되고 있다는 느낌이 들어서다. "문학은 운명이어야 하는데……. 그게 다 자실이 해체되고 민작이 사단법인화되면서 시작된 것이지. 난 민작이 정부 예산을 받는 등록 단체가 되면서 이런 사달이 벌어진 것이라고 봐. 지금도 지방 아이(문인)들은 민작 개명파들에 대해 분개하고 있어. 차라리 분당하자는 목소리도 들리지. 하지만 난 본토 수복을 할지언정, 민작을 둘로 쪼개는 것은 안 할 작정이야. 민작은 문학처럼 내 운명이니 말이지."

한 시대의 파도를 넘어 오늘에 이른 그는 유달산 자락 용당동의 한 허름한 아파트에서 사위어 가는 문학 혼을 되살리기 위해 애면 글면 씨름하고 있었다. 무엇이 그를 이곳으로 떠밀었을까. 상념은 검푸른 물굽이가 되어 선창가를 매섭게 때리고 있었다.

여류 소설가 박화성의 아들

하동河童 천승세. 1939년 2월 23일생. 호적상의 나이다. 그럼에도 불구, 1933년생인 시인 고은에게 "은아, 막걸리 한잔 꺾자"라고 호걸스럽게 술을 청하는 유일무이한 문인이 또한 천승세다. 39년생이 33년생에게 말을 놓다니 가당키나 한 일이던가. 그러나 고은은 지난 1995년 목포 유달산 아래 박화성문학관 개관식에 참석했다가 한 장의 사진을 보고서 천승세를 33년생으로 인정하기에 이른다.

천승세의 회고에 따르면 그 자신은 코흘리개 시절, 목포 근처의 어느 섬에 살고 있었다. 가끔 어머니인 박화성朴花城(1904~1988)씨가 예쁜 양산을 쓴 채 배를 타고 섬에 찾아와 그를 만나 보고 갔다고 한다. "배에 인력거를 싣고 오셨는데 인력거에서 내리지도 않고 앉아 계셨어."

1988년 1월 30일 오후 6시 한국 최초의 여류 소설가 박화성이 숨을 거두기 직전, 임종을 지키던 천승세는 유언이라도 한마디 남기시라고 수없이 청했다. 어머니는 마지막 사투를 다해 한마디를 한다. 절박하게 울부짖은 말은 "나를 살려 내라"는 단 한마디. 그때부터 아들의 영혼은 상처가 켜켜이 쌓여 군은살처럼 딱딱하게 굳어 버렸다.

"난 어머니와 마지막 순간까지 불화했어. 운명적, 태생적으로 말이야. 하늘이 하나인 줄 알았는데, 어머니가 돌아가시자 하늘이 두 개이더군. 난 우주 공간의 푸른 대기만 봐 왔는데 어머니라는 하늘이 하나 더 떠 있었어."

장례를 마친 그는 어머니가 좋아하시던 꽃도 나무도 싫었고, 자취가 묻어 있는 목포도 서울도 싫었다. 1988년 5월, 그는 김포의 최북단 농촌 마을로 들어간다. "1년 동안 하루 밥 한 끼를 먹는 둥

마는 둥 하고 술만 먹고 살던 시절이었지. 내가 살아서 어머니 문학에 누를 끼치고 싶지 않아서였는데……. 제일 팔팔할 때 문학을 놓아 버리자고 작심도 했었지."

김포의 내로라하는 술꾼들도 그를 '무서운 짐승'이라고 부르던 시절이었다. 하지만 그는 짐승이란 말이 좋았다. "그 역설이 '죽을 때까지 문학을 하자'로 바뀌더구먼. 이를테면 한 줄의 시는 뭐냐? 덫에 걸린 사춘기 승냥이 같은 절규가 시란 말이지. 울고 싶을 때 울어야 하는 게 시이듯 절절한 포유동물의 절규가 바로 시인 것이지. 내 예술 정신이라면 그것 하나야. '난 다시 신인으로 태어나고 싶다.' 매년 이렇게 외치면서 50년을 버틴 것이야. 죽을 때까지 신인으로 살고 싶을 따름이야."

그에게 어머니의 바다는 대체 무엇이란 말인가. 박화성문학기념관에 걸려 있는 사진 한 장이 무엇보다도 의미심장한 이야기를 들려주고 있다. 1965년 9월 창립된 여성문학인회 초대 회장을 지난 박화성의 젊은 시절에서 우리는 말년의 화려했던 문학인의 풍모와는 사뭇 다른 여러 가지 모습을 쉽게 엿볼 수 있다.

1904년 전남 목포의 선창가 객주업을 하던 부유한 집안의 5남매 중 막내로 태어난 박화성은 어렸을 적부터 총명하고 자유분방한 기질이었다. 네 살 때 『천자문』을 읽고, 일고여덟 살 때부터 『삼국지』 『홍루몽』 등 중국 고전소설을 독파한 그는 목포 정명여학교 재학 때인 열대여섯에 「유랑의 소녀」라는 제목의 소설을 쓰는 등 일찌감치 문재를 과시했다. 서울로 올라와 정신여학교에 다니다가

문학아
밖에 나가서
다시 열어 오렴아

엄격하고 까다로운 학교 분위기가 싫어 숙명여자고등보통학교로 옮겼다는 것은 널리 알려진 이야기다.

박화성은 21세 때인 1925년 1월 이광수의 추천으로《조선문단》에 단편 「추석 전야」를 발표하면서 문단에 데뷔한다. 이광수는 격찬을 아끼지 않았고 그 인연으로 두 사람은 급속하게 가까워지기 시작했다. 20대 처녀의 몸으로 12세 연상인 기혼의 이광수를 좋아했던 일만으로도 박화성의 자유분방한 성격을 엿볼 수 있다. 몇 년 뒤 모윤숙이 등단하면서 세 사람이 삼각관계에 빠지게 되었다는 사실은 후에 박화성이 회고의 글 가운데서도 얻어 읽을 수 있다. 1926년 숙명여고보 개교 이후 최고의 성적인 평균 98점으로 졸업한 뒤 도일, 니혼여대 영문과에 입학한 그는 사회주의 서적을 탐독하며 1928년 1월 결성된 여성 항일구국운동 단체 '근우회' 도쿄지부 창립 대회에서 위원장으로 선출된다. 하지만 그 무렵 아버지의 파산으로 학교를 중퇴하고 귀국한다.

그와 같은 사상적 성향은 사회주의운동을 하다가 투옥된 오빠 박제민의 영향이었다. 박화성은 오빠를 모델로 한 단편 「북국의 여명」을 발표했을 뿐만 아니라 1930년 오빠와 절친한 친구이며 성향이 비슷한 김국진과 가족들에게조차 알리지 않은 채 비밀 결혼식을 올린다. 이후 「하수도 공사」와 장편 『백화』 등을 발표하지만 김국진과의 불화가 갈수록 깊어져 1937년 파경에 이른다. 같은 해 박화성은 목포 지방 굴지의 사업가이던 천독근과 재혼했다. 천독근은 일찍부터 박화성을 연모해 자살 소동까지 벌인 적이 있었다.

박화성은 재혼 이후 일제강점기 말의 혼란을 피해 고향 목포로 내
려와 해방을 맞을 때까지 작품 활동도 접고 가정을 보살폈다.

1942년 여름의 사진. 소설가 박화성(맨 뒤), 남편 천
독근과 장남 승준(아래 왼쪽), 차남 승세(아래 가운데),
삼남 승걸(아래 맨 오른쪽)

　박화성의 세 아들은 모두 문단에 진출했다. 1938년생 천승준은
문학평론가, 그의 부인 이규희는 1963년 〈동아일보〉 장편소설 공
모에서 『속솔이뜸의 댕이』로 당선된 소설가다. 둘째 천승세는 소
설가, 셋째 천승걸은 문학평론가이자 영문학자다.

　여기서 짚고 넘어가야 할 대목이 있다. 둘째 천승세는 호적상
1939년생이지만 그는 오랫동안 32년생으로 행세해 왔고, 문단에
서도 그것을 인정해 왔다. 서라벌예대 문예창작과 1958년 입학 동
기생들 가운데는 김주영, 이근배, 홍기삼, 유현종, 김문수 등이 있

었지만 그는 동기생들과 잘 어울리지 않았다. 오히려 그들보다 7, 8세 위인 이호철(1932년생), 고은(1933년생) 등과 말을 트고 지냈다. 대학 동기생들은 그의 말을 믿으려 하지 않았지만 이호철, 고은 등은 "무슨 사연이 있는지는 몰라도 그가 32년생인 것은 맞다"고 단언했다.

목포 박화성문학관에 전시된 한 장의 사진은 1942년 박화성·천독근 부부와 세 아들이 함께 찍은 것이다. 천승세가 천승준보다 손위라는 것을 사진은 짐작케 한다.

「분지」의 작가 남정현

　스탈린 사후, 철의 장막 소련에서 움튼 '모스크바의 봄'은 1954
년 출간된 일리야 에렌부르크(1891~1967)의 소설 『해빙』과 함께
자유화를 뜻하는 유행어가 되었다. 이후 '봄'이라는 생명과 희망의
이미지는 20세기 내내 정치 변혁의 역동성을 대변해 왔다. 1968
년에는 '프라하의 봄'이 있었다. 독재와 억압의 장막을 걷어 낸 변
혁기의 '60년대 사람들'을 소련에서는 '쉬지샤트니키'로 불렀다.

　한국 현대사에 민주화 물꼬를 튼 4·19세대는 한국판 쉬지샤트
니키인 셈이고 그런 의미에서 소설가 남정현(1933~)은 한국의 에
렌부르크로 부를 만하다. 4·19 기념일에 즈음해 인수봉이 내다보
이는 서울 수유리의 한 찻집에서 남정현을 만났다.

　"1960년대 초, 미국이란 존재는 내게 있어 왠지 혐오의 대상

이었지요. 힘만이 곧 선이요, 정의라고 맹신하는, 험상궂은 밀림의 왕자처럼 보이더군요. 우리와 우방이 아니란 사실을 입증이라도 하듯, 5·16 군부 세력과 결탁하여 민족적 자주권을 회수하려는 4·19 민주 세력을 철저하게 짓밟는 길로 들어선 것이죠. 자신들의 이익을 위해 동방의 초소를 지켜 주는 일종의 효과적인 도구로 한 민족을 헐값에 이용하고 있을 뿐이라는 생각이 들더군요. 그래서 「분지糞地」를 구상하기에 이르렀어요.”

1965년 《현대문학》 3월호에 발표한 단편 「분지」는 발표 당시에도 독특한 문체와 현실 풍자로 화제가 되기는 했으나 정작 문제가 크게 불거진 것은 몇 달 뒤의 일이었다. 「분지」는 주인공 홍만수의 어머니가 항일 독립운동가인 남편을 마중 나갔다가 미군에게 강간당해 미치광이가 되어 결국 죽고 만다는 줄거리. 이 작품에서 미군으로 상징되는 미국은 평화의 수호자는커녕 철저히 자기중심적이고 폭력적인 지배자로 그려진다. 그런데 「분지」가 북한노동당 기관지인 〈조국통일〉에 전재되자 중앙정보부는 남정현을 체포한다.

수사관의 주먹다짐 속에서 그는 원고지 120장 분량의 「분지」를 한 줄 한 줄 읽어 나갔다. “단어 하나하나가 함정이요 낭떠러지였지요. ‘네가 쓴 게 아니라 북에서 온 원고가 아니냐’고 추궁할 때는 어처구니가 없더군요.”

그에게 한·미자유무역협상(FTA)에 대한 소회를 물었다. “FTA는 시장 원리에 입각한 것이라지만 그것은 약육강식을 토대로 한 원리지요. FTA는 일종의 경제 통합인데 경쟁 상대가 되는 나라끼리 통합이라면 몰라도 이대로는 늑대와 토끼의 관계일 뿐이죠. 한쪽은 쫓고 한쪽은 쫓기고. 한·미 간에 이미 군사 통합은 이뤄진 것이고 이제 경제 통합을 거쳐 언어 통합의 시대가 올 수도 있습니다. 먹고 배설하고 노래하고 춤추고……. 모든 것을 미국식으로 하자는 것인데, 그렇게 되면 민족의 다양성이 무너지는 것이죠."

다시 말해 '우리도 미국처럼'이란 슬로건을 걸고 뛰게 되면 지구는 초라해지고 만다는 얘기다. "쇠고기라도 좀 싸게 배불리 먹자"는 찬성의 목소리도 있지 않느냐고 하자 그는 슬며시 웃음 지었다. "좋은 쇠고기를 인류에게 공급하는 데 한·미가 함께 노력하자는 것이 아니지 않습니까. 소를 개방하면 우리 소는 없어지고 말아요. 한우韓牛는 동물원에서나 보게 될지도 몰라요. 시장 원리는 이렇듯 어떤 종種의 멸종을 초래할 수 있어요."

그는 약육강식이 지배하는 시장 원리에 저항하는 패러다임으로 '인간의 원리'를 강조했다. "시장 원리를 동경하는 문명을 제어할 수 있는 인간이 예술가입니다. 예술가들은 인간의 원리에 서서 작업해 왔고 앞으로도 그래야 합니다. 약강이 공존할 수 있는 세계가 곧 인간의 원리가 작동하는 세계인 것이죠. 예술가들은 약강이 공존하는 화해 체제를 추구해야 합니다."

20세기 초, 일본 시대를 살다가 이제는 미국 시대를 살고 있을 뿐이라는 그는 "요즘 세계사의 중심축이 바뀌는 마찰음이 들린다"고 말했다. "북미 회담의 가능성이 전해지고 있는데, 이는 미국이 북한을 무력으로 칠 수 없음을 의미합니다. 약육강식의 원리에 의해 작동되는 미국의 힘이 약해진 것이죠. 유엔도 미국의 뜻을 관철시키기 위해 만들었는데 이제는 미국이 유엔을 통제하지 못하잖아요."

미국적 제국주의가 허물어지는 시대에 접어들었다고 설파한 그는 예술가라면 무릇 축이 변하는 소리를 먼저 들어야 한다고 강조했다. "약육강식의 원리를 버리지 않으면 미국 역시 살 수 없는 게 현실입니다. 작가는 이렇듯 문명사적으로 세계를 들여다봐야 합니다."

남정현이 걸어온 길

1933년 충남 당진 태생인 그는 갓난아이 때부터 목숨과 관련된 크고 작은 사건을 겪었다. 두 살 때 다나카라는 일본인이 아기가 예쁘다며 공중에 번쩍 던졌다가 놓쳐 입 주위에 심한 타박상을 입었다. 입안이 퉁퉁 부어 몇 달이나 젖을 먹지 못했는데 신통하게 살아났다. 네 살 때는 누나가 요에 태워 친구와 함께 흔들다가 떨어뜨려 다시 얼굴이 피범벅이 되었다. 40도 가까운 고열 속에 수개월을 헤맸는데도 죽지는 않았다. 초등학교 3학년 때는 칡뿌리를 캐는 광경을 구경하다가 곡괭이에 뒤통수가 찍혔다. 닷새가 되어도 깨어나지 않자 장례를 준비하던 중 부스스 눈을 떴다. 중학생 때 폐결핵, 장결핵, 임파결핵 등 여러 종의 결핵균이 일시에 그를 덮쳤다. 뼈만 남은 가사 상태에서 3년 동안 누워 지냈다. 그에게는 학교에 다닌 기억이 별반 남아 있지 않다. 하지만 겨우 39킬로그램에서 40킬로그램을 오가는 자그마한 몸에 역사의 무게가 새겨져 있다.

"맑스의 『자본론』과 헤겔의 『정신현상학』을 비롯해 칸트와 사르트르 등을 열심히 읽으며, 인간 정신의 뿌리를 알아 간다는 기쁨에 몸이 아픈 것은 뒷전이었습니다. 일어판 『몬테크리스토 백작』을 읽고는 내 인생의 신천지를 발견한 기분이었지요."

「분지」 필화사건 후 1974년 그는 민청학련사건과 인혁당사건에 연루됐다는 혐의로 남산 정보부 지하실에 끌려간다. "그때 어찌나 얻어맞았는지 잇몸이 주저앉더군요. 74년 8월 15일 육영수 씨가 사망하자 박 정권은 긴급조치를 해제하는 유화책을 썼는데 그 바람에 기소를 못 하고 석방하더군요."

서대문형무소에서 7개월 복역하는 동안 그에게는 단 한 차례의 면회도 허용되지 않았다. 유일한 위로의 대상이 미전향 장기수였다. "그들에게서 인간의 신념이랄까, 양심을 배웠지요. 인간의 양심이란 외부의 폭력 앞에서도 내가 지킬 것은 지킨다는 것이죠. 그들을 통해 나도 인간이 된 것이죠."

그와 함께 4·19 묘역을 찾았다. 절친이었던 박봉우(1934~1990) 시인과 함께 자주 찾았다는 김주열 묘 앞에서 그는 잠시 감회에 젖는가 싶더니 눈동자에 물기가 번졌다. "하늘은 아름다운 사람을 먼저 데려가는 모양이야. 아내 역시 1996년 세상을 떴지요."

1958년 등단, 28세 때인 1961년 「너는 뭐냐」라는 작품으로 《사상계》 주관의 '동인문학상'을 수상한 그는 신망 두터운 작가였다. 하지만 「분지」 사건 이후 그에게는 원고 청탁이 들어오지 않았다. 아내 신순남 씨가 생계를 꾸렸다. 신 씨는 KBS의 번역가로 30여

년을 일하는 동안 '주말의 명화' 등을 담당했다.

"어머니와 아내가 나 땜에 참 고생이 많았어요. 어머니는 항시 기적을 좇는 신비한 시선으로 나를 바라보곤 했지요. 언제나 지금 막 사선을 헤치고 천신만고 구사일생으로 살아 나온 신비한 생명체처럼 말이죠." 살아남은 자의 슬픔이 4·19 묘역으로 번져 들었다.

"80년을 이 땅에서 살았지만, 한 번도 '진짜 세상'에서 살지 못했습니다. 진짜 세상에서 살아 보지 못했기 때문에 나는 아직 한 살도 되지 않은 아이입니다."

그는 미국 시대가 아닌, 우리 시대를 살아 보는 것이 소원이라고 말한다. 외세의 굴레를 벗지 못한 민족의 현실에서 탄생한 게 「분지」였다. 그러나 당시 공안 당국은 「분지」를 북에서 써 준 것을 그를 통해서 발표를 했다고 보았다. 결국 그는 반공법 7조 위반으로 7년형을 구형받았다. 고 안수길 선생과 한승헌 전 감사원장 등이 변호인으로 참여했고, 당시 영민한 젊은 문사로 낙양의 지가를 올렸던 이어령(전 이화여대 교수)이 변호인 측 증인으로 법정에 서기도 한 이 재판은 해방 이후 최고의 필화사건 중 하나로 기록된다. 당시 공안 당국이 내세운 남정현의 죄목은 '미국을 반대하는 것은 곧 용공이고, 용공은 주적인 북한을 이롭게 하는 행위'라는 것이었다.

투철한 현실 인식과 작가 정신으로 무장한 남정현은 그만의 독특한 방식으로 시대의 모순에 저항한다. 문학에 있어 그의 무기는 풍자와 반어, 알레고리와 환상이었다. 하지만 1965년 그 고통에서 겨우 벗어나 현대사의 아이러니를 절절하게 풍자한 「허허 선생」

연작 등을 발표하며 재기하려 했지만, 1974년 발생한 민청학련사건은 그에게 더 크나큰 시련을 안긴다. '장준하, 정일형(민주당 정대철 최고의원의 부친) 등과 학생들을 선동해 국가 전복을 모의했다'는 혐의를 받아 대통령 긴급조치 1호 위반으로 다시 구속된 것. 반복되는 체포와 감금 그리고 고문. 이 악몽은 긴급조치가 해제되던 그해 겨울까지 계속됐다. "글이라는 게 참 어렵습니다. 재판을 받을 때 판사의 첫마디가 '문학이란 무엇인가', '피고는 문학을 뭐라고 생각하는가'라고 갑자기 묻는데 떠올린 말이 '인간을 사랑하는 작업'이라는 말이 저도 모르게 튀어나오더군요."

문학아
밖에 나가서
다시 얼어 오렴아

남정현과의 대담

2014년 11월 30일-쌍문동 자택과 부근 음식점

손창섭, 오상원과 매우 가깝게 지내셨지요.

오상원 씨는 〈동아일보〉 문화부 기자로 재직하고 있었는데 아마 1950년대 말일 거예요. 오상원 씨가 〈동아일보〉와 '원양어선을 타고' 해양문학을 돌아보는 기획을 했었는데 내가 동행 취재를 하기로 했었지요. 원양어업에 대한 르포를 쓰기로 되어 있었는데 오상원 씨가 먼저 작고하는 바람에 그 계획은 무산되었지요. 그는 체격이 좋고 인물이 걸출해서 오래 살 줄 알았는데 단명해서 매우 아쉬워요. 그런데 오상원 씨의 생전 말에 따르면, 손창섭 씨가 광화문 동아일보사에 와서 오상원 씨만 잠깐 만나고 갔다는 거예요.

오상원 씨가 작고했을 때 나는 손창섭 씨를 장례식에서는 보지 못했지요. 그런데 손창섭은 어릴 때 자기 엄마가 외간 남자하고 정을 통하는 것을 본 후 충격을 받아 인간적인 신뢰감에 상처를 입었기 때문에 인간 본성에 대한 왜곡된 심상을 소설로 쓰기 시작했지요. 손창섭의 작품은 상당히 밀도 있고 잘 쓰는 소설이었지요. 나도 어릴 때 손창섭의 소설을 읽고 아주 진실된 사람이고 재밌는 소설이라고 생각해 많이 읽었지요. 인간에 대한 신뢰성, 이게 전쟁

과정에서 많이 왜곡되고 무너졌지요. 나는 그 작가를 상당히 좋아하지만 그런 비극적인 결말에 대해서는 동의하지 못하지요. 나는 문학이라는 것이 인간에 대한 신뢰를 전제하는 것이어야 한다고 생각해요. 아무리 인간이 나락에 빠졌다 할지라도 다시 신뢰감을 회복해야 한다는 것이 내 가치관인데, 그것과는 좀 다른 소설을 쓴 분이지요.

나는 희망을 깔고 신뢰감이 있는 작품을 써야 한다고 생각해요. 손창섭 선생은 그런 의미에서 나와는 반대적인 소설을 쓰셨지요. 나는 한때 오상원과도 그런 얘기를 많이 나눴어요. 어쩌면 인간에 대한 신뢰감이 무너졌기 때문에 일본으로 갔을지도 모르겠어요. 그때 내가 손창섭의 단편 「혈서」라는 것을 봤는데 그 기조는 혈서 쓰듯 글을 쓰고 싶다는 욕망을 표출한 것이어서 인상 깊었지요. 굉장히 인상적인 주제여서 그 양반 작품이 잡지에 나올 때마다 찾아 읽었지요.

어쨌든 손창섭이 한국에 있을 때도 그와 만나는 사람이 아주 적었고 그도 접촉을 싫어했고, 친하게 지낸 사람이 없었지요. 고학으로 일본에서 중고등학교와 대학을 나온다는 것만 해도 대단한 것이지요. 글도 고학을 해서 배웠을 텐데 그건 아주 대단한 일이예요. 옛날에는 일본식 교육이 중고등학교 합쳐서 5년제였었죠. 내가 고보 4학년 때, 중학 3년제 고등학교 3년제로 바뀌었지요. 그래서 나는 이전 선배들보다 1년 학교를 더 다녔지요. 『내가 만난 손창섭』을 읽었는데 손창섭 선생이 "나는 사인이 없소이다"라는 이

문학아
밖에 나가서
다시 열어 오렴아

한마디가 아주 강렬하게 다가오더군요.

손창섭의 일본식 이름이 우에노 마사루였지요. 그건 아마도 요양병원에 입원할 자격을 갖추기 위하여 부인 성을 딴 것으로 추측되네요. 말년에 일본 정부에서 부인인 우에노 여사 몫으로 최저생계비만 나왔을 뿐, 손창섭 선생은 연금을 받지 못했지요. 일본에서 경제활동을 하지 않았기 때문에 연금을 받지 못했던 것이죠. 그런데 남 선생님도 만주까지 갔다 오신 적이 있지요. 경위가 궁금합니다.

서산에서 기차를 타고 간도까지 갔어요. 어디를 경유해서 갔는지는 잘 모르겠고. 초등학교 다닐 때, 내가 서산에서 어떤 도사 양반을 만났는데 그 양반이 만주 구경을 시켜 주겠다고 하길래 따라나섰지요. 신의주에서 압록강을 건너 만주로 들어갔지요. 지금도 생각나는 것은 만주 벌판에 끝없이 펼쳐진 옥수수밭이지요. 정말 끝없는 벌판이더군요. 한 번도 기차에서 내리지 않고 만주 땅으로 직행해서 가 버렸으니까, 도착한 곳은 어디였는지 기억이 안 나요.

문익환 목사 어머니가 간도에서 살았지요. 나도 그 어머니와 얘기를 많이 했지요. 만주 용정에 살았던 분이셨어요. 그분 말에 따르면, 용정에서 가장 먼저 터를 잡고 살았던 조선인 성이 나와 같은 남 씨라는 거예요.

그분이 99세에 돌아가셨는데 기억력이 좋아서 만주 이야기를 훤히 꿰고 계셨지요. 요즘이 백세 시대라고 하지만, 실제로 백 살 먹은 사람을 본 적이 없는데 그분은 정말 장수하신 셈이지요. 내 생각에는 100세 사실 줄 알았는데. 그때 안수길 선생하고 문익환 목사 집이 아주 가까웠어요. 그런데 그분 말씀이 안수길 아버지가 친일파라고 하더군요. 그분의 말씀은 날카롭고 무서울 정도로 강직하셨지요. 한마디로 사람을 쳐 버리더군요. 친일파라고. 만주에서도 친일 세력과 민족 세력으로 한인들이 나뉘어 있었다고 하더군요. 어떻게 친일파냐 하면, 일본 사람이 운영하는 학교에 아이들을 보내는 것으로 구별을 했지요. 안수길 선생 댁에 가면 옆방에 그 아버님이 계셨는데 나하고 오상원하고 자주 가서 뵈었지요. 여러 번 잔 적도 있고. 술 마시다가 차를 놓쳐 못 가고. 그 집이 미아리사거리에서 고대 쪽으로 가는 종암동 길목에 있었어요. 통행금지가 되면 집에 가지 못하고 신세를 지곤 했지요.

안수길 선생은 술을 아주 좋아하셨지요. 그런 인연으로 내가 2013년 안수길 전집 간행위원회 위원장을 맡게 되었지요. 그 집에 최인훈과 나와 오상원이 몰려가곤 했어요. 그게 1960년대 말이지요. 그때 자주 뵈었지요. 그런데 안 선생의 아버님이 일본인만 다니는 학교의 선생이었지요. 그리고 〈만선일보〉라고 만주 신경에서 나온 신문인데 완전히 친일 세력들이 만든 신문인데, 안수길 선생도 그 신문사에서 일을 했지요.

지금 생각하면 그래서 문익환 목사의 어머니께서 안 선생 부친을 친일파라고 단언을 한 것이지요. 내게 그런 말을 할 때 동생인 문동환 씨가 있었는데 어머니한테 '뭐 하러 그런 말씀을 하시냐'고 말리기도 했지요. 문동환 씨 부인이 캐나다 사람이라고 기억하는

데, 어쨌든 그런 기억이 있어요. 그 어머니께서 밤을 새워 용정 이야기를 해 주시곤 했는데 먼동이 터오곤 했지요.

아무튼 간도에 정착한 최초의 한인이 남 씨이고 그다음에 도착한 분이 문익환 목사의 아버지였다고 하더군요.

용정을 비롯하여 만주에 한인 이주민들 간에는 알력이 아주 심했지요. 예를 들어 명동학교는 윤동주가 나온 곳인데, 민족주의 계열이었고 다른 곳은 친일학교가 있었기 때문에 한 마을에서도 확연히 구별이 됐지요.

그러나 제 생각에는 친일학교를 다녔다고 해서 모두 친일파라고 볼 수 없을 만큼 인생은 너무도 복잡한 구조를 가지고 있기에 친일 또는 민족파를 구분하는 문제가 단순하지는 않지요. 생존이 문제에 있어서 자신도 이해할 수 없는 디테일이 개입하기 마련이지요. 당시엔 만주로의 이민이 주로 생계를 위해서 갔기 때문에 일본에서는 민화협이라는 걸 조직하여 만주 이민을 권장했고, 생존이라는 단어에는 결국 친일이라는 문제가 개입될 수밖에 없었던 것이지요.

생계를 위해서 이민 갔던 사람들의 후예가 지금의 중국 조선족이라고 해도 과언이 아닐 겁니다. 진짜 항일운동을 한 민족주의 계열은 극소수에 불과했다고 여겨집니다. 그런데 몇 살 때 만주에 가셨지요?

내가 초등학교 6학년 때 해방됐거든요. 그 이태 전이니까, 4학년 때 두 달 동안 갔던 거죠. 1943년인데, 내가 서산에 돌아오자 집이 발칵 뒤집혔죠. 아버지가 경성사범대를 나와서 충청 일대를 돌아다니며 교장을 하셨는데 교장 댁 아들이 행방불명됐다가 돌아왔다고 해서 난리가 났지요.

아버지가 맨 처음 발령을 받은 곳은 온양온천 지역이었는데 왜냐하면 아버님이 위장병이 있어서 그걸 고치기 위하여 온양에 자원을 하셨지요. 일제강점기, 내가 초등학교를 졸업한 곳은 도고온천이 있는 도고초등학교지요.

저수지가 학교 뒤에 있었고 스케이트 타던 기억이 나네요. 도고초등학교 교장 사택 옆집이 통일교 2인자인 박보희 씨 집이었어요. 그는 나보다 네댓 살 위인데 설날 때마다 와서 아버지한테 세배를 드리곤 했지요. 그이가 사범학교를 진학하려고 했는데 어렸을 때는 나를 데리고 자주 다니곤 했지요. 그때도 과외수업이라는 것이 있었는데 고보에 들어가려면 학교에서 일, 이등을 했어야 했지요. 박보희가 사범학교에서 떨어져서 우는 걸 지금도 기억해요. 그래서 천안농업학교에 진학했지요. 그 후로는 박보희를 만나지 못했지만…….

그는 해방 이후 교원 자격을 따서 초등학교 선생부터 시작을 했는데 학교 때부터 원래 일등만 하던 사람이라 재주가 있어서 그 후에 단기 군사학교 2년제를 나와서 다시 군사학교를 졸업하고 김종필이 만든 중앙정보부에 들어간 걸로 알고 있어요. 그 후에 미국대사관에 무관으로 파견 근무하면서 미국 생활을 했지요. 거기서 문선명을 만나서 통일교 2인자가 될 수 있었지요. 영어를 잘하고 재주가 있는 사람인 것은 틀림없는 사실이지요.

우리 아버지도 그를 우수한 학생으로 인정하고 인물도 훤칠해서 성공할 줄 아셨지요. 그이는 도고에 감밭이라고 하는 곳에 살았는데 교장 관사가 거기에 있었지요. 바로 이웃집이어서 나는 박보희 집에 세배를 가고 그는 우리 집에 세배를 오곤 했어요. 애초에 사범학교에 진학했다면 통일교와 인연을 맺지 못했을 거예요.

만주 갔을 때는 도사라는 분과 둘이서 갔는데, 돌아올 때는 혼자였나요?

나 혼자 돌아왔지요. 그 사람이 무슨 생각을 했는지, 나더러 고향으로 돌아가라고 하더군요. 그 사람은 서산 사람도 아니었는데 나를 홀려 가지고 굉장한 곳을 구경시켜 준다고 데려갔지요. 그때만 해도 학교 교장이라면 대단한 위신이 있었는데 그 집 장남이 없어졌으니(웃음). 우리 집안은 선대부터 선생 집안이지요. 초등학교 들어갈 때도 시험 봐서 들어갔고 중학교 들어갈 때도 그랬어요.

내 바로 밑에 동생은 고등학교 교장을 한 20년 했지요. 내 누이동생도 사대를 나왔고요. 그러니까 우리 집은 선생님 집안이었지요. 나도 진학하기는 대전사범을 들어갔어요. 그런데 6·25가 났지요. 그때 전국에 사범대학 학생들이 서산농고로 들어와서 학업을 계속했는데 그때는 전쟁통이라 학업을 중단하고 내려와 고향에 있는 고보에 다닐 수밖에 없었지요. 고보 졸업장을 가지고서 다시 다니던 학교에 가서 사범학교 졸업장을 받아 내고 교사 자격증을 받았지요.

나도 대전사범에 가서 졸업장을 받았지요. 정교사 자격증도 있어요. 근데, 그 시기에 결핵을 앓기 시작했어요. 졸업장 받기 직전에. 그러니까 교사로 갈 정신이 없었지요. 그저 결핵 치료에만 전념을 할 수밖에요. 나는 더군다나 폐결핵이 임파선에 번져서 목에 욕창이 와서 죽는 걸로 돼 있었지요. 목에 칼을 대고 열두 번이나 수술을 했지요. 목 근육이 너덜너덜해요. 지금도.

혜화동에 있는 병원 내과과장인 목전상 씨가 나를 대여섯 번 수술을 했지요. 만약 당시에 인턴이나 레지던트가 집도를 했다면 나는 죽었을 거예요. 그다음에 사범학교에 진학한 건데, 그때는 장염에 걸려서 몇 달씩 설사를 하고 병을 달고 살았지요. 아버님 제자 중에 대전 선화동에 살던 분이 계셨는데 뜸을 70군데나 놓고 죽을 팔자인 나를 살려 냈지요. 뼈만 남은 상태였어요. 그때 아버지 어머니가 나한테 하시는 말씀이 절대 책을 보지 말라고 하셨지요.

그러다 내가 결핵을 앓은 게 5~6년이나 되는데, 주로 누워 지내는 동안 김세원이라는 친구가 집에서 책을 갖다 줘 읽기 시작했어요. 4·19 이후 아버지가 충북 교육청에서 교육감 자리를 줬는데 그때는 교육 지방자치가 실시되기 시작해 군마다 교육감이 따로 있었는데 아버지가 서산군 교육감이 되었지요.

인사권까지 다 거머쥐고 있었으니까 나중에 교사가 되기로 하고 일단 병 치료만 전념했는데 난 그때 책을 봤지요. 그때 책이 없었으면 죽었을 거예요. 전부 이론으로 된 문학책이었지요. 세계문학전집, 사상전집, 사회과학서도 일본말로 읽었어요. 성찬모 형이라고, 책을 많이 갖고 있던 분이 있었는데 그분은 일제강점기 때 와세다대학에 다니던 사람인데 자기가 안 보는 책을 전부 병원 입원실로 보냈지요.

그때 우리 아버지는 한학에 관심이 있었지만 문학에는 큰 관심이 없었는데 그래도 집에 나쓰메 소세키 전집은 꽂혀 있었지요. 그 전집이 6권짜리로 되어 있었는데 『나는 고양이로소이다』를 보니까 참 소설이라는 게 기가 막힌 것이구나, 라는 생각이 들더군요. 그때 소세키 책은 특별히 붉은색 양장 표지를 하고 있었는데, 한자 옆에다가 히라가나로 토를 달아 놓았기 때문에 내가 한문 공부도 할 수 있었지요.

그때가 초등학교 6학년 정도였는데 학교에서 한문을 많이 가르치지는 않았지만, 소세키 책을 통해서 한자를 알게 되었지요. 오죽했으면 내가 『나는 고양이로소이다』를 일본말로 외울 정도가 되었으니까요.

내가 사회 서적으로 영향을 받은 것은 러시아의 철학가 플레아노프. 그 사람의 문학 이론은 대단한 것이었지요. 그 사람 것은 거의 다 읽었지요. 플레아노프에 『사적 일원론』같은 것은 대단한 것으로 레닌에게도 영향을 미쳤지요. 그걸 안 읽은 혁명가는 없었을 정도였으니까요. 그런데 레닌이 10월혁명을 하려고 했을 때 플레아노프를 선생으로 모시려고 했으나, 그가 프롤레타리아혁명을 반대했지요. 자본주의의 모순이 해소되어야만 공산주의 혁명이 가능한데, 아직은 때가 아니라며 반대를 했지요. 자본주의가 성숙하지 않았던 시기였으니까. 그러나 레닌이 공산주의 혁명에 성공을 하고 그래도 우리 선생님이라고 하면서 묘를 다시 꾸며 주었다고 하지요. 내가 그때는 플레아노프에게 반했었어요.

플레아노프의 『예술론』은 대단한 저서지요. 1960년대 초만 해도 고서점에 가면 일어로 된 저작들을 많이 구할 수 있었는데, 아마도 일본에서 밀수입해서 갖다 놓은 것 같았어요. 이름 있는 대학교수들이 고서들만 뒤지고 다닐 때였지요. 대학 교재가 없으니까. 내가 북한의 주체사상을 처음 알게 된 것도 고서점을 통해서였지요. 한번은 인사동을 지나가는데, 안면이 있던 서점 주인이 나를 불러 세우며 좋은 책이 들어왔다면서 보여 줬는데 당시 〈요미우리신문〉 주필로 있던 사람이 북한에 가서 여러 시간 인터뷰한 내용을 책으로 냈는데 책 제목이 『주체』였어요.

일본 가타카나로 '주체'라고 쓰여 있는 책이었지요. 그 책 서문에 그이가 쓴 글을 보면 세계에서 주체라는 정치체제는 처음 있는 것이라고 하면서 주체사상에 대해서 일문일답식으로 녹취해서 풀어 쓴 거였지요.

그때 주체사상이라는 것을 서문에다가 쉽게 풀어 썼는데 그 주필의 글솜씨가 인상적이었어요. 인터뷰를 해도 그 자신이 주체사상에 완전히 반한 사람처럼 빠져서 글을 썼더군요. 그때가 1963년일 거예요. 그 책을 보니까, 북한에 대해서 어느 정도 이해가 되더군요.

「분지」에 향미산이라는 게 나오는데, 그건 어떻게 해서 작명을 했나요?

'미국을 향하는 산'이라는 뜻이지요. 미국을 향하지 않으면 없어지니까. 요새 어떤 출판사가 「분지」 한영대역본을 냈더군요. 이제는 미국 시대가 끝나야 될 텐데.

최인훈 선생과는 친하셨다지요?

아주 옛날부터 친하게 지냈지요. 늘 만나던 친구로는 신동엽이 있었지요. 신동엽하고 아주 친했지요. 신동엽이 단국대학교 사학과를 나와서 단국고등학교 야간 교사를 하고 있었지요. 그 부인인 인명진 씨하고도 잘 알지요.

신동엽이 죽을 때 내 품에서 죽었지요. 내가 일부러 품에 안은 것은 아니었는데, 마지막 날 병원에 갔을 때 내가 곁에 앉아 있었고 나를 보고 일으켜 달라고 해서 상체를 안았는데 나와 말동무나 하자고 그랬는지 나를 안아 달라고 했지요. 근데 보니까 상태가 이상해서 내가 복도에 와 계신 어머니를 손목을 잡고 침상 곁으로 모시고 왔는데 동엽이가 어머니에게 무슨 말을 하려고 하는 것 같았지만 침만 흘리면서 아무 말도 못 했지요. 그러다 스르르 힘이 풀리는데 어쩌다 보니 내 품에 안겨 숨을 거두게 된 것이죠.

언제부터 쌍문동에 사셨는지요.

얘기하자면 긴데 선우휘 씨를 내가 개인적으로 잘 알았지요. 그분이 굉장히 재능이 있는 사람인데 신문사에 들어가면서 글이 늘지가 않았지요. 〈조선일보〉에 재직할 당시 점심때 몇 번 함께 한 적이 있지요. 평론 쓰는 이철봉이라는 사람과 내가 여러 차례 점심을 얻어먹었어요.

코리아나호텔 일식집에 가서 아주 거나하게 점심을 사 줬지요. 그 양반이 〈조선일보〉를 관두고 나서 나를 집으로 부르더군요. 그 부인이 칼국수를 잘 하셨지요. 서부 이촌동에 집이 있었지요. 철봉이도 같이 불렀는데 그 친구는 우리 집에서 거의 붙어살았어요. 지금 내가 사는 집에도 왔었지요.

그때는 조그마한 단층집이었는데 내가 이 집에 살기 시작한 지가 1964년쯤인데, 벌써 60년 넘게 살고 있지요. 그때는 지금 한일병원 옆에 한전 직원들을 위해 분양하는 연립주택이 있었고 길 건너편에 한전 직원들이 전봇대에 올라가서 전선을 고치는 훈련장이 있었어요. 넓은 운동장에 전봇대를 세워 놓고 훈련을 했는데 인수봉이 바라보였지요. 우연히 그 한전 훈련소를 갔는데, 인수봉이 보이고 해서 장소가 좋아 보이더군요.

"가노라 삼각산아, 다시 보자 한강수야" 이런 시조가 있는데 그 삼각산이 바로 인수봉을 말하는 것이지요. 그래서 그 운동장에서 인수봉을 바라보면서 아주 좋은 장소라고 생각했고 마침 한전에서 주택단지를 만들어 분양을 하고 있었는데 아주 싼 값이었지요. 그때 분양 사무실 책임자가 나와 성이 같은 남 씨였어요. 그때 470평짜리 부지가 하나 남았는데, 나한테 사라고 하더군요. 아주 땅값이 싸니까 아버지에게 이야기하면 살 수도 있었겠지요. 그 양반하고는 먼 친척인데, 그 사람이 나한테 테니스장을 만들면 어떠냐고 했지만 나는 그 땅을 사지 못했지요. 그분은 그때 370평을 사서 이동네에서 유지로 살았어요.

우리 아버님은 서산에 물려받은 선산도 있었지만 소작인들한테 전부 다 나눠 줬어요. 청렴결백하신 분이라 땅 같은 것에 관심이 없던 분이셨지요. 내 고조부가 충청도를 관리하는 남병사라는 관직에 계셨지요. 그분의 땅이 대대로 내려오고 있었는데 아버지가 그걸 다 소작인에게 내주었지요. 그때는 쌍문동 일대에 내가 사는 단층집 한 채뿐이었어요. 바로 옆에 운동장이 있었고 그때는 신일학교까지밖에 버스가 안 와서 거기 내려 집으로 걸어오곤 했지요. 그 후로 이 자리에 꼼짝 않고 살고 있는 거지요. 집사람이 고생했지요. 신혼 생활 하기 전에 집사람하고 동거 생활을 했는데 아버님이 아셔서 이 집을 사게 되었지.

사모님이 번역가인 신순남 씨지요.

KBS 〈명화극장〉을 주로 번역하곤 했지요. 정신없이 번역을 했어요. 유종호 선생과 서울대학교 영문과 동기지요. 1935년생. 김천에서 유명한 수제였는데 영문과 3학년이었을 때, 나는 《학생시대》라는 잡지사에 다니고 있었는데 주간이 한무학이었어요. 와세다 대학에서 철학을 전공한 사람이었지요. 인천중학교 선생을 한 사람인데 그 학교에서 조병화가 선생으로 있었지요. 한무학은 영어 선생, 조병화는 수학 선생. 선우휘는 국어 선생. 그런데 한무학 씨가 학원사에 있다가 나와서 잡지를 하나 만든 게 《학생시대》였지요.

나보고 와 있으라고 해서, 그때는 교육청에서 방학 교재를 발행하곤 했는데 《학생시대》에서도 그 책을 만들게 됐지요. 그 잡지에서 내가 '고바우' 만화로 유명한 김성환 씨를 만났지요. 난 편집자로, 그는 삽화가로 《학생시대》에 잠깐 근무했지요. 그런데 내 집사람이 대학교 3학년 때 영어 방학 교재를 만드는 일을 거들러 와 있었지요. 그때 나하고 눈이 맞아서 동거를 하게 되었어요. 김천 수제가 어찌어찌해서 나하고 살게 되었어요. 학자금을 대기 위해서 아르바이트를 하러 온 여학생이었는데. 방 하나 얻어서 동거를 시작했어요.

《학생시대》라는 잡지는 마포에 있었어요. 그러다가 1965년에 「분지」 사건으로 감옥에 가게 되지요. 내가 감옥을 들락거릴 때마다 임파선 문제가 생겨서 병원비를 대야 했고, 어떻게든 돈을 벌어야 해서 집사람은 학교도 졸업하지 못하고 번역을 시작하게 된 거지요. 한 학기만 더 하면 졸업하는데, 그걸 못하고 KBS에서 번역을 시작했지요. 번역협회 협회장까지 했지요. 방송 번역의 효시라고 할 사람이지요. SBS 설립할 때는 집사람이 영화번역팀을 만들어서 이끌었지요. SBS 1주기 때 공로상을 받았는데, 그때 카드를 선물로 받았는데 우리 내외가 1개월 동안 해외여행을 할 수 있는 카드였어요. 그때 집사람과 세계 여러 나라를 마음대로 다녔지요. 집사람이 영어는 잘한다고 해도 영어권에서 유학을 한 적이 없어서, 외화 목소리를 녹음을 해서 집으로 가져와 여러 차례 반복해서 듣고 하다 보니, 거의 기능공이 되어 버렸지요. 그게 지금도 마음이 아파요.

말하자면, 미국 사람도 잘 못 알아듣는 것까지 다 번역을 했지요. 집에서 밤을 새워서 영어뿐만 아니라, 배경음악이며 입 모양에 맞춰 번역을 해야 했기 때문에 단어 선택에 고생을 무척 많이 했지요. 방송이라는 게 잘못 나가면 항의가 많이 들어오기 때문에 힘든 일이지요. 그래서 일가를 이루게 되니까, 죽고 말더라고요. 회갑 때 세상을 떴으니까, 1996년에 폐암으로 세상을 떴지요.

내가 아는 와세다대학 교수인 오오무라 마쓰오, 그분이 일본서 약을 가지고 1년 동안 병문안을 오기도 했지요. 집사람의 처방전을 동경대학 의대에 보여 주고 약을 지어온 것인데, 그 두 부부를 지금도 잊을 수 없지요. 그분 내외가 집사람을 살리려고 여러 차례 왔어요. 그분이 「분지」를 비롯한 여러 작품을 번역해 일본에 소개했지요. 그래서 '이와나미서점'에서 내 책이 나왔지요.

최근 《실천문학》에 중편 「미제국주의 전사」를 발표하셨지요.

원고지 270장쯤 되지요. 근데 그 잡지가 외국에도 가는 모양이지요. 일본에 있는 교포가 그걸 읽었다고 하더군요. 그 말을 듣고 글을 함부로 쓰면 안 되겠구나, 하는 생각이 들더군요. 내가 대충 노트에다가 써 놓은 것을 손자가 와서 타이핑을 쳐 줬는데 "할아버지 빨리 부르세요"라고 재촉을 하더군요. 올 겨울방학을 지나고 나면 대학교 3학년이지요. 내 경험으로 봐도 만 18세면 생리적으로 가장 왕성할 때인데, 손주와 비슷한 나이인 세월호 희생 학생들을 보면서 가슴이 무너지는 것 같았어요. 태평양도 대서양도 아닌 서해 바다에서 그런 사고가 일어났다는 게 도저히 이해할 수가 없지요.

사실상 책임을 지는 사람이 하나도 없더군요. 배를 누가 만들었는지 어떻게 항해를 했는지는 중요한 문제가 아니에요. 배가 침몰하는 것을 지켜보면서 방송사에서 촬영을 하고 있었지만 아무도 손을 쓰지 않았다는 게 기가 막힌 일이지요. 현장에서 중계방송을 하던 방송사들도 그냥 지켜보고 누구 하나 손을 쓰지 않았다는 게 기막히지요. 우리 손자를 봐도 18세면 가장 저항력이 강할 때인데 내 손자의 친구들을 보더라도 누구 하나 나쁜 아이들이 없고 한 명씩 뜯어보면 모두 착한 아이들이지요. 교감이 무사히 구출한 뒤에 자살했다는 그 속마음도 이해가 가더군요. 바로 그 나이쯤인 내가 18세일 때 내가 결핵에 걸려 있었지요. 결핵에 걸리지 않았다면 많은 독서를 하지 않았을 거예요.

「분지」필화사건 이후 여러 대학에서 나를 초청 연사로 가끔 초대했지요. 정치 경제 사회, 모든 곳에 종사하는 사람들, 현실을 끌고 가는 그 조직들의 영향력이 그 사회를 결정하는 거지요. 우리가 세상을 감각으로 보는 거지요. 미국과의 관계, 북한과의 관계도 감각으로 보는 거죠. 한반도에서 전쟁이 나면 다 죽게 되지만, 그건 한국전쟁이나 2차 세계대전 때의 문제하고는 전혀 다르지요. 이건 핵과의 문제이기 때문에. 전쟁이 나면 북은 핵을 쓸 수밖에 없는데, 북한은 엄청난 국가인 건 틀림없어요.

전 세계에 의해서 북한이 완벽하게 봉쇄당하고 제재당하고 있는데, 그건 2차 세계대전 때도 없던 상황이지요. 아마 이 상황에 한국이 놓여 있었다면 단 1개월도 버티지 못했을 거예요. 세계 역사상단 한 번도 당해 본 적이 없는 상황이지요. 유엔을 실질적으로 지배하고 있는 미국의 힘에 의해 물샐틈없이 봉쇄당하고 있는 거지요.

그 와중에서도 핵을 만들고 미국이 무서워할 만한 국가가 됐다는 것은 엄청난 일이지요. 그래서 주체라는 것이지요. 우리 민족 역사를 보면 늘 외세에 예속된 역사인데 신라가 당나라에 의존해 삼국통일을 이루고 청나라에도 조공을 바치고 일제강점기 36년도 마찬가지 일이지요. 그때는 우리말까지 뺏기지 않았습니까.

미국과의 관계도 그렇게 설정됐지요. 완전한 예속의 관계로. 우리가 차마 꺼내 놓지 못해도 가슴 속에 깊게 들어 있는 것은 우리끼리 뭉쳐서 살아야 된다는 주체 의식이지요.

지금까지 미국 본토를 위협한 것은 아무도 없었어요. 그런데 북한이 핵을 미사일에 실어서 미 본토까지 겨냥할 정도가 되었으니 이것은 냉전 시대에 소련과 미국이 핵미사일을 갖고 서로를 겨냥하며 힘의 균형을 유지하던 것과는 전혀 상황이 다른 것이지요. 사실상 5대 핵강국의 핵은 상대적으로 무섭지 않은 거예요. 그런데 지금 북한의 관계로 봤을 때는 미 본토가 위협받고 있다는 거죠. 미국 입장에서는 기가 막힌 것이고, 잠 못 자는 것이지요. 미국이 북한 핵을 여전히 의심하고 있는데 미국이 독립선언서를 작성한 이후의 역사를 보더라도 미국이 일으킨 모든 전쟁이 '너 죽고 나 살자'는 전쟁이었는데, 단 한 번도 '너 죽고 나 죽자'는 전쟁은 없었지요.

지금 북한과 전쟁을 한다면 '너 죽고 나 죽자' 식이니, 전쟁은 일어나지 않을 거라고 봅니다. 이 상태의 끝부분으로 가면은 '너도 살고 나도 살자', 바로 그것밖에는 길이 없지요. 그게 바로 평화협정이겠지요. 궁하면 '너도 살고 나도 사는' 해법이 나올 수밖에요. 그게 북미 수교가 아니겠어요? 북한 입장에서도 전쟁을 먼저 도발할 수는 절대 없지요. 그렇게 되면 상대국과 함께 모두 죽고 마니까요. 한민족이 거대한 미국을 상대로 해서 너 죽느냐 나 죽느냐, 라는 긴장 관계를 유지하고 있다는 것이 굉장하지 않아요? 김대중 대통령이 했던 것처럼 국가연합 내지, 고려연방제를 해볼 수 있는 거지요.

북에서도 그 체제에 대해서 동의한 셈이지요. 그런 길을 우리 세대에서 열어 놓으면 언젠가는 통일이 되겠지요. 서로 희생이 없이. 그러니 북한을 무너뜨리겠다던가 미국이 싸우면 금방 이길 것이라는, 이런 발상을 하면 우리 민족이 다 죽는 거지요. 주체라는 것이 무엇인지, 못 하나에서부터 모두 우리 손으로 만들겠다는 그 사상이 무서운 거지요. 유엔 제재로 봉쇄된 나라가 있다면 1년은커녕 2개월도 견디기 어려울 거예요. 그런데 북한은 주체로 그걸 견디고 있지요. 내가 2005년도에 남북작가대회에 다녀온 후 《실천문학》에 발표한 기행문이 있어요. 거기다가도 그렇게 썼어요. 나는 작가의 입장에서 약육강식이 지배하는 소위 시장경제, 그게 이제 생명이 다 됐다고 보는 거죠. 힘으로는 항복을 얻어 내지 못합니다.

나는 사실 주체보다 동학사상에 먼저 그 해결 방법이 있다고 생각하는데 바로 인내천이지요. 사람이 곧 하늘이다. 구한말, 동학을 외세에 의하여 전멸시키지 않았더라면 동학을 중심으로 하여 한국 고유의 인문학이 발전했을 거라고 봅니다.

지금까지는 서구의 인문학이었지요. 사람이 곧 하늘이라는 것이 기가 막힌 것이지요. 서구 인문학의 정점은 다 하늘 밑에 사람을 뒀어요. 그래서 하늘의 뜻을 따라야 한다고 했던 거지요. 하늘에 뜻에 따라야 도에 이르고 천당에도 간다고 했지만 인내천은 하늘과 인간이 같다. 다시 말해 하늘과 인간이 같다는 것이 동학사상이지요. 전봉준이나 최제우, 최시형 같은 동학의 선구자들을 전부 참수시켜 버렸지요.

주체사상은 없는 것에서 나온 것이 아니라 내가 보기엔 동학사상과 유사점이 있다고 보는 것이지요. 인간을 맨 위에 올려놓으려고 한다는 점에서 '홍익인간'을 계속 발전시킨 것이 주체사상이지요. 사람이 모든 것의 주인이다. 그것이 곧 주체 아닙니까. 우리 인문학의 모든 것을 체계화한 것이 주체사상이라고 할 수 있어요. 동학사상도 잘 키웠으면 그렇게 되었겠지요.

나는 문명의 축이 바뀌는 전환기에 우리가 살고 있다고 생각하지요. 약육강식의 축이 이제는 약강이 공존하는 축으로 바뀌는 것이지요. 그 소리를 예술가들은 들을 수 있어야겠지요, 축이 바뀌는 소리. (공교롭게도 남정현 선생과는 쌍문동 스타벅스에서 마주 앉았는데 남선생은 수많은 학생들이 노트북을 꺼내 들고 자기소개서나 과제물 같은 것을 작성하고 있는 장면을 지켜보면서 "저 아이들을 자본가들이 선발하여 결국 그 자본을 살찌우게 하기 위하여 고용을 창출한다는 그런 모순을 보고 있는 셈"이라며 혀를 찼다.) 우리가 이런 생각을 갖고 있다는 것 자체가 통일로 가는 층계 역할을 하고 있다고 볼 수 있어요. 남이 밟고 올라갈 수 있는 층계 노릇을 해 줘야지요.

내가 옛날 민청학련 연루자들을 많이 알지만, 김대중 때나 노무현 때나 정권을 잡은 다음에 다들 한 자리 차지하려고만 했지요. 나보고도 무슨 사외이사를 하라고 하질 않나. 왜들 다들 현실적으로 한 자리를 차지하려고 그러는지 그동안에 민주화운동 했던 보상 심리에서 그랬는지는 몰라도 내가 보기에는 그런 사람들이 오히려 남이 딛고 올라갈 층계 노릇을 해야 한다고 봅니다. 그런 생각을 하지 않으면 다 가짜지요. 지금 모든 교육이나 매스컴이 떠들어 대는 세계화는 그게 아니지요. 매스컴을 현대의 신이라고 하지 않습니까? 다 잘못된 것이지요.

미국의 인디언 몰락사를 보면 기가 막히지요. 현실과 영혼을 분리하면 안 됩니다. 현실과 영혼을 동등하게 보는 것이 문학이지요. 우리가 역사적으로 존경받는 사람들을 보면 다 현실의 문제에 충실했던 사람입니다.

예를 들어 안중근, 윤봉길 같은 분들은 영혼을 택한 게 아니라 현실에서 가장 절박한 문제를 택한 것이지요. 꼭 해야 될 것을 해낸 사람들이지요. 그것이 영혼이 됐지요. 영혼이 곧 현실이고 현실이 곧 영혼이지요. 중요한 것은 사람들을 불행하게 한 요소들을 풀어내야 한다는 것 그 자체가 현실입니다.

그래서 시인이나 작가는 현실과 영혼이 분리되지 않은 혁명적인 생각을 가져야 합니다. 혁명가와 예술가는 분리되지 않지요. 혁명가는 예술가적인 자질이 있어야 해요. 또 예술가에게는 혁명가적인 자질이 있어야지요. 좋은 시와 좋은 소설을 쓰는 게 예술가라면 혁명가는 좋은 세상을 만드는 거지요. 좋은 세상이 그 혁명가의 작품인 거지요. 체 게바라 같은 사람은 카스트로와 손을 잡고 쿠바 혁명을 성공시켰는데 그 성공에 연연하지 않고 자신이 원하는 다른 곳을 찾아서 다시 떠났지요. 카스트로와 헤어질 때의 모습이 게바라의 예술가적인 측면이고 그 행동은 아름다운 것이지요. 나를 떠나서 남과 함께 있는 더 큰 나를 발견하는 것이 예술이지요.

나를 떠나는 작업. 혁명도 나를 떠나는 것이지요. 게바라가 그렇게 썼더군요. 나의 사사로운 이익에 연연하면 예술이 아니지요. 4·19도 5·18도 그 시대의 사람들이 만들어 낸 작품이지요. 자기 자신을 버리고 더 큰 나를 발견하는 일이지요. 미국이 전작권을 갖고 있다는 것, 그 자체가 미국의 식민지 아닙니까. 자기가 살길을 찾을 게 아니라 전체가 살길을 찾아야 합니다.

(스타벅스에는 50여 명의 학생과 아낙들이 아이들과 몰려와 아메리카 햄버거와 커피를 마시며 의자를 당기는 소음으로 가득 찼지만 남정현 선생은 그 소음마저도 즐기려는 듯 낭랑한 목소리로 이야기를 풀어 나갔고 대담은 남 선생의 자택으로 옮겨 와서도 계속되었다. 자택 거실엔 안수길 선생 기념사업회에서 증정한 전집 한 박스가 놓여 있었다. 작은 방에는 아래층에 사는 손주가 올라와 잠을 자고 있었다.

지은 지 60년이나 됐다는 벽돌집 이층 거실엔 오후 2시의 햇살이 비치고 있었으며 벽에는 남 선생의 사진과 선물 받은 초상화가 걸려 있었다. 한쪽 벽면엔 작고한 부인 신순남 여사와 서산 고향 집에서 부부가 생전에 함께 찍은 사진도 걸려 있었다.)

내가 문학 단체에 참여하게 된 것은 처음엔 민주수호국민협의회라는 것이 있었지요. 박정희 시대에 처음으로 민간인 주도의 운동 단체였는데 누굴 내세웠느냐면 〈동아일보〉의 천관우, 변호사 이병린, 종교계에서 김재준, 한신대 총장 등 세 분을 대표로 했지요.

처음 생긴 반정부 민간단체지요. 그때 참여한 젊은 사람들 중에는 일월출판사의 김승균 등이 아직 생존해 있어요. 그때 그 친구들이 나를 찾아와서 문학 쪽 사람들을 좀 맡아 달라고 했지요. 개신교, 불교, 천주교 그리고 문단에서 사람들을 참여시켰는데 그때 문단을 내가 맡았지요. 아주 비밀스럽게 언더그라운드로 했지요. 처음 생겼을 때는 세계적으로도 굉장했었어요. 민주수호국민협의회. 그 위원장이 김재준 목사였지요.

내가 그 집에 자주 갔었어요. 왜냐하면 성명서를 써 가지고 서로 돌려 봐야 했으므로 〈동아일보〉 천관일 씨가 합석했었지요. 그때 발각되면 체포 구금되는 상황이어서 굉장히 조심했지요. 박정희 때 처음으로 박정희를 반대하는 민간단체였으니까요.

문단을 내가 맡았지만, 발이 넓지 않아서 이호철과 한남철, 또 한 사람을 끌어들였지요. 내가 표면에 나설 경우에 「분지」 필화사건도 있고 해서 단체 성격이 이상하게 될 수 있다는 노파심에서 그세 사람을 내세웠지요. 이호철과 한남철은 창비 쪽과 가까운 사람이어서 열심히 맡아서 했어요. 그래서 문단 쪽에서 27명이 참석했고 다 사인을 받아 냈지요. 다른 분야보다 월등히 많은 사람으로부터 사인을 받아 냈어요. 굉장한 일이었지요.

그때 불교계 대표는 길상사의 법정 스님이었어요. 김승균이 성균관대를 나왔는데 그래서 성균관대 총장도 학계 대표로 참가했고 나와도 여러 차례 만났어요. 내가 결혼할 때 주례도 서 주셨고. 주례사에서 나더러 민주화운동을 하는 동지라고 해서 아직도 기억에 남아 있지요. 근데 발족하던 날, 이호철은 벌벌 떨었지요. 다방에서 만나서 이제 나가야 된다고 하는데 호철이는 안 나간다고 하는 거예요. 여러 사람한테 사인도 받았는데 이제 물러설 수 없다면서 내가 모든 책임을 질 테니까 나가자고 했지요. 성명서를 낭독하고 기자들이 몰려오고 해서 그 단체가 만들어졌지요.

그 직후에 긴급조치가 발효되고 언론 탄압이 심해지자 해직 기자들이 〈동아일보〉 〈조선일보〉에서 나왔지요. 그때 자유실천문인협의회(자실)가 결성되었지요.

자실이 결국은 민주수호국민회의 때 참가, 사인해 준 분들이 주축이 되었지요. 그때 문인 간사로 이호철을 내세웠지요. 그게 나중에 민족문학작가회의가 되었어요. 다시 그 단체가 한국작가회의라고 개명을 했는데, 나는 민족이라는 단어를 뺀다기에 반대했지요. 민족을 전제로 하여 6·15남북공동선언도 나왔는데 왜 민족을 뺐는지 이해가 되질 않았어요. 나름대로 유연하게 가자고, '민족' 하면 옛날 서구 민족처럼 침략적인 그런 이미지가 있다며 그 색깔을 빼자는 취지였다고 하지만, 나는 아쉽더군요.

최근 한국작가회의 창립 40주년 기념식이 서울시청 시민청에서 열렸는데 그때 1970년대 운동사를 이호철 씨를 비롯한 핵심 인물들의 인터뷰지로 꾸몄더군요. 남 선생님의 이런 증언이 빠져 있는데 좀 더 보완을 했으면 좋았겠어요.

우리가 그 뿌리를 알 필요가 있어요. 우리 세 사람(천관우, 이병린, 남정현)이 김재준 박사를 추대한 것인데 내가 김재준 목사 댁에 찾아갔을 때, 목사님은 생활이 괜찮을 줄 알았는데 왜냐하면 저서도 많고 제자도 많이 배출해서 잘살 줄 알았어요.

수유리 집에 들어서면서부터 마당에 잡초가 가득하고 거실에 앉아 있는데 가구도 너무 낡고 초라했으며 사모님도 출타 중이어서 혼자 나를 맞이하더군요. 응접세트가 천이 다 벗겨져서 낡을 대로 낡아 있었지요. 그 청빈한 모습을 보고 정말 좋은 분이라고 감탄을 했지요.

한신대 총장을 역임한 분이신데도 그렇게 청렴하더군요. 마당은 너무 고색창연해서 황성 옛터 같은 느낌이었지요. 그렇게 사시더군요. 성명서를 작성할 때 일화지만, 천관우 선생은 역시 신문기자인지라 사설 쓰듯이 문장을 다듬었지요. 그러면 이병린 변호사는 법률적으로 문장을 따져 봤지요. 그렇게 해서 나온 성명서를 김재준 목사가 보시더니 좀 약하다는 거야. 나더러 "이래 가지고 되겠어"라고 반문하시면서 좀 더 강하게 문구를 넣으라고 하시더군요. 그 초안 성명서를 지금은 어디 있는지 찾지 못해 아쉽네요. 성명서들을 내가 다 가지고 있었는데 사라지고 없네요. 책들도 다 분실했어요.

1965년 「분지」 사건 때 수사관들이 가져간 책이 상당히 많아요. 아마 70권쯤 됩니다. 그 후에 민청학련사건 때는 집사람에게 라면 박스에다 책들을 미리 넣어 놓으라고 말해 놨는데 어찌하다가 밖에서 체포되어 들어가게 됐어요. 그때는 내가 직장이 괜찮은 곳이었지요. 그때 고바우 김성환이 색판인쇄라고, 지금으로 말하면 옵셋 인쇄인데, 대한색판주식회사라고 직원이 200명이 넘었지요. 처음으로 옵셋 기계를 안치했지요. 그런데 내가 총책임자로 성환이가 천거를 해서 들어갔지요.

그때는 약봉 포장지를 컬러로 인쇄했지요. 색조가 들어간 포장지는 그때가 처음이었어요. 내가 성환이에게 고마워서 『고바우』 전집을 하나 내줬지요. 그 안에다가 출판사도 하나 만들고 했지요. 봉급도 많이 받았지요. 『고바우』 전집 4권이 거기서 나왔어요. 거기서 퇴근할 때 바로 잡혀갔지요.

그때가 1974년도였지요. 그대로 붙어 있었으면 그나마 생활이 폈을 텐데, 붙잡혀 가서도 집에 놔둔 책이 걱정인 거예요. 가슴이 무척 뛰고 걱정이었지요. 6개월 있는 동안 단 한 번도 면회를 허락하지 않았어요. 그런데 긴급조치가 육영수 죽고 나서 해제되었어요. 해제되는 날 저녁에 내가 나왔지요. 변호사들이 검사가 기소를 하지 못하면 내보낼 수밖에 없다고 말했는데 나의 경우는 기소도 하지 않고 6개월씩이나 가둬 놓은 것이지요. 말도 안 되죠. 그러니까 내가 들어가 있지만 무슨 죄가 있는지도 몰랐고 그들도 기소하지 못했지요.

그런데 내가 박스에 넣은 책들을 내 누님의 딸네 집에 집사람이 갖다 줬다고 하더군요. 나야말로 보상을 받아야 했겠지만(웃음), 작가회의 전신에 민주수호국민협의회가 있었다는 걸 이호철은 알 겁니다. 그 단체가 없었으면 오늘날 작가회의도 없었을 겁니다. 그때 내가 인물 한 사람을 본 게 김재준 목사입니다. 수유리 집이었지요. 그 황성 옛터 같은 걸 보고 나니 차라리 내 마음이 든든하더군요.

문학아
밖에 나가서
다시 열어 오렴아

르포문학의 기수 박태순

"6월항쟁은 완성된 것이 아니라 여전히 진행 중입니다. 그것은
여전히 어떤 길입니다. 걷지 않으면 완성되지 않는 길. 세상에로의
길은 계속되고 있는 것이죠."

1987년 6월 10일, 당시 마흔다섯 살의 소설가 박태순(1942~)
은 광장에 서 있었다. 초여름인데도 시국은 얼음장이었다. 12·12
쿠데타와 광주학살을 통해 정권을 잡은 신군부는 두 번째 집권을
위한 시나리오를 착착 진행시키고 있었다. 전두환 정권은 마침내
"직선제 개헌은 없다"는 4·13호헌조치를 발표하고 6월 10일의 대
통령 후보 지명을 위한 민정당 전당대회를 예고한다.

이에 맞서 민주헌법쟁취국민운동본부를 결성한 재야와 범민주
세력은 '박종철 군 고문살인 은폐 규탄 및 호헌철폐 국민대회'라는

이름의 집회를 벌이기로 한다. 10일 오후 3시, 서울 순화동 동방플라자 앞에 자유실천문인협의회(자실), 민주청년협의회, 조선투위, 동아투위 등 지식인 5단체 소속 회원들이 속속 집결하고 있었다. 박태순은 자실 측 대표로 김규동, 박범신, 김정환 등 회원 20여 명과 함께 거리로 나섰다.

"그날은 무척 더웠습니다. 대학생들이 합세하자 거리는 인산인해를 이뤘지요. 오후 6시에 모든 차량이 일제히 경적을 울리자 시청 앞에서 최루탄이 터지더군요. 우리는 순화동 뒷골목으로 해서 남대문 지하도를 통과해 명동성당으로 향했지요. 그때 남대문 지하도는 한마디로 지옥이었어요."

그 지옥을 통과해 명동에 도착했을 때 박태순은 살아 있음을 실감하듯 몸이 떨려 왔다. "사선을 돌파한 느낌이더군요. 지하도에서 나와 신세계백화점을 쳐다보는데 상황은 역전되고 있었지요. 진압경찰은 뒷걸음을 치고 데모대가 시위를 주도하는 분위기였으니까요. 화이트칼라 샐러리맨들이 퇴근길에 시위에 가담하기 시작했으니까요."

그가 체험한 6월항쟁의 열기는 이듬해 소설 「밤길의 사람들」로 형상화돼 큰 반향을 일으켰다.

"6월항쟁을 모든 민주화운동 세력의 승리라고 보는 것은 표층 구조일 뿐, 그 심층 구조는 정보기관과 재벌 등 메이저 권력들이 전두환을 폐기한 것으로 봐야 합니다. 아담 스미스의 보이지 않는 손이 컨트롤한 것이죠. 중앙정보부, 서울시경, 삼성, 대우, 현대 등

재벌의 상황분석팀들이 '이젠 대세가 기울었다'는 판단을 했던 것입니다."

그가 광장에 선 것은 6월항쟁이 두 번째였다. 서울대 영문과 1학년 때 4·19혁명에 뛰어들어 거리에서 학우가 총에 맞아 죽는 것을 목격한 체험은 그의 소설뿐 아니라 삶의 향방을 규정하는 방향타가 되었다. 1964년 《사상계》에 「공알앙당」으로 등단해 1974년에 발족한 자유실천문인협의회의 이론가였던 그는 허무주의 시인이었던 고은을 끌어들일 정도로 실천적 문인이었다.

1970~1980년대 민족문학진영의 이론가답게 그는 20세기 한국을 전근대-개발근대-후근대로 구분한다. "개발근대는 다시 초기와 후기 산업화로 나뉩니다. 박정희 정권에 의해 추진된 초기 산업화는 가발, 방직 등 가내수공업적 방식이어서 독재가 통할 수 있었으나 전두환 정권에서는 중공업 중심의 후기 산업화로 인해 재벌들이 개방경제의 과제를 안고 있었는데 개방이 안 되니 재벌들이 전두환 독재를 폐기한 것이죠. 재벌 수뇌의 인식이 바뀐 것입니다."

하지만 「밤길의 사람들」에는 보수나 진보라는 이분법이 나오지 않는다. 오직 6월항쟁의 현장 리얼리티만을 내용으로 하고 있다. "그 당시엔 6월항쟁을 누구든지 화이트칼라에 의한 시민혁명으로 해석했는데 저는 청년·학생·노동자가 주역이라고 보았던 것입니다. 소설은 아래에서 위를 봐야 합니다. 문학의 관점에서는 그 아래라는 지층을 학생들 밑의 노동자로 보았던 것이죠."

「밤길의 사람들」은 서춘환과 조애실이라는 남녀 노동자의 눈을 통해 그해 6월을 증거한다. 뜨내기 노가다 서춘환과 스물여덟이 될 때까지 종사해 온 노동의 삶을 마감하고 가정을 이루고 싶어 하는 조애실. 소설은 두 주인공이 6월의 최루탄과 화염병, 눈물과 재채기 속에서 시대와 세상에 눈뜨는 과정을 그려 낸다.

"지금 용어를 빌리자면 조애실은 정규직 노동자고 서춘환은 비정규직 노동자죠. 영웅이 아닌 사람이 흐릿하게 시대를 자각하는 것, 즉 서춘환 같은 소시민이 '세상이 달라져야 한다'고 인식하면서 인간적으로 초보적으로 자각하는 과정을 그린 것이죠."

우리 주변의 희미한 존재들을 소설로 부각시키는 것은 생각만큼 쉽지 않은 일이다. "요즘 사회학자들이 87년 체제에서 달라져야 한다고 떠들어 대지만 그게 다 개똥철학이지요. 지금의 현실을 보세요. 서춘환과 조애실로 대표되는 최하층 노동자의 눈으로 보면 그들의 여건은 더 열악해지고 있어요. 4·19에서 6·10까지가 한 시대였듯, 6월항쟁이라는 거대 담론은 지금도 계속되고 있는 것입니다."

"김대중, 노무현 정권도 개혁적이지는 않다"고 말한 그는 "두 정권이 역사 발전 과정에서 어떻게 맞물렸을 뿐"이라고 역설했다. "이들 정권을 진정한 민주화 세력으로 보는 사회학자들의 주장을 들으면 하품이 나옵니다. 6월항쟁과 같은 혁명은 역사가 요청하는 것이지, 학자가 요청하는 것이 아니지 않습니까."

1993년 부친(출판사 '박우사' 창업주)이 타계한 직후 서울을 떠나 충북 충주시 수안보에 내려온 그는 월악산의 자연에 위로받으며

문학아
밖에 나가서
다시 열어 오렴아

한국문학의 가장 뜨거웠던 시간인 '자실문예운동사' 출간을 준비하고 있었다. "암에 걸린 아버지의 요양을 위해 수안보에 자리를 마련한 것인데 정작 당신은 이곳에 내려오지 못하고 타계하셨지요. 아버지의 자리였으니 아들이 지켜야죠."

6월항쟁과 문단

1987년 1월 서울대생 박종철 군이 심문을 받던 도중 숨졌다. 경찰은 책상을 '탁'치니 '억'하고 죽었다고 발표했다. 벌건 해를 손바닥으로 가리자는 것이었다. 고문치사 사실과 은폐 기도가 밝혀지자 국민들의 분노는 들불처럼 번져 나갔다. 그 과정에서 전두환은 체육관 선거(대통령 간선제)를 또다시 획책하는 4·13호헌조치를 발표했다.

미당 서정주가 회장으로 있던 한국문인협회는 즉각 '구국의 결단'을 지지하는 성명을 냈다. 참으로 발 빠른 충성 서약이었다. 미당은 전두환을 일컬어 "신라 천년의 미소"라고 상찬했을 만큼 권력의 하수인으로 전락해 갔다. 미당은 자유실천문인협의회와 대척점에 서 있었다. 4월 29일, 자실은 소속 회원 194인의 이름으로 호헌조치 반대 성명을 낸다.

6월 10일, 전두환은 잠실체육관에서 열린 민정당 전당대회에서 육사 11기 동기생 노태우에게 권력을 이양했다. 그러나 그 순간, 잠실체육관은 철저히 고립된 그들만의 섬에 불과했다. 전국에서 '고문살인 은폐조작 규탄 및 민주헌법 쟁취 범국민대회'가 동시다

발적으로 열렸다. 그날 밤, 명동성당은 6월항쟁의 거대한 횃불 성
지로 변했다.

> 명동은 시민들의 해방 공간으로 변해 가고 있었다. 커다란 삼태기
> 에 콩을 잔뜩 담아 까불리기를 하고 있는 모습과 흡사하였다. 병신춤,
> 배꼽춤을 추듯이 하는 사람들. 문자 그대로 길길이 날뛰고들 있는 사
> 람들. 독재 타도 호헌 철폐를 열나게 외쳐 대고 있는 청춘들. 더욱이
> 처녀애들. 온 길바닥이 난장판이었다……. 이 혼란, 무질서가 좋은 것,
> 아름다운 것, 사랑스러운 것으로 느껴지는 것이었다. 시간은 고장 난
> 것이 아니었다. 시간이 폭발한 것이었다. 그리하여 시간이 해방을 구
> 가하고 있었다.

박태순, 「밤길의 사람들」

수많은 문인들이 그 해방된 시간에 합류했다. 시위대가 있는 곳
에 늘 그들이 있었다. 당시 명동은 한국문학의 가장 중요한 현장이
었다. 박태순은 명동성당 농성에 참여했던 전태일의 누이동생 순
옥 씨로부터 농성장의 분위기에 관해 상세한 얘기를 들을 수 있
었다. 1970년 전태일 분신사건 직후 《여성동아》 청탁으로 원고지
120장 분량의 르포를 썼던 그는 전태일의 모친 이소선 여사에 관
한 소설을 쓰고자 그 가족과 자주 접촉하던 중이었다.
「밤길의 사람들」은 4·19혁명을 다룬 그의 소설 「무너진 극장」
(1968)과 더불어 르포문학의 전범을 보여 준다.

"르포는 문학이 현실과 어떤 관련을 맺느냐의 방식을 보여 주는데 매우 효과적이지요. 문학평론가 김윤식 씨가 이런 말을 한 적이 있어요. '어떤 사회가 압도적인 중압 속에 놓일 때 행복한 문학적 장치 따위는 폭풍의 거미줄처럼 날아가 버리는 것이기 쉽다. 이것은 분명 작가로서는 패배에 틀림없다. 그러나 글 쓴다는 것은 무엇인가, 라는 물음에서 출발한다면 이들이야말로 진짜 글을 쓴 것이라 해도 될 것이다. 그것은 글 쓴다는 것이 집단과 개인의 상관 관련을 분명히 보여 준다는 데 있다'고 말이지요."

송기원의 가을

나는 거지가 되고 싶소이다

2010년 9월 중순, 지인의 부고를 접하고 장례식장으로 향해 걷는 길에 노란 호박꽃이 벙글고 있었다. 지금은 서민 주거지의 대명사가 되어 버린 주공아파트 담벼락을 따라 걷는 길에서 죽음과 호박꽃의 상관관계를 떠올리게 된 것은 순전히 부고 덕분이었다. 부슬비가 내리고 있었고 우산 없이 걷는 동안 비가 죽음을 적시지 못한다는 하나의 자명한 사실이 새삼스러웠다. 그러고 보니 호박꽃은 삶의 꽃이 아니라 죽음의 꽃이었다. 죽었던 것이 다시 피어……. 시절은 어디로 간 것일까. 요즘은 시절도 몸피를 벗어 버려 눈에 보이지 않는다.

장례식장에 다녀온 다음 날 새벽, 강원도 인제군 만해마을로 떠났다. 마침 죽음을 주제로 한 시집 『저녁』(2010)을 낸 시인이자 소설가 송기원(1947~)이 그곳에 2개월 일정으로 머물고 있다는 소식을 접했던 참이었다. 1974년 〈동아일보〉와 〈중앙일보〉 신춘문예에 각각 시와 소설이 동시 당선된 그가 이번 시집을 '마지막'이라고 선언해 버렸다는 소문도 있어 직접 확인하고 싶었다. 행선지로 이동하면서 읽은 시집에서 그는 죽음의 영토에 가깝게 서 있었다. "죽음을 힘들어하는 너에게 이 시집을 바친다"는 시집의 짧은 서문이 아프게 다가왔다.

옥양목 속치마가 빨랫줄에서
하얗게 바래고 있네.
누가 아꼈다가 꺼낸 기다림일까.
내 마지막 남은 살점이 거기에 달라붙어
오래전의 희미한 무늬가 되네.
자세히 보니, 연한 분홍빛의
모란꽃으로 활짝 피고 있군.
내 살점의 마지막 유용이라면
몇 도만 더 조도照度가 밝아도 좋을 걸.
그렇게 이승에서의 살 냄새도

몇 도만 더 뚝뚝, 모란꽃에 스며들 걸.

누군가의 기다림을, 내가 아닌

살아 있는 사람도 알아볼 수 있게.

송기원, 「유용有用」

죽은 내가 살아 있는 사람에게 띄우는 시편이 「유용」이었다. 송기원은 다 벗어 버리고 싶은 것이다. 다 지워 버리고 싶은 것이다.

강원도뿐만 아니라 중부 지방 전역에 세찬 가을비가 내리고 있었다. 사흘 내리 쏟아부은 가을비에 여름을 달구었던 뻐꾸기 울음도 들리지 않았다. 내린천은 물이 상류에서 하류로만 흐른다는 중력의 법칙을 온몸으로 보여 주고 있었다. 내린천과 가을비와 아름드리 소나무에 둘러싸인 문인의 집, 2층 다실에 그가 들어선 것은 오전 10시쯤이었다. 그의 외관이 되어 버린 중절모도 없이 허허로운 머리에 그만큼 허허로운 얼굴이었다. 수인사한 뒤 읽고 있던 시를 마저 읽었다.

바람이 불면, 문득 무게가 그리워지네

나도 한때는 확실한 무게를 지니고

바람이 부는 언덕에서

한껏 부푼 부피도 느끼며

군청색 셔츠를 펄럭였지

마치 누군가를 그리워하는 것처럼, 그렇게

누군가의 안에서 언제까지라도

지워지지 않을 것처럼

송기원, 「무게」

마지막 연 '지워지지 않을 것처럼'은 '지워지고 말았다'의 반어적 비유다. 인연은 사는 동안 무수히 지워지고 지워진다. 어머니와 아들 사이에 면면히 흐르는 모정도, 아니 애초에 어머니 가슴이란 있지도 않았던 것처럼.

"어제는 속초로 넘어가서 장치찜을 먹고 왔어. 오래전에 주문진에서 먹어 봤는데 속초 먹자거리에 가니까 장치찜이 있더군. 그러고 보니 내가 1971년에 용대리에서 머문 적이 있어. 그땐 한 시간에 버스 한 대만 지나다니는 비포장도로였는데. 시인이란 존재는 이쁜 것을 먼저 봐 버린 죄인인 것이지. 요즘 난 완전히 고아가 됐어. 스스로 고아가 된 것인데. 내가 아내에게 그랬어. 올해부터는 어머니 제사도 지내지 말자고 말이야. 어머니 제사를 내려놓으니까 아주 편해. 마지막 남은 실을 끊어 버리자고 작심을 한 것이야. 제사를 내려놓으니까 독한 마음이 생기더라니까."

어머니의 제사를 이제 내려놓자는 심정이었을까. 시집엔 그가 좀체 언급하지 않은 어머니와 누님이 등장한다.

어릴 적 누님을 부둥켜안고 울면서 듣던 밤바람 소리 속에는 멀리 웃녘으로 겨울 장사를 떠난 어머니의 목소리가 섞여 있었습니다.

아버지의 얼굴을 모르고 자란 그에게 어머니라는 존재에 비교할 대상은 없을 것이다. 그런 그가 어머니 제사를 내려놓다니. 그 이유를 물었다. "지렁이건 사람이건 죽기는 마찬가지인데 왜 사람만 제사를 지내는 것인지 도통 이해가 되지 않아. 그래서 내려놓은 것이야."

그는 천안에 마련해 두었던 작업실을 최근에 없애 버렸다고 했다. "하나씩 지워 나가야지. 작업실 전세금은 마누라에게 줘 버렸어. 만해마을에서 가을을 나면 겨울은 담양에 있는 '글을 낳는 집'에 들어갈까 해. 아무 데면 어때. 집을 없애 버리니까 그게 그리 편해. 늘그막에 집을 짓고 들어앉는 사람들을 많이 보았는데 그게 소용이 없는 것이지."

점심 먹을 시간이 됐으므로 인근 식당으로 이동해 두부찌개를 시켰다. 집에서 만든 모 두부를 큼지막하게 썰어 놓고 고추장 양념을 해 끓여 대는 동안 그는 입맛을 다셨다. "어르신, 여기 소주 한 병 주세요." '맛' 하면 송기원을 따라갈 자가 몇 되지 않는다. 유명한 밥집을 찾아 전국 방방곡곡을 돌아다니며 맛집 기행을 신문에 연재했을 만큼 그는 식도락가이자 대식가다. 입맛을 쩝쩝 다시던 그는 대뜸 "나는 거지가 되고 싶어. 그게 마지막 가는 길이지"라고 말함으로써 그날의 대화는 '거지'로 모아지고 흩어지기를 반복했다.

"젊었을 때 6개월 정도 거지 생활을 해 본 적이 있어. 오후 한 시나 두 시쯤 식당에 가 동냥을 하면 어김없이 밥을 주는데 운이 좋으면 손님들이 남기고 간 걸 모아서 술도 한 병 챙길 수 있어. 여름엔 거지로 살고 겨울이면 '시설'에 들어가면 돼. 봄 되면 다시 나와서 싸목싸목 돌아다니면 되는 거야. 이보게, 거지가 제일 행복한 거야. 거지는 왕이나 마찬가지야. 인도에 가면 임서기林棲期란 게 있지. 수풀에서 살 나이라는 뜻인데. 태어나 25세까지는 학습기. 50세까지는 가주기家住期, 즉 결혼해 가족을 돌보며 생산 활동을 하는 나이이고 다음 75세까지가 임서기야. 집을 떠나 성전을 공부하는 시기지. 거지 생활이란 말이야. 자네는 몇 살인가. 오십이라고? 인도에서는 쉰 살의 나이를 '바나 플러스'라고 해. 산을 바라보기 시작하는 때라는 뜻이지. 50년의 인생을 살았으면 이제 서서히 산으로 떠나갈 준비를 해야 한다는 거야. 난 임서기이니까 산으로 들어가 동굴이나 하나 차지하고 죽어 가면 되는 것이야. 한번 들어가면 나오지 않으니까 죽었는지 살았는지 가족도 모르는 경우가 허다하지."

두부찌개가 끓자 그는 국자로 큼직한 두부 한 덩어리와 국물을 떠 주었다. 식성 좋은 그는 말을 하면서 계속 음식을 입으로 가져갔다. 식성이야말로 거지의 미덕 제1호가 아닌가. 배가 불러오는 기색도 없이 한참 식탐을 즐기더니 한마디 툭 던졌다. "내 신조가 하나 있어. 살아생전에 좋은 일 하면 절대 안 된다는 것이야. 남이 고마움을 느끼는 게 내 마음에 남아 있으면 그게 고약해지는 것이야. 대신 남이 내게 고약한 마음을 갖는 것은 괜찮아."

남에게 도움도 안 받고 그 자신이 남에게 도움도 주지 않는 이상한 신조는 그가 요즘 허허실실 떠돌며 붙들고 있는 마음의 한 축이기도 하다. 남이 고마움을 느끼면 그 고마움의 마음 때문에 다시 마음의 빚이 생기고 마니, 그는 이제 그런 인연에서마저 벗어나고 싶다는 것이다. "어린 시절부터 어머니를 누군가에게 빼앗긴 것 같은 외로움을 견디지 못했어. 정작 외로움을 모르는 나이인데 몸으로 외로움을 알아 버렸던 거야. 이제야 왜 내가 외로움을 못 견뎠는지 알 것 같아. 난 외로워하는 마음을 종결짓고 싶은 거야. 요즘은 간혹 외로움에 대한 견딤이 생기니까 엄살 부리는 재미가 있어."

말이 엄살이지, 그는 시대의 굽이굽이마다 영어의 몸이 될 정도로 엄살기 없는 사람이다. 1975년엔 「대학인의 선언」 주동자로, 1980년엔 김대중 내란음모사건 연루자로, 1985년엔 무크지 《민중교육》 필화사건으로, 1990년 실천문학사 대표 시절엔 오봉옥 시인의 시집 『검은 산 붉은 피』 발간으로 또다시 구속되었으니 네 차례에 걸친 징역살이가 근 5년에 이른다.

그런데도 독기가 도통 보이지 않는다. 그냥 순진한 소년 같다. 그런 그를 일찍이 알아본 사람이 김동리다. 서라벌예대 문예창작과 재학 시절 은사였던 김동리는 "얄팍한 글재주 하나만 앞세운 채 천방지축 날뛰다 처자식 굶겨 죽일 놈"이라고 수업 시간 내내 송기원만 꾸짖다가 나간 적도 있었고, 심지어 신입생 오리엔테이션에서 "송기원이라는 사람이 차 마시거나 밥 먹자고 접근하면 절대 응하지 말라"고 엄명을 내리기도 했다. 스승은 비범한 재능을 가진 제자의 방종을 안타까워했다.

그는 퇴폐의 대명사였다. 그런 그가 이제 마지막 시집을 상재한 뒤 다시 마지막 소설이라고 스스로 명명한 작품을 쓰기 위해 강원도 인제군에 들어가 있다.

그는 이제 마지막 소설 한 권만 탈고하면 곧장 거지로 나설 작정이다. 거지가 돼서 자기 삶의 왕이 되고 싶은 것이다. 내년 이맘때, 빡빡머리에 앞이마가 툭 불거진 그가 초라한 행색의 거지꼴을 하고 나타나면 그건 그가 제대로 임서기에 들었음을 반증하는 것이 될 것이다.

송기원의 자전 소설 『너에게 가마, 나에게 오라』를 원작으로 한 영화 〈나에게 오라〉에는 단정하게 교복을 차려입은 모범생 윤호가 등장한다. 하지만 그는 사생아임을 뒤늦게 알고 방황하다 학교를 중퇴한 뒤 스스로 타락의 길로 접어들어 장터의 주먹잡이인 춘근의 똘마니 역할을 자청한다.

"중학교 시절인가, 열다섯 살에 유서를 써 놓고 죽을 결심을 했었지. 유서에 '내 피는 더럽다'고 썼던가 봐. 하지만 내 피가 더럽지 않았다면 오늘의 나는 없었을 거야."

송기원을 처음 만난 건 전작 시집 『단 한번 보지 못한 내 꽃들』을 낸 2006년 2월 초였다. 시편마다 중견 화가 이인의 원색적인 꽃 그림이 곁들여진 시집은 처음부터 끝까지 꽃 이름을 제목으로 호출하고 있다.

지나온 어느 순간인들
꽃이 아닌 적이 있으랴.

어리석도다
내 눈이여.

삶의 굽이굽이, 오지게
흐드러진 꽃들을

단 한 번도 보지 못하고
지나쳤으니.

송기원, 「꽃이 필 때」

서시 격으로 시집 머리에 앉힌 이 시를 필두로 그가 노래한 꽃의 종류는 40여 종에 이른다. "지난봄부터 시가 줄줄 흘러나오더군. 석 달가량 집중적으로 써 댔지. 소설이 잘 안 써지니까 시가 나온 것인데……. 젊을 때는 내가 퇴폐적이고 탐미적인 문학을 해 왔던 점을 숨기려 한 적이 있지. 자의식에 솔직하지 못했던 거야. 하지만 차차 나이가 들면서 오히려 탐미적이고 퇴폐적인 것이 바로 내 문학의 힘이었다는 생각이 들더군. 이번 시집에 성적 욕망, 연애 내용이 많은데 그것은 내 자의식의 자유로움을 반영하는 동시에 퇴폐와 탐미 안에 들어 있는 솔직한 내 모습을 드러낸 것이지."

그가 가장 애착이 간다는 「복사꽃」을 읽어 본다.

> 갓난애에게 젖을 물리다 말고
> 사립문을 뛰쳐나온 갓 스물 새댁,
> 아직도 뚝뚝 젖이 돋는 젖무덤을
> 말기에 넣을 새도 없이
> 뒤란 복사꽃 그늘로 스며드네.
> 차마 첫정을 못 잊어 시집까지 찾아온
> 떠꺼머리 휘파람이 이제야 그치네.
>
> 송기원, 「복사꽃」

신라의 대표적 향가이자 우리 문학의 시원인 「처용가」의 진경을 보듯 농익은 남녀상열지사가 「복사꽃」에 재현되어 있지만 그 욕정은 탁하지 않고 맑기만 하다. "내 안의 꽃을 제대로 보지 못했다는 뒤늦은 후회가 바로 꽃을 닮았다는 생각을 했지. 삶의 어두운 이미지로부터 자유로워진 감각 같은 것도 일종의 깨달음일 텐데 그런 것들을 꽃을 통해 드러내 주고 싶었어."

꽃은 여성적 이미지도 있지만 깨달음의 상태라는 이미지도 있는 것이다.

> 처음부터 어려운 길인 줄 모르지는 않았지만
> 그대를 잊는 일이 하도 깊어서

갈 길도 돌아설 길도 모두 어둠 속에 묻혀버릴 때
그대 대신에 느닷없는 수천수만 찔레꽃송이들
무언無言, 무언으로 피어올랐습니다.
그렇게 그대 대신에 피어올라서
돌아설 한 가닥 외길 비추어주었습니다.

송기원, 「찔레꽃」 일부

떠나간 그대를 끝끝내 잊지 못해 산모롱이를 몇 번이고 돌고 돌
아도 또 그대 생각뿐, 더 이상 만날 수 없는 그리움이 느닷없이 수
만 송이의 찔레꽃으로 피어나기도 하는 것이다. 6부로 나뉜 시집
가운데 '마지막 기다림마저 지워져 버린 다음'이라는 부제의 5부
에는 「눈꽃」 연작시 5편이 나란히 피어 있다.

결코 지워질 수 없는 삶의 몇 조각 남루만이
뻘에 처박힌 쓰레기처럼
아프게 눈을 찌르리라 여겼거니.

퍼붓는 눈 속에 스스로마저 지워져버린
오늘, 천흥저수지와 더불어 밑바닥에 쌓이는
비워짐의 무게, 그 눈부심!

송기원, 「눈꽃3」 일부

피우다 만 꽃 한 송이를 이 시집으로 마저 피워 낸 그는 "소원을 풀었다"며 천진난만한 소년처럼 웃어 보였다. 시집이 나온 날, 송기원을 위시해 이인 화백, 김경미 시인, 이경철 시인이 오랜만에 주붕酒朋으로 어울렸으니 화주火酒가 몇 순배 돌고 나자 꽃으로 보이지 않는 것이 없었다. 시집에 그림이 곁들여져 너무 화려한 것이 마음에 걸렸는지 그가 어물쩍 한마디를 보탰다.

"옛날에 읍내 다방에서 고등학교 국어 선생이나 미술 선생이 뜻을 모아 시화전을 가졌던 기분으로 시집을 꾸며 봤지."

지워지지 않은 지상의 얼룩들 위로 바짝 허리를 세운 채 걷는 사내가 있다. 자신의 슬픔을 들키지 않겠다는 듯 빠른 보행의 속도로 보건대 그는 지상에서 가장 치명적인 색깔을 꺼내 달아나는 중이다.

송기원의 소설집 『별밭공원』(2013)은 세상에서 가장 무서운 싸움에 대한 이야기를 들려준다. 자신의 생생한 모습과 정면 대결하는 싸움이 그것. 그 대결은 자신이 터지지 않고서는 끝나지 않는 싸움일 것이다.

그리고 자신의 어떤 것들이 시체와 함께 뻥, 소리를 내며 터지는 것을 분명하게 들었다. 그런 나에게는 눈앞에 펼쳐진 장면 자체가 상쾌하다 못해 아름답게까지 여겨지는 것이었다.

송기원, 「육식」

인도 갠지스 강변 바라나시의 화장터에서 시체를 태울 때, 시체의 배 부분에 가스가 차오르면 터지고 마는데 그 장면을 '상쾌하고 아름답다'고 말하는 송기원에게 물었다. "터져 버린 것은 무엇이냐"고. 그는 대뜸 "생각을 놓는 일"이라며 말문을 열었다. "새벽 한두 시에 일어나 앉아 있으면 그냥 앉아 있는 재미가 있어. 아무 생각도 안 하는 것. 그냥 앉아만 있는 것. 명상이란 생각을 끊으려는 행위인데 생각은 내 것이고 몸은 가짜다, 라는 이분법의 세계가 개입을 하지. 그래서 생각이라는 아이가 재미가 없어서 못 놀더군. 생각이라는 아이들이 안 놀고 가 버리는 것이지. 예컨대 명상이란 자신의 상처와 대면하는 일인데 그러기 위해서는 먼저 상처 속으로 들어가야 해. 상처 안에 들어가 보니 비로소 자유로워지더군."

상처 안에서 자유로워진 자아 찾기가 이 소설집의 주제이기도 하다.

내 안의 어떤 공간에 대해 나름대로 의미를 깨닫게 되자 나는 토굴에서 나왔다. 그리고 다시 가정이며 사회로 돌아왔다. 그렇게 가정이며 사회로 돌아와 훌쩍 스무 해가 지났을 때, 나는 나의 어떤 공간이 사라진 것을 알았다. 나는 전혀 섭섭하거나 아쉽지 않았다. 그리고 내 안의 공간이 있던 자리에, 공간 대신에 죽음이 들어서 있는 것을 알았다.

송기원, 「별밭공원」

우리가 사는 동안 마주하는 것은 선악을 나누는 이분법의 잣대

일지도 모른다. 선과 악, 안과 밖, 아름다움과 추함, 삶과 죽음이 그 것. 하지만 그 둘의 뿌리는 하나인 것이다. 둘로 나누어지는 것이 아니라 아무런 갈등도 없이 자연스럽게 하나가 되는 세계.

송기원이 살아오는 동안 빚어낸 아름다움과 추함이 서로 마주 했을 때, 무엇이 먼저 흠칫 놀라 뒷걸음을 치는지 나는 알지 못한 다. 그와 마주 앉아 많은 생각 끝에 송기원은 시인이고 소설가이고 자시고 간에 그냥 인간이란 이런 물건이라고 말하고 싶었다는 사 실이 이번 소설집이 아니겠는가, 싶었다.

혹한 시절인 1980년대 초, 김대중 내란음모사건에 연루된 그가 감옥에서 풀려나 실천문학사 대표로, 자유실천문인협의회 발기인 으로 참여한 이력 때문에 그를 '투사'나 '운동가'로 보는 시각도 없 지 않다. 하지만 그는 '투사'도 아니고 스스로를 '투사'라고 여긴 적 이 없다. 송기원은 술과 여자와 책과 딸을 사랑했으나 그 자체를 목적으로 삼은 적이 없다. 그는 유언처럼 말했다. "상처가 내 자신 이지, 상처 속에서 난 자유로웠어."

전혜린과 이덕희

전혜린과 자필 편지

어떤 부고는 너무 일러 세상을 놀라게 하는 반면 어떤 부고는 너무 늦어 또다시 세상을 놀라게 한다. 너무 이른 부고의 주인공은 독문학자 전혜린(1934~1965)이고 너무 늦은 부고의 주인공은 전혜린의 서울대 법대 3년 후배이자 '전혜린 평전'으로 유명한 이덕희이다. 여기서 '너무 늦은'이란 단어는 이덕희 선생이 2016년 8월 작고했다는 사실을 1년 뒤에야 알게 된 내 자괴감의 반영이다. 전혜린과 이덕희. 두 사람은 고독과 권태라는 하나의 심장을 함께 소유한 문학적 샴쌍둥이 같은 느낌이 들기도 한다.

전혜린은 1934년 1월 1일 평남 순천에서 변호사 전봉덕의 1남

7녀 중 장녀로 출생했다. 1952년 경기여고를 졸업하고 서울대 법대 3학년 재학 중 전공을 독문학으로 바꾼 그는 독일로 유학 가 뮌헨대학 독문과를 졸업하고 그곳에서 조교로 근무하다가 귀국, 번역가로, 수필가로 필명을 날리던 한 절정에서 숨을 거뒀다. 31세의 젊디젊은 나이였다.

전혜린을 떠올리면 사각의 공간에 갇힌 한 마리 흰 비둘기가 치열하게 날갯짓을 하다가 뼈가 부러지고 깃털이 온통 피투성이로 물든 이미지로 다가온다. 그는 영원한 지적 방랑자의 형상을 우리에게 심어 놓고 생의 한가운데에서 죽음의 한가운데로 단박에 추락해 버렸다. 1959년, 25세의 그녀가 독일에서 귀국하자 서울대 법대의 완고한 전통을 깨뜨리고 독일어 강사로 맞아들인 법대 학장 신태환은 그녀를 가리켜 "한국에서 1세기에 한 번쯤 나올 희귀한 천재"라고 격찬했다.

그가 국내 최초로 번역 소개한 루이제 린저의 『생의 한 가운데』의 여주인공 니나처럼 모든 문제를 생 그 자체에 밀착시켜 환희와 고뇌에 전율하는 삶을 사는 동안 그의 곁에는 늘 이덕희가 있었다. 이덕희는 서울대 법대에 입학할 당시 문리대 출신의 친척 오빠가 "법대에 들어가면 전혜린이라는 괴짜가 있단다"라고 말해 주어 전혜린의 존재에 대해 알고 있었지만 정작 대면한 것은 전혜린이 독일어 강사로 출강하던 1960년 6월, 지금은 없어진 대학로의 구 서울대 법대 맞은편에 있던 '낙산다방'에서다.

도대체 한 번 보기만 해도 절대로 잊을 수 없는 인상이었다. 나는
그 이전에도 그 이후에도 그와 비슷하기조차 한 얼굴도 결코 알지 못
한다. 어떤 의미로 그건 '그로테스크한' 용모였다는 게 옳다. 하지만
그녀의 새까만 두 눈은 나를 매혹했다. 내가 그 시선에 닿자마자 대번
에. 나는 그때까지 그러한 종류의 눈을 결코 본 적이 없었다. 강렬하게
번쩍이면서도 방황하는 듯한, 집중적이면서도 동요하는 그렇게도 정
신적인 눈을.

이덕희, 『전혜린』, 작가정신, 1998

이덕희는 전혜린이 쏟아 낸 말의 격류 속에서 '권태'와 '광기'라
는 두 단어가 너무도 자주 등장하던 걸 의식했다고 회고했다. 그것
은 마치 정적을 무서워하는 것 같은 다변多辯이었다. 훗날 이덕희
는 그 다변의 의미를 이렇게 이해한다.

그녀가 이룩하는 온갖 시선과 몸짓은 공허를 충만으로 바꾸기 위
한 의식적인 항거였다는 것을. 대화는 언제나 그녀를 구출했던 것이
다. 일상성의 피로로부터, 고독으로부터, 권태와 공허로부터, 또한 죽
음의 공포로부터…….

이덕희, 『전혜린』, 작가정신, 1998

이덕희는 전혜린과 편지도 주고받았다. 우표를 붙여 집 주소로
우송된 편지는 서너 통에 불과했지만 전혜린은 그것 말고도 수시

로 메모 형식의 글을 직접 전해 주거나 학교 앞 학림다방 메모철에 꽂아 놓곤 했다. 서양 고전음악이 흐르는 학림다방의 '붙박이'로 유명했던 두 사람. 전혜린은 "덕희에게는 무서운 불편한 힘이 있다"고 말하곤 했다. '불편'이란 단어는 두 사람의 정신적 교류가 만들어 놓은 급류 위에 가로놓여진 위험한 교량의 비유였는지도 모른다.

> 나도 마르그렛(루이제 린저의 『생의 한가운데』에 나오는 인물)처럼 말해야겠다. 덕희에게는 무서운 '불편한' 힘이 있다고…… 남을 거북하게 만들고 남 속에 있는 '離'를 의식시키는 요소가 있어. 그리고 무엇보다도 남을 어떤 결단 속에 몰아넣는 힘이 있어. 그리고 그 결단을 해야하는 줄 알면서도 못하고 있을 때 자기 자신이 미워지고 따라서 덕희가 두려워지게 되는…… 만나기가…….
>
> 이덕희, 『전혜린』, 작가정신, 1998

두 사람은 함께 있을 때면 피로와 권태를 잊었다. 실존주의적 우울과 세상에 대한 경멸, 예술과 이상을 향한 끝없는 추구로 젊은 폐부가 팽창과 수축을 반복하던 그 시절을 뒤로하고 이제 시공을 건너뛰어 1965년 1월 9일이다.

당시 〈경향신문〉 문화부 기자를 그만두고 〈서울대학신문〉으로 옮겨 온 이덕희는 석 달 동안이나 전혜린과 만나지 못했으나 우연히 학림다방에 들렀다가 극적으로 전혜린을 만난다. 사전에 연락이 없던 전혜린이 연락이 끊긴 이덕희를 만나기 위해 세 시간 동안이나 기다린 뒤끝이었다.

그날 둘은 탤런트 최불암의 어머니가 운영하던 명동의 막걸릿집 '은성'으로 자리를 옮긴다. 은성에서 노상 출근(?)해 있던 작가 이봉구(1916~1983)와 합석해 두어 시간 술을 마실 때 전혜린은 쾌활했다. "국제펜클럽대회에 나가려고 건강진단을 받았거든. 근데 몸이 완벽한 거야."

은성을 나와 지금은 없어진 신도호텔 1층 살롱으로 자리를 옮기면서 그는 이덕희의 귀에 손나팔을 하며 속삭였다. "세코날 마흔 알을 흰 걸로 구했어!"

그는 불면증으로 수면제를 상복했기에 이덕희는 대수롭지 않게 생각했다. 오히려 구하기 어려운 약을 구했다고 이덕희는 축하의 말까지 건넸다. 마침 신도 살롱으로 2차를 온 소설가 김승옥, 이호철과 어울려 인근 대폿집으로 옮겨간 그는 노래까지 부를 만큼 기분이 최고였다. 그날 밤 10시, 홍조 띤 볼의 활짝 웃는 얼굴로 먼저 자리에서 일어난 그는 다음 날 아침 수유동의 한 숲길에서 사체로 발견되었다. 이덕희는 그러나 그의 죽음을 자살이라고 단언하지 않는다. 공교롭게도 그날 아침 〈조선일보〉엔 전혜린의 칼럼이 게재되었다.

신춘의 꿈은 무엇보다도 '사랑'을 빼놓고 있을 수 있을까? 틴에이 저부터 노인에 이르기까지 누구나 우리는 사랑받고 사랑을 주기를 가장 원하고 있다. (중략) 그뿐 아니라 목성(Jupiter)의 영향으로 예술에의 흥미가 커지고 예술적인 어떤 혜택을 얻게 되리라 한다. 낭만적인 체험, 우연한 상봉, 갑자기 생겨나는 강한 애정 관계 등을 주피터가 갖다 준다니 금상첨화라고밖에 더 말할 수가 없다. 나는 기다리리라. 비너스와 주피터가 빨리 내 별인 토성 위를 지나갈 것을. 그리하여 1965년이 사랑의 해가 될 것을.

전혜린, 〈조선일보〉,「신춘만상新春漫想」, 1965.1.10

이덕희는 전혜린의 사망 소식을 전해 들은 순간 "뭔가 그녀에게 이니셔티브를 뺏겨 버린 것 같은 묘한 감정이 한동안 나를 지배"했다고 털어놓았다. 죽음조차도 전혜린과 경쟁하고자 했던 것일까. 전혜린을 데려간 신은 여전히 응답이 없다. 다만 우리는 어떤 귀결을 이제 알고 있다. 신은 이덕희로 하여금 전혜린보다 반세기를 더 살게 했다는 것을. 전혜린의 죽음 이후 51년이 지난 2016년 8월, 서울 쌍문동의 낡은 연립주택에서 말년을 보내던 이덕희 역시 유명을 달리했다.

선생님 댁에 갔는데 충격을 받았다. 선생님 집은 작고 초라하지만 늘 깔끔하고 아늑했었다. 그런데 그날 침침한 형광등 탓이었을까, 아니면 싱크대의 수도가 고장 났기 때문이었을까, 집이 쓰러져 간다는 인상을 받았다. 눈이 어둡고 밥도 거의 안 드시니 주방은 생기를 잃고 있었다. 차라리 설거지 거리가 수북이 쌓인 개수대를 보았더라면 좋았을걸! 선생님 말씀처럼 살아서 이 집을 탈출할 수 있을지, 나는 불

길한 기운을 느꼈다. 한번은 잠시 들렀더니 선생님과 늘 함께하던 새
도 사라지고 텅 빈 새장만 걸려 있었다. 선생님 댁의 새 이름은 늘 '잭'
이었는데, 마지막 잭이 죽고 선생님은 더 이상 새 잭을 들여놓지 못했
노라고, 섭섭한 마음에 빈 새장을 걸어 놓았다고 했다. 그 말씀이 또
쓸쓸하게 울렸고, 집안이 더욱 우울하게 느껴졌다.

한경심, 「한 인문주의자의 초상」, 《월간 중앙》, 2017.1

　노약한 나머지 약을 달고 살아야 했기에 통영으로 내려가 살아
보자던 이덕희의 꿈은 이뤄지지 못했다. 빈소는 한일병원에 차려
졌다. 이덕희의 죽음을 떠올리면 한일병원 인근에 집필실을 얻어
왕래하던 내가 왜 부고를 접하지 못했는가 하는 자괴감이 든다. 다
만 무슨 생각에서였는지 평전 『전혜린』을 다시 읽으면서 불현듯
'작가정신' 박진숙 대표에게 전화를 걸어 이덕희 선생의 안부를 묻
는다는 게 작고 소식으로 돌아온 것이다. 오랫동안 쥐고 있던 연을
놓친 듯 먼 하늘을 바라볼 뿐. 신은 여전히 응답이 없다.

아나톨리 김과 푸른 여치의 비유

현존 최고의 러시아 작가로 꼽히는 아나톨리 김Anatoly Kim
(1939~)을 처음 만난 건 1993년 10월 중순, 모스크바 베르나드스
코보 거리에 있는 한 기숙사의 엘리베이터 안이었다. 그때는 옐친
정부군이 반옐친 시위의 지도자들이 장악한 국회의사당(벨르이돔)
건물에 대포를 쏘는 등 10시간에 걸친 공격으로 내전을 방불케 하
는 일촉즉발의 긴장감이 모스크바시 전체를 엄습하고 있었다. 국회
의사당 근처의 아파트에 살던 나는 대포와 총알이 난사되는 그 공
포의 밤을 불안에 떨며 지새웠고 안전지대로 이사를 해야겠다며 수
소문 끝에 옮겨간 곳이 그 기숙사였다.

아나톨리 김은 당시 한국외국어대 러시아학과 김현택 교수와
함께 엘리베이터에 올랐다. 나는 멋진 콧수염을 기른 아니톨리 김

을 한눈에 알아보고 초면임에도 "안녕하세요, 작가 선생님"이라며 좀 이상한 어투의 인사를 했고 그는 이상한 어투에 잠시 미소를 지어 보이며 내게 눈인사를 건넸다. 짧은 순간이었지만 그 미소는 정국이 극도로 불안했던 모스크바 유학 시절에 위안으로 다가왔다. 그건 두 세계의 충돌, 즉 외부의 공포와 내면의 평온이 충돌하며 빚어낸 위안이었다고 말할 수 있는데, 2016년 9월 21일 제2회 세계한글작가대회가 열린 경주에서 아나톨리 김과의 해후는 색다른 감회를 자아냈다. 그가 대회에서 발표한 발제문 「언어와 문학: 인류의 과거와 미래의 열쇠」에 이런 대목이 있다.

우리의 선량한 이웃인 물가의 풀밭에 사는 푸른 여치 그리고 연못에 사는 상냥한 이웃인 청개구리마저 이 세상의 아름다움에 대한 완벽한 개념을 가지고 있고, 그 개념에 따라 그들 둘 다 피부색을 녹색으로 선택했습니다. 그러나 세계에 대한 그들의 개념에 따라 그들이 일치하지 않은 결과로 청개구리는 푸른 여치를 잡아먹는 걸 받아들였습니다. 녹색 피부를 선택한 것을 제외한, 서로 일치하지 않는 두 세계관이 충돌하여 푸른 여치의 세계는 청개구리의 세계 속으로 사라지게 되었습니다.

아나톨리 김은 비록 한글 작가는 아니지만 그의 발제문은 그의 작품이 어떻게 세계적 보편성을 가질 수 있었는지에 대해 생각할 '거리'를 제공했다. 이 발제문에 창작의 비밀을 풀 열쇠가 들어 있다는 생각이 그것이다.

1938년 카자흐스탄에서 고려인 2세로 태어난 그는 파스테르나크나 솔제니친 같은 러시아의 노벨상 수상 작가들에 견주어진다. 아나톨리 김 본인은 정작 노벨문학상 수상 가능성에 대한 세간의 언급에 관심이 없다고 말하지만, 1970년 수상자인 솔제니친 이후 다시 러시아에 노벨상이 주어진다면 그 주인공으로 아나톨리 김이 유력하다고 러시아 문학 전공자들은 말한다. 그런 그를 23년 만에 다시 만났으니 나는 그의 출세작이라 할 장편 『다람쥐』(1984)와 관련해 오래 묵혀 두었던 질문부터 꺼냈다.

『다람쥐』는 인간이 다람쥐로 변신할 수 있다는 동양의 변신 신화를 차용했는데 어떻게 그런 생각을 하게 되었는지요.

나는 사할린에서 어린 시절을 보냈어요. 하루는 샤먼(무당)이 집에 와서 식구들의 얼굴(관상)을 보더니 농담 비슷하게 말하더군요. 제 아버지는 전생에 원숭이였고 어머니는 돼지였고 나는 다람쥐였다고 말이죠. 그때 나는 열세 살이었는데 이후 세월이 흐르고 모스크바에서 작가가 되어 글을 쓸 때 갑자기 그 이야기가 생각났지요. 인간이 다람쥐일 수 있다는 것, 한국인의 혼이 가려져 있던 게 밖으로 튀어나온 것이죠. 이 작품으로 나는 주목받는 작가가 되었는데 결과적으로 다람쥐가 작가(나)를 낳았다고 할 수 있으니 얼마나 아이러니합니까.

한국적 정체성은 작품 속에서 어떻게 드러나는지요.

내 소설에 대해 비평가들은 '대체로 단순한 이야기임에도 그 안에는 깊은 울림이 있다'고 말하지요. 평범해 보이지만 비범하다는 것인데, 작년에 작고한 러시아 작가 발렌틴 라스푸틴도 '어떻게 러시아어를 이토록 웅숭깊게 표현할 수 있나'라고 말한 적이 있지요. 그의 말은 내 소설들이 여러 층위와 뉘앙스를 지니며 겉으로 드러난 것보다 많은 것을 들려준다는 의미였어요. 한국 사람들끼리는 말로 다 하지 않아도 서로를 이해하는 측면이 있지 않나요? 내 문학이 바로 그런 한국적 특성과 관련된다고 봅니다. 비록 러시아어로 쓰지만 내 안에는 한국인의 혼이 들어 있고, 그 결과 누구도 따라 할 수 없는 나만의 문학을 하게 됐지요. 경계인적 정체성과 그에 대한 자각 덕분에 작가로서 나는 승리할 수 있었다고 봅니다.

나는 이 말을 들으면서 푸른 여치가 그의 피에 흐르는 한국어라는 옷이라면, 러시아어는 푸른 여치를 삼킨 개구리라는 언어의 옷일 거라는 생각이 들었다. 모국어의 지역성과 세계성 역시 이런 함수 관계를 가졌을 것이다. 2013년 모스크바에서 출간된 장편『낙원의 기쁨』은 그런 함수 관계를 잘 보여 준다

『낙원의 기쁨』은 어떤 소설인지요.

의심의 여지없이 한국인의 정신으로 빚어진 소설이며 한국인의 혼에 관한 소설이지요. 이 작품에서는 한 장章 전체가 한국과 관련

됩니다. 이 소설에서 나는 전생과 후생 개념을 통해 인간의 불멸 가능성을 다루었지요. 전생이니 후생이니 하는 개념은 러시아에는 없는, 한국적인 개념이지요. 소설에는 내가 2008년 석 달 가까이 전북 남원에서 생활했던 경험을 담았어요. 남원에서 만난 농부와 아이들, 우체부, 목수, 벌목꾼 등이 내겐 모두 다 시인이었어요. 남원 지역의 춘향전이나 심청전 그리고 변강쇠 같은 설화에 한국인의 혼이 담겨 있지요.

불멸에 관해 어떤 생각을 하고 있는지요.

유럽이나 미국에서 말하는 불멸은 이 세상에서 부족한 것 없이 다 누리며 오래 사는 것을 가리키지요. 미국의 어떤 부호는 자신의 시체를 냉동시켜 나중에 과학이 발달한 후 다시 깨어나게 한다고 하던데 그건 원시적인 생각이지요. 이 소설에서 말하고자 한 불멸은 인간 내면에 고유하게 간직된 잠재력으로서 불멸입니다. 사람은 누구나 죽습니다. 그러나 죽음이 있으면 탄생도 있는 법이고 이 둘은 상대적이며 대등한 것이죠. 그런데 사람들은 죽음은 두려워하면서도 탄생은 두려워하지 않지요. 불멸은 도달하는 것이 아니라 이해하는 것입니다. 불멸을 이해하면 죽음의 두려움에서 벗어날 수 있습니다. 강압이나 폭압 심지어 고문 등을 두려워하지 않게 되지요.

신앙을 가지고 있는지요.

나는 러시아 정교도로 그리스도를 믿습니다. 신께서 나를 부르셨고 그 때문에 내가 문학을 하게 되었다고 믿지요.

북한을 방문하거나 혹은 북한 사람과 만난 적은 있는지요.

　북한에 간 적은 없습니다. 다만 몇 년 전의 일인지 확실하지 않지만 내가 살고 있는 모스크바 근교 뻬레젤끼노 작가촌으로 북한대사관에서 전화가 걸려 왔더군요. 대뜸 다음 날 아침 8시에 방문하겠다고요. 그렇게 이른 시간은 예의가 아닌 것이고 저도 불편해서 10시에 오라고 했지요. 다음 날 10시에 다섯 명이 왔더군요. 그들에게 차를 대접했지만 30분가량 머무는 동안 서로 한마디도 하지 않았어요. 그냥 거실에 앉아 있다가 내 허락도 받지 않고 책꽂이에 있는 내 책을 이것저것 빼서 들춰 보더군요. 그들은 이내 떠나갔지만 내 문학에 대해 인지하고 있었고 어쩌면 나에 대한 정보가 필요했을지도 모릅니다. 북한에서 내 문학에 관심을 갖고 있는지는 확실치 않지만…….

　모스크바 주재 북한대사관 측도 비록 방법은 서툴고 무례했을지언정 그의 문학적 명성을 익히 알고 동향 보고 차원에서 접촉을 시도했을 것이다. 그러니 더 읽고 싶었다. 한국어라는 푸른 여치를 삼킨 청개구리로서의 『낙원의 기쁨』을. 지금 이 순간에도 아나톨리 김은 모스크바 뻬레젤끼노 작가촌에서 보리스 파스테르나크의 저택을 지나 샘물을 길으러 가고 있을 것이다.